Bettina Brömme

Frostherz

Arena

2. Auflage 2013
© Arena Verlag GmbH, Würzburg 2013
Alle Rechte vorbehalten
Einbandgestaltung: Frauke Schneider
Gesamtherstellung: Westermann Druck Zwickau GmbH
ISBN 9-783-401-06841-1

www.arena-verlag.de
www.arena-thriller.de
Mitreden unter forum.arena-verlag.de

*Der Kummer, der nicht spricht,
nagt leise an dem Herzen, bis es bricht*
WILLIAM SHAKESPEARE

Freitag, 30.04.

Ich werde ihn töten. Nachdem er mich getötet hat, immer und immer wieder, werde nun ich ihn töten. Ich werde die letzte, mir verbliebene Kraft bündeln und dann zuschlagen. Ich werde mich aus der Herrschaft von Erniedrigung, Terror, Angst und Schmerz befreien. Dies ist mein Gebet. Ich spreche es lautlos wieder und immer wieder. Ich selbst werde mich erhören. Ich werde Vorkehrungen treffen. Mich bewaffnen. Ein kriegerischer Engel, denn tot bin ich schon lange. Aber die Lebenden, die Überlebenden, die muss ich schützen.

Ich kann ihm im Hausflur auflauern, wenn er von seinen Streifzügen zurückkehrt, befriedigt und satt. Mich von hinten anschleichen, ihm lautlos die Schlinge überwerfen und einfach ziehen. Bis er zappelt. Bis er zu Boden geht. Bis kein Sauerstoffpartikel mehr seine Blutbahnen durchzieht. Seine letzte Wahrnehmung soll der Blick in meine Augen sein. Die ihn verdammen. Ich werde mich einen Moment lang als Sieger fühlen. Ob mein Leben danach einen Sinn haben wird, weiß ich nicht. Es ist egal. Denn schon jetzt hat es keinen Sinn außer dem Leiden und das ist sinnlos. Aber vielleicht wird dieser Akt mein Befreiungsschlag. Vielleicht gehe ich als neugeborener Mensch daraus hervor. Oder ich gehe endgültig unter. Aber wenigstens nehme ich ihn dann mit. Ihn, meinen Peiniger, dem ich so lange ausgeliefert war. Von dem ich dachte, dass ich ihm entronnen bin. Ich werde ihm nie entrinnen. Und ich will nicht, dass er aufs Neue Macht über mich erlangt, dieser finstere Dämon, dieser Teufel, der mein Leben zur Hölle und mich zu ihrer Ausgeburt gemacht hat.

1. Kapitel

Als sie aus dem Bus stieg, sah sie schon von Weitem den dunkelblauen Mercedes am Straßenrand stehen. Unwillkürlich beschleunigte sie ihren Schritt, blickte dabei auf die Uhr. Ihr Herz begann schneller zu schlagen. Sie versuchte sich zu erinnern, genau zu erinnern, aber alles war wie immer gewesen. Sie hatte ihm eine SMS geschrieben, als der Bus losgefahren war. Wie jeden Tag.

Sie öffnete rasch die Tür des einstöckigen Eckreihenhauses mit dem Flachdach. Alles war still.

»Johann?«, rief sie. »Papa?« Keine Antwort. Sie warf ihren Schlüssel in das kleine Teakholzschälchen auf dem Schuhschrank, hängte ihre Jacke auf und ging in die Küche. Niemand dort. Wie jeden Tag. Den Blick an die Decke hätte sie sich sparen können. Natürlich leuchtete das kleine rote Licht. Sie rief noch einmal.

»Jemand da?«

Dann sah sie durch die offene Wohnzimmertür seine dunkelbraune Nubuklederjacke auf dem Fußboden vor dem Essplatz liegen.

»Papa?« Ihre Stimme zitterte nun leicht.

Ihr Vater saß auf dem Sofa. Dem alten hellgrauen Sofa mit den dicken Kissen darauf. Auf dem Sofa, auf dem ihre Mutter die letzten Wochen gelegen hatte, bevor sie ins Krankenhaus gekommen war. Vorgestern waren es acht Jahre gewesen. Er saß ganz auf der Kante. Stierte vor sich auf den Beistelltisch, der mit Zeitungen übersät war. Der rechte Arm hing schlaff hinunter, in der linken Hand hielt er das Handy fest umklammert. Anne kniete sich vor ihn auf den Boden.

»Was ist los?«, fragte sie und legte eine Hand auf sein Knie. Ganz langsam bewegten sich seine Augen in ihre Richtung. Er sah sie an, schwieg aber noch immer.

»Papa«, rief sie nun eindringlich und da ging ein Ruck durch seinen Körper. »Was ist los?«

Er legte das Telefon in einer schnellen Bewegung auf den Tisch, als müsse er etwas Ekliges, Schleimiges loswerden. Dann musterte er sie.

»Deine Großmutter«, sagte er endlich. »Deine Großmutter ist tot.«

Anne ließ sich auf ihre Füße zurückfallen. Sie griff nach Johanns Hand.

»Wie? Wieso?« Ein kehliges Flüstern.

Er legte seine Hand auf ihren Kopf und streichelte über ihre dunkelblonden Haare, wieder und immer wieder. Er zuckte hilflos mit den Schultern, seine Augen füllten sich mit Tränen.

»Mich hat vorhin diese Caritas-Frau angerufen, die morgens immer zu ihr kommt«, sagte er sehr langsam.

»Frau Reisinger?«

»So heißt sie wohl. Sie hat sie gefunden. Sie lag im Esszimmer auf dem Boden. Ihr Herz hat einfach nicht mehr geschlagen.«

Er senkte den Kopf. Anne sah, wie die Tränen dunkle Flecken auf seiner hellen Leinenhose hinterließen. Sie presste seine Hand, setzte sich endlich neben ihn.

»Und jetzt?«, war das Erste, was ihr einfiel. Sie fühlte

sich starr, kalt. Wie ein eben ausgeschalteter Kühlschrank. Johann hob die Schultern.

»Ich bin vom Büro aus hin. Da war der Arzt schon da. Herzversagen. Sie haben sie dann ...«

Seine Stimme riss ab.

»Papa, sie war seit vielen Jahren herzkrank«, versuchte Anne ihn zu trösten. »Sie war immerhin schon 74.«

»Das ist doch kein Alter. Heutzutage.«

Anne wusste nicht, was sie antworten sollte.

»Wieder einer. Wieder einer, der mich verlässt. Ich habe ihr nicht helfen können.« Jetzt schluchzte er. Sie ließ seine Hand los und stand auf.

»Auch ein Wasser?«, hörte sie sich. Die eigentliche Frage hätte lauten müssen: »Warum bist du so traurig?« Doch diese Frage wagte sie nicht zu stellen. Warum war ihr Vater so fassungslos – über den Tod einer Frau, mit der er seit Jahren nicht mehr als das Allernotwendigste gesprochen hatte? Die er gemieden hatte wie der Teufel das Weihwasser? Für die er immer nur harte Worte gefunden hatte?

Eiskalt lief ihr das Wasser die Kehle hinunter. Sie fragte sich, wo *ihre* Tränen blieben, wieso sie selbst nicht traurig war.

Das erste Bild, das ihr in den Kopf kam, war das so typische Gesicht ihrer Großmutter Annemarie (von deren Namen sie den ersten Teil geerbt hatte). Die Lippen schmal und fest aufeinandergepresst, die weiß-grau melierten Haare streng aus dem Gesicht gekämmt und zu einem Dutt aufgesteckt, die blauen Augen kalt und von den Lidern beschwert – als müsse sie immer dagegen ankämpfen, die Augen ganz zu schließen. Ihre Körperhaltung war meist abweisend, oft saß sie in ihrem senfgelben Sessel mit dem kratzigen Bezug, hatte die Arme vor der Brust verschränkt und starrte vor sich auf den Perserteppich. Gelegentlich hatte sie unsichtbare Falten aus ihrem meist hellblauen Rock gestrichen. Anne war es immer so vorgekommen, als wäre sie stundenlang so gesessen, während ihre Enkelin, als sie noch kleiner war, leise neben ihr auf dem Teppich mit Playmobil-Männchen oder Schlümpfen gespielt hatte. Oder alleine ein Spiel gespielt, das für mindestens zweier Spieler vorgesehen war.

Ihre Großmutter hatte eine Autorität ausgestrahlt, für die sie niemals die Stimme hatte erheben müssen. Sie war schlank, fast mager gewesen. Immer sehr korrekt gekleidet. Ihre Sprache war knapp und präzise, kein Wort zu viel, das vor allem. Sie hatte ihre Enkelin wohlwollend, aber mit Strenge behandelt. Natürlich gab es zu Weihnachten, Ostern und Geburtstag Geschenke und für ein sehr gutes Zeugnis ein wenig Geld. Aber das waren auch schon die einzigen Zuwendungen. Wenn Anne für ein paar Tage bei ihr bleiben musste, wusste sie von vornherein, worin ihre Aufgabe bestand: nicht aufzufallen und keinen Ärger zu machen. Sie hatte sich immer alle Mühe gegeben und es war ihr auch meist gelungen. Anne hatte manchmal gedacht, sie müsste in dem großen Haus mit seinem herrschaftlichen Empfangszimmer, dem riesigen Wohnzimmer, der fast ebenso großen, altmodischen Küche und ihrem Schlafzimmer, in dem ein erdrückend massiver Schrank neben einem wuchtigen Bett stand, ersticken. Wenn sie am Wochenende dort war, musste sie nach dem Essen auf der Wohnzimmercouch immer einen Mittagsschlaf halten, so wie ihre Großmutter es in ihrem Schlafzimmer tat. Eine Stunde lang konzentrierte sie sich auf das Ticken der großen Standuhr, das vom Esszimmer bis zu ihr hinüber als einziges Geräusch in der Stille zu hören war.

Sie schlief nie ein. Die Stunde zog sich wie eingetrockneter Kleber. Glücklicherweise gab es für die Nachmittage den Garten mit den Kirsch- und Apfelbäumen, der mehr lang als breit war und in dessen hinterem Teil sie sich zwischen Holunderbüschen und Flieder ihre eigene Fantasiewelt aufbaute. Sie malte Grundrisse in den sandigen Boden, teilte die Zimmer mit Stöcken und Hölzern ab, dekorierte sie mit abgefallenen Blütenköpfen und flocht, leise summend, skurriles Mobiliar aus Grashalmen und vertrockneten Blättern. Es war das einzige Versteck, das sie je gehabt hatte. Nie kam die Großmutter, um nach ihr zu suchen. Und das war auch das einzige Großmutter-Enkelinnen-Geheimnis. Denn natürlich wäre Johann entsetzt gewesen, hätte er mitbekommen, dass die Großmutter Anne für Stunden sich selbst überließ. Anne ging erst zurück ins Haus, wenn es Zeit fürs Abendessen war oder es zu regnen anfing. Nie wurde mehr gesprochen als nötig. Sie konnte sich nicht erinnern, dass ihre Großmutter sie jemals in den Arm genommen hätte. Doch, einmal: als sie ihr gesagt hatten, dass ihre Mutter gestorben war.

Anne wusste nicht, warum sie um diese harte Frau hätte trauern sollen. Und warum es ihr Vater nun so vehement tat, verstand sie auch nicht.

Als sie zu ihm ins Wohnzimmer zurückkehrte, saß er noch genauso unbeweglich da wie zuvor.

»Papa«, sagte sie sanft. »Hast du schon ein Beerdigungsinstitut angerufen?«

»Das hat die Frau von der Caritas gemacht, da kommt nachher einer, er hat vorhin angerufen.«

Anne setzte sich wieder neben ihn aufs Sofa, nahm seine Hand. Dann schwiegen sie beide so lange, bis es an der Tür klingelte.

Die nächsten Tage bis zur Beerdigung blieb die Kanzlei geschlossen. Ihr Vater saß die meiste Zeit auf dem Sofa und starrte vor sich hin. Nicht einmal an ihre Tabletten erinnerte er sie. Sie war sich nicht sicher, ob er die SMS las, die sie ihm wie üblich schickte, wenn sie in der Schule angekommen war beziehungsweise wenn sie den Heimweg antrat. Sie hatte keine Zeit, großartig darüber nachzudenken, denn nach der Schule hatte sie neben den Hausaufgaben und dem Lernen viel zu tun. Sie hatte sich notiert, was der Bestattungsunternehmer an anfallenden Aufgaben diktiert hatte, und die Liste nach und nach abgearbeitet.

Die Trauerfeier war zu organisieren, ein Sarg auszusuchen, eine Anzeige aufzugeben. Welches Kleid sollte die Großmutter im Sarg tragen, welcher Blumenschmuck wurde gewünscht, welche Musik sollte gespielt werden? Sie war stolz, all diese Aufgaben zu meistern. Glücklicherweise waren die allermeisten Dinge telefonisch zu erledigen. Ihr Vater war so sehr in seiner Trauer versunken, dass ihm alles egal war.

Beinahe hätte er sie sogar alleine zum Haus der Großmutter fahren lassen. Sie wertete es als gutes Zeichen, dass er sich in letzter Sekunde doch noch umentschied. Schweigend lenkte Johann seinen Wagen in die etwa zehn Minuten entfernte Gartenstraße. Wie ein Mahnmal ragte die äußerlich herrschaftliche Villa hinter den sandsteinfarbenen Mauern empor. Der dunkellila Flieder rankte bis auf den Gehweg und sein Duft drang durch das geöffnete Autofenster. Anne atmete tief ein.

»Gehen wir?«, fragte sie, nachdem ihr Vater den Motor abgestellt hatte.

»Geh du, bitte«, sagte er. »Ich kann das nicht.« Verwundert nahm sie den Hausschlüssel und stieg aus.

Es gruselte sie ein wenig, das Haus alleine zu betreten, um im Kleiderschrank nach passender Garderobe für die Tote zu suchen. Und doch war sie froh, dass Johann ihr diese Aufgabe übertragen hatte. Es roch muffig, ungelüftet. Die zahlreichen Topfpflanzen ließen bereits die Köpfe hängen. Aus dem Kühlschrank entsorgte sie die Lebensmittel, die meisten hatten zu gammeln angefangen.

Im Wohnzimmer, dort wo die Großmutter gefunden worden war, sah es aus wie immer. Nur auf dem alten, ausgeblichenen Perserteppich vor ihrem Lieblingssessel war ein dunkler Fleck zu sehen. Anne sah schnell weg und suchte nach dem, was ihr vertraut war: schwere altrosa Vorhänge neben den blickdichten weißen Stoffgardinen, die gemeinsam viel Licht schluckten. Ein großer schwarzbrauner Schrank voller Bücher und Geschirr, das abgewetzte Sofa, im gleichen hässlichen Gelb wie der Sessel, sandfarbene Tapeten mit verblassenden Blumen darauf. Das Kreuz aus Bronze an der Wand, Heiligenbilder und Landschaften aus dem 18. Jahrhundert auf den Wänden verteilt. Auch wenn das Haus von außen so großbürgerlich wirkte, bemerkte man im Inneren sofort, dass die neuesten Möbel aus den 60er- oder 70er-Jahren des letzten Jahrhunderts stammten und seit dieser Zeit kaum etwas renoviert oder erneuert worden war. Auf dem Couchtisch stand noch immer das Likörglas, aus dem die Großmutter vermutlich ihren letzten Holunderbeeren-Likör getrunken hatte. Ein winziger Schluck klebte wie angetrocknetes Blut auf dem Glasgrund. Die Großmutter nahm sonst keinen Alkohol zu sich, der allabendliche Likör war für sie mehr ein Schlaftrunk gewesen. Als Anne schon aus dem Zimmer gehen wollte, fiel ihr Blick auf das Klavier, auf dem seit Jahren niemand mehr gespielt hatte. Neben verstaubten Noten, Jugendbildern ihres Vaters und ihren eigenen Kinderfotos stand ein weiteres Glas, ebenso benutzt wie das erste. Verwundert nahm Anne beide mit in die Küche. Niemals hätte die Großmutter gebrauchte Gläser herumstehen lassen. War etwa am Abend vor ihrem Tod noch jemand bei ihr gewesen, der mit ihr getrunken hatte? Kaum vorstellbar. Außer ihrer Freundin Hedi Aumüller hatte Annemarie nie Besuch empfangen. Sie hatte es gehasst, fremde Menschen im Haus zu haben. Sie hatte sich vor Betrügern gefürchtet, die alten Leuten an der Haustür auflauern, um ihnen mit üblen Maschen Geld zu entwenden.

Anne spielte nachdenklich mit dem Glas in der Hand. Sollte sie es einfach abwaschen und in den Schrank stellen? Natürlich! Was sonst! Wahrscheinlich hatte die Großmutter das zweite Glas an irgendeinem früheren Abend selbst benutzt und auf dem Klavier vergessen. Vielleicht hatte irgendetwas sie abgelenkt. Annes Blick fiel auf die hellgrüne, dreieckige Küchenuhr. Seit zehn Minuten fuhrwerkte sie hier schon herum, Johann würde ungeduldig werden. Sie stellte das Glas ungespült zur Seite, holte aus einer Schublade eine Tüte und ging hinauf ins Schlafzimmer.

Auch dort schien alles wie immer zu sein. Nichts, was Annes Argwohn weiter geschürt hätte. Sie öffnete den schwarzen Eichenschrank und stand eine Zeit lang ratlos davor. Was sollte sie nur auswählen? Letztlich hatte ihre Großmutter fast immer das Gleiche getragen: weiße Blusen, wadenlange, eng geschnittene Röcke in Pastellfarben mit dazugehörigen Jacken und eine Perlen- oder Goldkette mit Kreuzanhänger um den Hals.

Sie entschied sich für eine zarte Jacquardbluse in Weiß und einen hellblauen Rock mit Jacke – so hatte schließlich jeder ihre Großmutter gekannt. Musste sie auch Unterwäsche und Schuhe einpacken? Sicherheitshalber tat sie es mit beklommenem Gefühl. Nach einer passenden Kette musste sie etwas suchen, fand dann aber die Goldkette mit dem Kreuz daran in der Nachttischschublade, wo sie unter einem Schlüsselbund mit einem ledernen Etui daran versteckt gewesen war. Sie ließ sich einen Moment neben all die Sachen auf das weiche Bett sinken und begann zögerlich, an der Bluse zu riechen. Nichts als der Geruch von Waschmittel stieg ihr in die Nase. Anne spürte, wie sich die Tränen in ihr sammelten. Draußen hupte es. Sie schluckte, sprang auf, stieß dabei etwas zu Boden, öffnete aber trotzdem rasch das Fenster.

»Komme gleich«, rief sie hinunter. Als sie am Bett entlang zurückging, um die Kleider in eine Tüte zu stecken, bemerkte sie, was sie zuvor im Aufstehen vom Nachttisch gefegt hatte.

Es war ein großformatiges Buch, das ganz neu aussah und das sie bei ihrer Großmutter noch nie gesehen hatte. Auf dem Umschlag war ein Knabenchor abgebildet, in geschwungenen, altmodischen Buchstaben stand darauf: »100 Jahre Cäcilien-Knabenchor – eine Chronik«.

Anne setzte sich aufs Bett und begann neugierig zu blättern. Was hatte ihre Großmutter mit diesem Chor zu tun? Das Vorwort hatte Annes Musiklehrer Fritz von Derking geschrieben, der den bekannten Knabenchor gemeinsam mit dem Dirigenten Anselm Dürnbach seit gut zehn Jahren leitete. Er freue sich, schrieb er, dass ausgerechnet er an dieser Chronik zum 100. Geburtstag mitarbeiten durfte, und wünsche viel Spaß beim Blättern und Wiedererkennen. Annes Augen flogen über die Zeilen, pickten hier und dort einen Satz auf. Sie wusste, dass der Vater ungeduldig wartete, aber sie konnte das Buch nicht aus der Hand legen. Man habe sich große Mühe gemacht, die vielen Bilder aufzutreiben, schrieb von Derking und er freue sich, wenn alle Familien, die jemals einen Sprössling in den Chor geschickt hatten, nun ein freudiges Wiedererkennen mit der Vergangenheit feiern könnten. Dann pries er die bereits ein Jahrhundert anhaltende und vielfach ausgezeichnete Qualität dieses Knabenchores, der fast schon von Anbeginn seines Entstehens an eine feste Größe in der deutschen Chorlandschaft gewesen sei. Er zählte zahlreiche berühmte Sänger auf, die mit dem Cäcilien-Knabenchor ihre ersten Auftritte gehabt hatten, erinnerte an die vielen Konzertreisen, die es vor allem in den 70er- und 80er-Jahren gegeben hatte, und an die hervorragenden Chorleiter, die das Niveau immer weiter gesteigert hatten, sodass man sich nicht schämen müsse, den Cäcilien-Knabenchor in einem Atemzug mit den Regensburger Domspatzen oder den Wiener Sängerknaben zu nennen.

Irritiert ließ Anne das Buch sinken. Wer aus ihrer Familie hatte wohl in diesem Chor gesungen? Ihr Vater etwa? Oder gar schon ihr Großvater? Nie hatte irgendjemand erwähnt, dass ein männliches Mitglied der Familie in diesem renommierten Chor gesungen hätte. Sie blätterte weiter durch das Buch. Sah schwarz-weiße Fotos von Jungen in Matrosenanzügen und militärisch anmutender Kleidung, ernst blickend unter ihren weißen Mützen. Später wurden die Bilder farbig, die Haare länger, die Kleidung bunter, die Posen lässiger. Immer waren es Buben zwischen vielleicht acht und 14 Jahren, die ihr entgegensahen. Manchmal waren sogar berühmte Gebäude aus aller Welt hinter dem Chor zu erkennen: der Eiffelturm, der Tower, die Golden-Gate-Brücke und auf einem der jüngsten der »Burj Dubai«, der höchste Turm der Welt in Dubai. Sie konnte sich gut erinnern, wie von Derking sie mit seinen ausholenden Berichten von dieser Reise wochenlang gequält und die Proben des Schulchores dabei vernachlässigt hatte. Natürlich schnitt kein Land so gut wie sein geliebtes Bayern ab, aber man hörte dennoch viel Euphorie aus seinen Worten heraus. Gerade als sie das Buch zurück auf den Nachttisch legte, hörte sie Johann die Treppen heraufpoltern.

»Anne!«, schrie er. »Wo bleibst du?«

Mit hochrotem Kopf erschien er in der Tür. Anne griff rasch nach der Kleidertüte.

»Bin schon fertig.«

»Was dauert das denn so lange? Ich dachte schon, du bist die Treppe hinuntergestürzt oder so etwas.«

»Nein, Papa«, versuchte sie ihn mit besonders sanfter Stimme zu beruhigen.

»Aber es war nicht so einfach, sich für die richtigen Kleider zu entscheiden. Außerdem musste ich noch nach einer Tüte suchen.« Wie immer fiel ihr das Schwindeln leicht. Und wie immer merkte er nichts davon.

»Du musst doch verstehen«, seine Stimme war schon viel ruhiger. »Dass ich nach diesem Verlust in einem noch viel größeren Maße um dein Wohlergehen besorgt bin. Du bist der letzte Mensch auf der Welt, den ich habe.« Er zog sie an sich, legte seine Arme um ihre Schultern und strich ihr übers Haar. Wieder und immer wieder.

»Mein Mädchen«, flüsterte er. »Ich will doch nur, dass dir nichts passiert.«

»Ich weiß doch, Papa, ich weiß es.«

Immerhin schien bei der Beerdigung die Sonne und es war das erste Mal in diesem Jahr richtig warm. Anne schwitzte in ihrer schwarzen Hose und der dunklen Samtjacke, als die kleine Beerdigungsgesellschaft die offene Grube unter den hohen Bäumen des alten Hauptfriedhofs erreicht hatte. Sie erschrak, als sie hinabsah und erkannte, wie tief unter die Erde der Sarg sinken würde. Neben ihr stand ihr Vater, gebeugt im schwarzen Anzug mit einer schwarzen Sonnenbrille auf der Nase. An seinem Arm hatte sich Hedi Aumüller eingehakt, die älteste und wohl einzige Freundin ihrer Großmutter. Wie immer trug sie viele Schichten an Bluse, Weste und Jacke, statt in den von ihr sonst bevorzugten Papagei-Tönen, wie sie es selbst nannte, heute in Schwarz. Sie streichelte immer wieder über Johanns Hand. Wie so oft dachte Anne, was sie darum gegeben hätte, Hedi als Großmutter gehabt zu haben. Heute erschien ihr der Gedanke noch unpassender als sonst und sie verdrängte ihn rasch.

Neben Hedi, Johann und Anne waren zwei alte Cousinen und ein Neffe der Großmutter erschienen, ein Sohn ihrer älteren Schwester Konstanze, die bereits vor ein paar Jahren gestorben war. Die Trauergemeinschaft setzte sich mitsamt dem Pfarrer, der in seiner Ansprache nicht müde wurde, die religiöse Kraft der Großmutter zu loben, in das nächste Café. Man hatte sich seit Jahren nicht gesehen, man hatte sich nicht viel zu sagen und so fiel das Beisammensein kurz und eher still aus.

Die kleine Versammlung löste sich schon beinahe auf, als Anne von der Toilette zurückkam und ihren Vater mit Hedi an der Garderobe fand. Sie bemerkten sie nicht und Anne schnappte ein paar Sätze auf, die sie überhaupt nicht verstand.

»Hast du mit ihr noch einmal geredet vorher?«, fragte Hedi und legte Johann wieder die Hand auf den Arm. Der ließ den Kopf hängen und schüttelte ihn.

»Ihr habt keinen Frieden gemacht? Johann! Es wäre ihr so wichtig gewesen.«

»Sie wollte nicht. Jedes Mal wenn ich davon anfing, hat sie ...«

»Ich weiß, wie schwer es ihr fiel, darüber zu reden. Aber sie hat sich nichts sehnlicher gewünscht, als dass du ihr verzeihst.« Johann sah Hedi endlich an. Wieder schwammen Tränen in seinen Augen. Aber auch Wut.

»Sie hätte Zeit genug gehabt. Außerdem war doch immer ich der Schuldige für sie. Immer!«

»Nein, das ist nicht wahr. Und das weißt du auch.«

»Aber sie hat mich so behandelt.«

Hedi nahm ihm ihre Jacke ab und erblickte dabei Anne. Sie versuchte, Johann unauffällig auf sie aufmerksam zu machen.

»Was ist?«, fragte Anne, aber Johann schickte sie zu den anderen Gästen zurück.

»Wir kommen gleich. Alles in Ordnung!«, sagte er.

Wie sie es hasste! Immer war alles in Ordnung. Nie sprach jemand mit ihr. Als gehöre sie gar nicht zur Familie. Und dabei spürte sie doch, dass etwas nicht stimmte. Dass es brodelte unter der Oberfläche. Seit Jahren schon.

Mittwoch, 05.05.

Jeder Tag ist Qual. Nichts weiter. Es beginnt damit, dass der Wecker mit seinem kreissägenartigen Gebrüll die Stille meines Zimmers zerreißt – nur wenige Minuten nachdem ich eingeschlafen bin. Eigentlich beginnt nichts, es hört nämlich nie auf, ein ewiger Kreislauf des Schmerzes. Nach dem nächtlichen Durchwühlen des Bettzeugs, als lauere hinter jeder Falte der Feind, falle ich, sobald das erste Morgenlicht in mein Gemäuer dringt, in düstere Träume. Voller Matsch und Seich und Morast und Schlamm. Fast bin ich dem Wecker dankbar, dass er mich aus diesem Schlachtfeld herausreißt. Aber dann weiß ich sofort, was mir bevorsteht: Wieder ein Tag, an dem ich in sein Gesicht, in seine Fratze schauen muss – und er, er glotzt zurück aus seinen Schweineaugen, die kein Mitleid kennen und keine Gnade. Und keiner ahnt etwas. Was er mir bis vor zwei Jahren antat. Bis der Stimmbruch meiner Attraktivität ein Ende setzte. Und ich dachte, ich wäre der Hölle entronnen. Aber die Hölle ist in mir. Immer. Und dann sitze ich da, während er seinen Unterricht abhält und von Harmonien spricht, und überlege fieberhaft, wie ich ihn quälen könnte. Wie ich ihn mit siedendem Wasser übergieße, ganz langsam, und warte, bis die Haut Blasen wirft und dann ziehe ich die Haut ab, Stückchen für Stückchen, Zentimeter für Zentimeter. Manchmal schreit einer in meiner Nähe auf, weil es plötzlich meine Haut ist, die ich zerfetze, die ich stellvertretend für seine malträtiere, ohne es zu merken. Erst wenn der Schmerz ankommt in meinem müden Kopf, der nicht mehr so denkt, wie ich es will, fühle ich mich wieder heimisch in mir. Ohne es zu wollen. Denn alles, was ich tue, dient dazu, diesen

Körper zu vergessen, wenn ich ihn denn schon mit mir herumtragen muss, ihn nicht einfach abstreifen kann. Erträglich wird es nur, wenn ich meine kleinen weißen oder flüssigen Freunde in meinen Körper einführe, dann spüre ich, wie sie in meine Adern eindringen und das Träge, Lustlose für ein paar Stunden überlagern, wie sie es an den Rand drängen, sodass ich es kaum noch spüre. In diesem Zustand kann ich besonders klar denken.

2. Kapitel

Am Tag nach der Beerdigung nahm ihr Vater wieder das normale Leben auf. Gemeinsam mit Anne verließ er morgens um 7.20 Uhr das Haus. Um 17.15 Uhr kehrte er aus seiner Steuerkanzlei zurück. Bis 18.00 Uhr kochten sie, immer abwechselnd, einmal Anne, einmal Johann. Einkaufen ging Johann zweimal wöchentlich während seiner Mittagspause in einem benachbarten Bioladen, er legte Wert auf gesunde Nahrung. Um 19.00 Uhr sahen sie gemeinsam die Nachrichten an, anschließend konnte Anne sich in ihr Zimmer zurückziehen oder mit ihm weiter Fernsehen schauen. Bevor sie um 22.00 Uhr zu Bett ging, gab er ihr die Vitaminpräparate. Dann schaltete er die Kameras aus und gegen 22.30 Uhr ging auch er zu Bett. Anne war sich sicher, dass ihr Vater dieses geregelte Leben nicht nur schätzte, sondern brauchte. Zum Überleben brauchte. Und sie brauchte ihn. So viel war klar.

Doch schon ein paar Tage nach der Beerdigung geschah etwas, was die Koordinaten ihres Lebens durcheinanderwirbelte. Für immer.

Im Biologieunterricht ging es um Genetik, speziell um Pränataldiagnostik und ähnliche Dinge. Anne fand das Thema sehr spannend und hatte sich im Internet ausgiebigst informiert. Dass sie jetzt mit ihrem Bio-Lehrer Albert Brunner quasi einen Dialog zum Thema Chancen und Gefahren der Molekulargenetik führen konnte, kam bei manchen in der Klasse offensichtlich nicht besonders gut an. Wie so oft. Sie gähnten demonstrativ, einmal flog ihr sogar ein Radiergummi an den Kopf, während sie eine Frage formulierte. Anne war es gewohnt, dass man sie als Streberin betrachtete, wobei sie ihrerseits nicht verstand, warum sich die meisten ihrer Mitschüler für gar kein schulisches Thema mehr zu interessieren schienen. Sie fand es spannend, dass Erkenntnisse über die kleinsten Bauteile des Lebens – die Zellen – große gesellschaftliche Fragen aufwarfen: Was passierte mit den Menschen, mit ihren Werten, wenn man beispielsweise durch Pränataldiagnostik frühzeitig feststellen konnte, dass ein Kind mit Behinderungen geboren werden würde? Man konnte so viel darüber nachdenken, ob eine Welt ohne Menschen mit Defekten tatsächlich eine bessere Welt wäre. Ob nicht auch behinderte Menschen die Gesellschaft bereicherten. Oder was wäre gewesen, wenn man bei ihr selbst schon im Embryonalstadium die Veranlagung zu einer Krebserkrankung wie die ihrer Mutter hätte feststellen können? Hätten ihre Eltern sie abgetrieben? Anne fehlte es manchmal, sich mit Gleichaltrigen über solche Themen auseinanderzusetzen. Was man dagegen zu einer Party anzog oder welches alkoholische Getränk am meisten »burnte«, interessierte sie einfach nicht. Und das nicht nur, weil sie sowieso nie zu irgendjemandem eingeladen worden wäre.

Als Brunner nun ausholte, um zu erklären, dass die Pränataldiagnostik die Entwicklung der Menschen durch rechtzeitige Vorauswahl von gesunden Embryonen erheblich voranbringen werde, hörte Anne am anderen Ende der Tischreihe die Stimme eines Mitschülers immer lauter werden.

»Diane, ist das nicht wunderbar«, sagte Cornelius und Anne sah, dass er direkt in sein Handy hineinsprach, als sei es ein Diktiergerät. »Wir gehen auf eine Menschheit zu, die frei sein wird von Unsicherheiten, Schädigungen und Schwächen, wo alles endlich ordentlich und kalkulierbar sein wird und man uns nie wieder dem Anblick eines – Entschuldigung – Behinderten aussetzen wird.« Die Ironie in seiner Stimme war so eindeutig, dass Anne sich ein Lachen nicht verkneifen konnte.

»Was soll das denn, Cornelius?« Brunner war in drei Schritten an dessen Tisch angelangt. »Schalten Sie das Ding aus, Sie wissen, dass ich keine Handys im Unterricht erlaube.«

»Aber, Herr Brunner, ich bitte Sie!« Cornelius war der einzige Schüler, den Anne kannte, der sich Lehrern gegenüber so verhielt, als sei er einer der Ihren.

»Ich möchte es doch nicht versäumen, diese Sternstunde des Wissens und der Wissensvermittlung für die Nachgeborenen festzuhalten. Für jene klugen, gesunden Nachgeborenen, die uns die Pränataldiagnostik sicherlich bescheren wird.« Er grinste bei seinen Worten über das ganze Gesicht. Brunner plusterte sich auf, seine Arme stellte er ein wenig seitlich aus, beinahe wäre er auf die Zehenspitzen gegangen und sein Atem ging schneller. Er rang nach Worten.

»Und ja, erzählen Sie meinem Vater ruhig davon«, nahm ihm Cornelius den letzten Wind aus den Segeln. Alle Lehrer, wirklich alle, sogar die Netten, das hatte Anne selbst miterlebt, drohten Cornelius gerne damit, seinen Vater direkt im Lehrerzimmer mit den Vergehen des Sohnes zu konfrontieren. Ob sie das jemals wirklich getan hatten, wusste Anne nicht. Brunner wendete sich wortlos ab, ging zur Tafel und begann, mit quietschender Kreide Wörter aufzuschreiben. *Nukleotide, Eukaryoten, Mosaikgen, Intron, Exon, Translation...* waren nur die ersten davon. Dann drehte er sich langsam um, ein schmales Lächeln umspielte seine dünnen Lippen.

»Bis zum nächsten Mal möchte ich, dass Sie eine Begriffserklärung dieser Worte zu Papier bringen. Und ich weise nur sachte darauf hin, dass die Inhalte im Schlaf sitzen sollten. Warum, können Sie sich sicher selbst zusammenreimen.«

Er droht also mit einem Test, überlegte Anne, während die Mitschüler maulend und meckernd die Begriffe in ihre Hefte übertrugen. Sie linste zu Cornelius hinüber, und als sich ihre Augen trafen, lächelte er. Sie lächelte zaghaft zurück.

Bisher hatte Anne kaum Kontakt zu Cornelius gehabt. Er war nach den letzten Sommerferien in ihre Klassenstufe gekommen, wiederholte die Elfte also. Sie hatte nur ein paar der Gerüchte aufgeschnappt, die über ihn in Umlauf waren. Dass er ein großkotziger Angeber war, der sich für was Besseres hielt. Zum einen, weil sein Vater Hermann Rosen Lateinlehrer und Konrektor der Schule war, zum anderen, weil er bis vor gut eineinhalb Jahren in Thailand gelebt und dort die deutschsprachige Schule in Bangkok besucht hatte, wo sein Vater Lehrer gewesen war. Dass Cornelius angeblich einen Spleen hatte und sich immer mit seinem Handy unterhielt, hatte sie gehört. Dass er schwul sei. Solche Sachen, über die Anne nicht weiter nachgedacht hatte. Wozu auch? Sie wusste genau, dass sie sich in seiner Gegenwart unsicher gefühlt hätte, unterlegen. Diese weltläufige Gelassenheit, die er ausstrahlte, ließ sie sich selbst noch kleiner und unbedeutender fühlen. Was würde er schon mit einer wie ihr zu tun haben wollen?

Anne war es gewohnt, dass ihre Mitschüler sie nur wahrnahmen, wenn sie von Nutzen sein konnte. Hausaufgaben abschreiben, mit ihr ein Referat vorbereiten, das dann garantiert gut benotet würde, sich den letzten Physikversuch noch mal erklären lassen. Es war schon immer so gewesen, oder zumindest fast immer. Spätestens jedenfalls seit sie auf dem Gymnasium war.

In der Grundschule hatte sie zumindest eine beste Freundin gehabt, Hanna. Die hatte ebenso leicht gelernt wie sie und war genauso vom großen »Wissenwollen« erfasst wie Anne. Hanna und Anne hatten ihre Lehrerin gepiesackt mit ihren Warum-Fragen und jene Frau Berghuber war schlecht damit klargekommen, die beiden wissbegierigen Mädchen in die Klasse zu integrieren. Erst als Hanna nach der zweiten Klasse wegzog, war Anne still geworden. Was vielleicht auch am Tod ihrer Mutter Irene lag, der in dieselbe Zeit fiel. Niemand hatte allzu viel Aufhebens um den Tod der Mutter gemacht. Ihre Mitschüler und auch die Lehrerin wussten nicht, wie sie mit ihr umgehen sollten, und schwiegen einfach. Johann, der Vater, war zu sehr mit seiner eigenen Trauer beschäftigt und die Großmutter von jeher eine kalte, sehr zurückhaltende Frau. Andere, nahestehende Verwandte gab es nicht. Beide Eltern waren Einzelkinder, sowohl Johanns Vater als auch Irenes Eltern waren schon vor einigen Jahren verstorben.

Seit dieser Zeit jedenfalls hatte sich Anne mehr und mehr in sich selbst zurückgezogen. Sie hatte Freundschaften nicht gesucht und niemand drängte sich ihr auf. Sie inhalierte Bücher wie andere Sauerstoff, sie hatte mit Klavierunterricht angefangen, mit der Zeit aber gemerkt, dass ihr Singen mehr Freude machte. Also hatte sie Gesangsunterricht genommen und ihre Lehrerin war die Einzige gewesen, die sie zu ihren Geburtstagen eingeladen hatte. Mittlerweile sang sie nur noch im Schulchor und kümmerte sich nicht mehr um die Gehässigkeiten der anderen Choristen, die es satthatten, dass jedes Sopran-Solo von Anne gesungen wurde. Doch Fritz von Derking, ihr Musiklehrer und Chorleiter, aufgrund seiner übergroßen Liebe zu Bayern der »Kini« genannt, war froh, gar nicht nachdenken zu müssen, mit wem er die Soloparts besetzen musste. Er bevorzugte Anne sonst in keinster Weise, lobte sie auch nicht überschwänglich vor den anderen, aber dass sie eine solch feste Größe im Chor war, machte sie noch unbeliebter. Anne sang um des Singens willen. Sie fühlte sich frei und schwerelos, wenn die Töne ihre Kehle verließen, sich im Mund formten und die Luft durchflogen wie Vögel den Wald an einem Frühlingsmorgen. Sie vergaß die Welt, wenn sie sang. Mehr wollte sie nicht.

Als der Gong ertönte und sie wie immer als eine der Letzten hinausging, stieß sie in der Tür mit Cornelius zusammen, der schon wieder sein Smartphone aktiviert hatte und hineinsprach. Anne überlegte nicht, die Worte kamen wie von selbst.

»Agent Cooper, wie geht es Diane heute Morgen? Grüßen Sie sie bitte von mir«, sagte sie und spürte in ihrem rot angelaufenen Gesicht das Grinsen, das sich anfühlte wie von jemand anderem hineingemalt.

Cornelius sah sie irritiert an. »Nein!«, rief er theatralisch aus. »Was muss ich aus deinen Worten schließen – eine Connaiseurin, par bleu!«

Anne musste sich eingestehen, dass sie Cornelius' leicht verquaste, aber auch irgendwie witzige Art zu sprechen bewunderte. Er unterwanderte die gängigen Mode- und sonstigen Trends ihrer Mitschüler nicht einfach durch Verweigerung, durch einen abgekupferten Punker-Anti-Look oder so etwas, sondern durch die Erschaffung seiner selbst als völlig eigenständiger Person. Blaues Jackett mit abgewetzten Goldknöpfen, kaputte Edel-Jeans oder gar neongrüne oder auch lila Leggins, freakiges T-Shirt – das war seine Uniform. Manchmal trug er eine hornfarbene Nerdbrille, oft Kontaktlinsen – und manchmal waren diese grün, manchmal strahlend blau eingefärbt. Dabei waren seine Augen von einem tiefen, satten Braunton, genau wie seine Haare. Natürlich konnte man die meist nach hinten gekämmten Wellen, die fast bis auf die Schultern reichten, als Dandyabklatsch ansehen, aber oft fielen ihm die Strähnen ins Gesicht, standen vom Kopf ab oder wirkten zerzaust, ohne dass er sich darum gekümmert hätte. Cornelius war einfach anders. Ob er tatsächlich schwul war? Keine Ahnung, überlegte Anne. Was wäre, wenn? Nichts.

Sie jedenfalls hatte sich ihm gerade offenbart. Und er hatte es angenommen. Ja, auch sie war eine *Twin-Peaks*-Süchtige, die jede Folge der legendären Fernsehserie von vor über 20 Jahren beinahe auswendig kannte. Irgendwann hatte sie im Haus der Großmutter einen Karton voller alter Videokassetten entdeckt, und da das passende Abspielgerät in funktionsfähiger Form tatsächlich noch vorhanden war, hatte sie sich einsame Tage bei der Großmutter mit den Kassetten verkürzt. Anne war von der ersten Sekunde an fasziniert gewesen. Wie gebannt hatte sie auf den Bildschirm gestarrt. Schon die gleichermaßen melancholische wie unheilvolle Titelmusik hatte sie verzaubert. Sehnsucht schwang darin mit, ein bisschen Kitsch – der sofort gebrochen wurde von merkwürdigen Bildern von Rotkehlchen, qualmenden Fabrikschloten und sprühenden Metallsägefunken. Noch dazu war alles so behäbig und langsam geschnitten, wie man es heutzutage im Fernsehen nicht mehr zu sehen bekam. Und trotzdem ging ein Sog davon aus, dem sich Anne nicht hatte entziehen können. Und Cornelius offensichtlich auch nicht.

»Wie bist du an *Twin Peaks* geraten?«, fragte Anne, während sie den Neubau-Gang entlang hinüber zu ihrem Klassenzimmer im Altbau der Schule gingen.

»Ich weiß gar nicht mehr so genau«, antwortete Cornelius und fuhr sich mit den Fingern durch die Haare. »Ältere Typen in meiner Schule in Bangkok hatten die DVDs. Die haben wir uns dann abends zusammen angeschaut. Die meisten haben spätestens aufgehört, als der Laura-Palmer-Mörder feststand – aber ich habe am Ende gleich wieder mit dem Anfang begonnen.«

»Versteh ich gut! Ich hab die alten VHSen meines Vaters so lange geschaut, bis sie total ausgeleiert waren.« Sie lachte.

Cornelius blickte sie nachdenklich an. »Dass du, also ausgerechnet du…« Er grinste ein wenig entschuldigend. »Hätte ich nicht gedacht, dass du die Serie magst.«

Anne zog die Schultern hoch. »Ich weiß. Ich gelte gemeinhin als langweilig.«

Er legte spontan eine Hand auf ihre Schulter. »Nein, pardon, so habe ich das wirklich nicht gemeint.« Er war richtig rot geworden und Anne musste schmunzeln.

»Leute in unserem Alter schauen so alten Kram ja sonst

weniger«, holte er aus. »Ich dachte, du stehst wie alle auf *How I met your mother* oder so. Ich finde das *damn good* mit dir und *Twin Peaks*, kannst du mir glauben.«

»Wie *damn good coffee* oder was?« Beide lachten.

Als sie endlich am Klassenzimmer ankamen, war die Tür bereits geschlossen.

»Scheiße – die Klausur!«, entfuhr es Anne. »Sind wir zu spät? Vor lauter Gebabbel, Mist!«

»Still«, sagte Cornelius und riss mit ausholender Geste die Tür auf, hinter der Gerlinde Hausmann gerade damit beschäftigt war, die Geschichtsklausur auszuteilen.

»Guten Morgen«, sagte der schlaksige junge Mann freundlich und Anne versteckte sich bereitwillig hinter seinem Rücken. Die Hausmann zog leicht genervt eine Augenbraue hoch.

»Haben Sie doch die Güte, mitschreiben zu wollen«, empfing sie die Zuspätkommenden. Während sich Anne zu ihrem Platz durchschlängelte, griff Cornelius in seine mehr einem Aktenkoffer ähnelnde Schultasche und zog die neueste Ausgabe der *Zeit* hervor.

»Frau Hausmann«, sagte Cornelius lächelnd und blätterte in der Zeitung. »Gerade noch habe ich mit der Kollegin Jänisch dieses Dossier hier«, seine Finger tippten auf die Seiten, »zum Thema *Weimarer Republik* diskutiert – und da haben wir glatt die Zeit vergessen, Sie müssen schon entschuldigen. Aber jetzt gebe ich lieber Ihnen den Artikel, damit Sie uns nicht unterstellen, wir würden abschreiben.« Ob sie wollte oder nicht, die Hausmann musste die Zeitung nehmen, widerstrebend legte sie sie auf ihrem Pult ab.

»Nun gut, dann konzentrieren Sie sich jetzt bitte auf die Aufgaben«, erklärte sie sachlich und setzte sich. Langsam beruhigte sich Annes Herzschlag, während sie die ersten Aufgaben durchlas. Das würde zu schaffen sein.

Nach dem Unterricht wartete Cornelius auf Anne. Ganz selbstverständlich.

»Endlich jemand, mit dem ich über *Twin Peaks* reden kann. Das muss einfach ein *damn good day* werden«, sagte er lachend.

»Wie ging's?«, fragte Anne ihn. Er wackelte vage mit der Hand. Damit war das Thema für ihn beendet. Da sie den nächsten Kurs nicht gemeinsam hatten – Anne hatte Lateinunterricht bei Cornelius' Vater Hermann Rosen –, verabredeten sie sich zum Mittagessen in der Kantine.

Anne beobachtete Rosen heute viel genauer. Niemand würde darauf kommen, dass er und Cornelius Vater und Sohn waren. Der Vater klein, rundlich, mit großer Goldrandbrille und einem schütteren weißen Haarkranz auf dem Hinterkopf. Meist trug er sandfarbene Anzüge, die einen Kolonialtouch hatten. Als wolle er sich selbst damit an Bangkok erinnern. Obwohl Thailand nie kolonialisiert gewesen war. Bis zur Pensionierung hatte er vielleicht noch vier, fünf Jahre. Zu den Schülern war er erst einmal freundlich, meistens fair, zu den Jungs eher als zu den Mädchen. Doch jeder merkte ziemlich schnell, dass mit ihm nicht zu spaßen war. Seine seltenen, aber heftigen cholerischen Ausbrüche waren berüchtigt. Immerhin verzieh er meist schnell. Man merkte jedoch, dass er Schüler, über die er sich geärgert hatte, eine Zeit lang sehr genau beobachtete, bevor er sie wieder freundlich behandelte. Anne hatte bisher mit ihm Glück gehabt, was wahrscheinlich auch an ihrer Lateinnote lag. Ihr fiel das Fach leicht, die Grammatik hatte eine klare Struktur, die Vokabeln konnte sie sich schnell einprägen und das Sätze-Enträtseln machte ihr Spaß. Es war nicht ihr Lieblingsfach, aber es war okay. Für die Eins musste sie sich nur wenig anstrengen.

Als sie gegen halb eins in den lichtdurchfluteten Neubau ging, der vor ein paar Jahren an das alte, klassizistische Hauptgebäude des Cäcilien-Gymnasiums gesetzt worden war und in dem sich jetzt die Kantine und die Räume für die naturwissenschaftlichen Fächer befanden, entdeckte sie Cornelius schnell. Er saß am letzten Tisch am Fenster und las in der *Zeit,* sofern ihn sein Tablett nicht daran hinderte.

»Interessant?«, fragte Anne, als sie sich endlich mit einem dampfenden Teller asiatischer Hühnersuppe zu ihm setzte. Er nickte, schob die Zeitung dann aber beiseite.

»Wie war's bei meinem Vater?«, fragte er zurück.

Oje. Anne wusste nicht genau, was sie darauf sagen sollte. In welchem Verhältnis Vater und Sohn wohl zueinander standen? »Okay«, sagte sie. »Ich komm gut mit ihm klar. Er ist wenigstens fair und gibt jedem immer wieder eine Chance.«

»Echt?« Cornelius tat überrascht. »Wow! Wer hätte das gedacht.«

»Wieso? Wie ist er als Vater?«

Cornelius trank sein Wasserglas in einem Zug leer. »Na ja. Sein Engagement für die Schule geht deutlich über das für seine Familie hinaus. Ich rede nur mit ihm, wenn er was von mir will. Vielmehr: Er redet dann mit mir.«

»Ach, das ist bei uns auch nicht viel anders«, erwiderte Anne. »Ich muss jetzt allerdings dringend los.«

»Ach, schade! Kein Nachtisch mehr?«

»Nee, viel zu fett!«

»Ich wollte fragen...«, er sog kurz Luft ein und grinste dann. »...ob du hier einen *damn bad coffee* haben möchtest oder ob du mich lieber in die beste Espressobar der Stadt begleitest, wo es einen *damn good one* gibt?«

Anne griff nach dem Tablett und umklammerte es. Das *Ja* lag ganz weit vorne auf ihrer Zunge. Aber das *Nein* war doch schneller.

»Ein anderes Mal gerne«, sagte sie, wohl wissend, dass dies eine Lüge war. »Ich muss ein Referat vorbereiten und vorher noch Hausaufgaben machen.«

»Ach, komm schon.« Cornelius sah enttäuscht aus. Er stellte seinen Teller und sein Glas auf Annes Tablett, schob sein leeres darunter und nahm ihr beide aus der Hand. »Ein flotter Espresso, dann gehen auch die Hausaufgaben besser. Ist nicht weit von hier.«

Anne schüttelte bedauernd den Kopf. »Es geht nicht. Echt nicht.«

»Morgen?«

Sie nickte, griff nach ihrer Jacke und winkte ihm zu. »Ich muss mich beeilen, tut mir leid.«

Sie rannte über den Schulhof, der Rucksack stieß schmerzhaft in ihren Rücken, aber sie erwischte den Bus gerade noch, bevor sich die Türen schlossen. Ihr Stammplatz in der vorletzten Reihe rechts war besetzt. Schnaufend ließ sie sich auf den Sitz hinter den Fahrer fallen und fingerte ihr Handy aus dem Rucksack.

»Bin losgefahren«, tippte sie und drückte auf »senden«.

Ihr Zeitplan gab es einfach nicht her, dass sie sich so lange mit Klassenkameraden unterhielt. Sie legte die Hand auf ihr Herz und war froh, dass es wieder gleichmäßig und ruhig klopfte.

»Diane«, sagte er und stockte plötzlich. Wie immer sprach er ihren Namen englisch aus, gedehnt: »Dai-Än«, was auf Deutsch merkwürdig wirkte und ihn immer an sterben erinnerte. *Stirb, Anne*, übersetzte er unwillkürlich und schob den Gedanken rasch beiseite. »Diane«, konzentrierte er sich wieder und ging langsam vom Haupttor der Schule in Richtung Altstadt. »Ein bemerkenswertes Mädchen, diese Anne«, sprach er weiter. Dass Passanten ihn bisweilen irritiert ansahen, war er gewohnt. Außerdem gab es genug Idioten, die auf ihr Handy einredend die Straße entlanggingen. In Bangkok hatte ihn niemand beachtet, obwohl er damals noch ein großes, altes Diktiergerät seiner Mutter benutzt hatte. Dort hatten ihm die Menschen einfach zugelächelt. Ein Farang war er sowieso, eine Langnase, ein Ausländer, auch wenn er nichts anderes kannte als das Leben in Thailand. Aber ein Farang durfte eben in einen schwarzen Knochen reden, wenn er das wollte. »Merkwürdig, aber bemerkenswert«, fuhr er fort. »Hat meine Einladung zum Kaffee ausgeschlagen. Eine Person mit Profil. Erstaunlich. Werde sie jetzt jeden Tag fragen, bis sie mitgeht. Nein, Diane, Sie brauchen sich keine Sorgen zu machen, sie ist eigentlich nicht mein Typ. Sie ist ganz anders als Sie! Ich gebe Ihnen eine Personenbeschreibung. Circa ein Meter fünfundsechzig groß, lange, kräftige dunkelblonde Haare. Eine zierliche Figur, kleine, feste Brüste... äh, Pardon, ich schweife ab. Ein längliches Gesicht mit sehr hellblauen Augen – erstaunlich hellblauen Augen und einer etwas groß geratenen Brille davor. Ein kleiner, runder Mund und eine nicht sehr ausgeprägte Stupsnase. Besondere Kennzeichen: Trägt ziemlich langweilige Klamotten, bevorzugt in Unfarben wie Beige, Oliv, Schlamm, Taupe und Mauve. Sehr intelligent, wie es scheint. Einser-Schülerin. Und neben einer Vorliebe für Assistentinnen namens Diane verbindet uns vor allem, dass wir uns gegenseitig die Top-Position als unbeliebtester Mitschüler streitig machen können. Immerhin wird sie gerne als Nachhilfelehrerin ausgebeutet, während man meine Qualifikationen überhaupt nicht beachtet. Warum ist sie nur nicht mit mir Kaffee trinken gegangen?«

»Na, Sohn, redest du wieder mit dir selbst?«, sprach ihn sein Vater von hinten an. Wie er suchte sich Hermann Rosen häufig ein ruhiges Café, wo er Zeitung lesen und eventuell ein paar Hefte korrigieren konnte. Gemeinsam hatten sie nur, dass sie beide nicht gerne daheim waren. Cornelius hasste es, wenn er außerhalb des Hauses mit seinem Vater reden musste. Nein, eigentlich hasste er es grundsätzlich, mit ihm zu reden. Außer Vorwürfen und Ermahnungen fiel seinem Vater nicht viel zu seinem Sohn ein. Er war nie der Typ gewesen, der mit ihm gespielt, Ausflüge gemacht oder über die großen Fragen des Lebens diskutiert hätte. Er fand, Cornelius war ein guter Sohn, wenn man ihn nicht bemerkte und er keinen Ärger machte. Wie pflegte eine ältere, englische Bekannte aus Bangkok immer zu sagen: *Children should be seen, not heard.* Daran hielt sich sein Vater gerne.

»Ich hab's eilig, ich muss was erledigen«, sagte Cornelius und beschleunigte seine Schritte.

»Ich hoffe, es sind deine Hausaufgaben«, rief ihm Rosen hinterher. »Ach, und noch was: Hängst du jetzt eigentlich öfter mit dieser Anne Jänisch herum?«

Cornelius drehte sich langsam um. »Seit wann interessiert dich so was?«

Sein Vater hob geringschätzig eine Augenbraue. »Die ist

ja nun wirklich nicht dein Kaliber. Intelligent und brav – das Gegenteil von dir.«

Cornelius wusste, wie schnell er den Alten mit dem Übergewicht und den kurzen Beinen abhängen konnte. Es gelang ihm spielend. Er starrte auf den Asphalt unter seinen Füßen und versuchte, seinen Ärger hinunterzuschlucken. Immer will er mich kleinmachen, immer, dachte er.

»Hey, Krieger«, riss ihn eine weibliche Stimme aus seinen düsteren Gedanken. Warum hatte er ausgerechnet in dieses Kleinstadt-Kaff geraten müssen, wo man ständig irgendwen traf, den man kannte. In Bangkok war das außerhalb der Schule so gut wie nie passiert. Der Blick in das zur Stimme gehörige Gesicht hellte seine Stimmung nicht gerade auf. Ami. Ami hieß eigentlich Amanda, aber weil sie Amy Winehouse so ähnlich sah – toupiertes Haar, viel schwarzes Make-up um die Augen, kleine, dünne Hemdchen und knallenge Hosen –, nannte sie jeder nur Ami. Sie konnte absolut nicht singen, aber ihr Drogenkonsum war in der Schule geradezu legendär. Trotzdem leistete sie sich nur selten Aussetzer, gelegentlich blieb sie dem Unterricht fern. Einen Schulverweis hatte sie bisher nicht riskiert und ihre kleinen Geschäfte tätigte sie sehr diskret und niemals auf dem Schulgelände. Wie sie es bis in die 12. Klasse geschafft hatte, war Cornelius rätselhaft. Irgendwie schien sie doch an ihrer Zukunft interessiert zu sein.

»Brauchste was?« Ihr Lächeln entblößte eine Reihe weißer Zähne, auf einem funkelte so etwas wie ein kleiner Diamant, in ihrer Unterlippe baumelte ein Piercing. »Obwohl, du schuldest mir eh noch Kohle!«

»Nein, hab ich dir letzte Woche gegeben, schon vergessen?« Er klang aggressiver, als er eigentlich wollte.

»Stimmt«, lenkte sie ein. »Was ist? Ein Kaffee für deine alte Freundin?«

»Biste mal wieder pleite?« Jetzt musste er doch schmunzeln. Dass sie sich als »alte Freundin« bezeichnete, war ja auch wirklich lachhaft.

Während sie zum *Barista* gingen, Cornelius' Lieblingscafé, hakte sich Ami bei ihm ein. Ihr Geruch war nicht gerade das, was man anziehend nannte: eine grausige Mischung aus kaltem Rauch, zu süßem Parfüm und ungewaschenem T-Shirt. Er spürte, dass sie ihn mochte – kein Wunder, war er doch so ziemlich der Einzige an der Schule, der genauso wenig Mainstream war wie sie. Und Anne.

»Hängste jetzt mit dieser kleinen Strebertante rum?«, fragte Ami prompt. Klang da eine Spur Eifersucht in ihrer Stimme durch? Wäre ja albern, überlegte Cornelius. Ihr musste doch klar sein, dass er niemals etwas von ihr gewollt hätte. Ami sah aus wie eine lebende Leiche – außerdem stand er einfach nicht auf Drogen-Drama-Queens wie sie.

»Die ist keine Streberin«, sagte er nur. »Gerade du solltest nicht nach dem Äußeren urteilen, oder?«

»Erwischt«, gab Ami zu. »Aber die ist doch total langweilig! Die geht nie aus, die siehst du auf keiner Fete, in keiner Kneipe, gar nix. Nur im Schulchor singt das Engelchen, zwitscher, zwitscher.«

»Aber sie kennt *Twin Peaks* – im Gegensatz zu dir!«

Ami rutschte ein bisschen dichter an ihn heran, während sie drei Löffel Zucker in ihrem Espresso verrührte.

»Ich würde nichts lieber kennen lernen als *Twin Keks*«, flötete sie und rollte mit den Augen. »Lad mich doch mal auf dein Sofa ein, dann guck ich alle 97 Folgen am Stück mit dir.«

Cornelius schlürfte mit dem Espresso das nächste Lachen hinunter. »*Peaks*. Es heißt *Twin Peaks*. Und es gibt nur 29 Folgen plus Pilotfilm. Die Serie könnte dir schon gefallen – die wirkt über weite Strecken wie ein einziger Drogenrausch. Ich kann dir ja mal die DVDs leihen.«

»Ich seh schon – du willst mich einfach nicht auf deinem Sofa haben.«

»Genau«, sagte er und stand auf. »Und jetzt muss ich gehen.«

Schmollend sah sie ihm hinterher. Wie ein Küken, das aus dem Nest gefallen ist, dachte er unwillkürlich. Irgendwie tat sie ihm leid.

Als er auf der Altstadtgasse stand, schmeckte er die Bitterkeit der Lüge. Er hatte nicht den leisesten Schimmer, wohin er nun gehen sollte.

Donnerstag, 13.05.

In den Schuppen gegangen. Im Werkzeug des Vaters herumgesucht.

Ein Hammer. Schön schwer. Er liegt perfekt in meiner Hand, wie dafür geschnitzt und geschmiedet. Aber: Ich muss ihm damit zu nahe kommen.

Eine Säge. Schön scharf. Wie gut ließen sich damit Gliedmaßen abtrennen. Aber: Ich muss ihn dafür fesseln, ihn berühren.

Ein Beil. Schön groß. Es würde nur Sekunden dauern, bis er gefällt wäre. Aber: Es ginge zu schnell. Er soll doch merken, was ihm widerfährt.

Ein Seil. Ein starkes, festes Seil. Ich könnte ihn in eine Schlinge treten lassen und er würde nach oben, unter die Decke sausen, mit dem Kopf nach unten hängend. So lange, bis sich alles Blut in seinem Schädel gestaut hätte und die Augen hervorquöllen, die Zunge heraushinge. Eine eklige Leiche. So soll es sein. Eklig, wie sein ganzes Leben. Wie mein ganzes Leben.

Eine halbe Stunde oder eine ganze im Schuppen gekauert. Jeden Dreckspartikel des steinernen Bodens betrachtet, die bilden Hieroglyphen, die mir eine Botschaft überbringen. Du schaffst das nicht. Du widerlicher Loser. Nicht schwer zu entziffern. Jeder kann es lesen. Es steht doch auch auf meiner Stirn geschrieben in blutroten Lettern. Loser. Abschaum. Wicht. Alle haben sich von mir abgewendet. Einmal schon sitzen geblieben, der Dummkopf. Ein zweites Mal droht. Er ist faul, dumm und faul, sturköpfig und dumm. Loser, elender. Das Leben verschissen, na bravo, in so kurzer Zeit. Selbst schuld. Selbst schuld. Wer sonst? Wieso hab ich mich auch nicht gewehrt, selbst schuld. GANZ ALLEIN MEINE SCHULD.

3. Kapitel

Alles okay?«, fragte Johann, legte den *Spiegel* auf das kleine Tischchen voller Zeitschriften zurück und stand auf.

»Wie immer«, antwortete Anne, nahm ihren lindgrünen, dünnen Trenchcoat von der Garderobe und legte ihn sich über den Arm. Nein, Papa, es ist nicht zu kalt, dachte sie und hoffte auf Telepathie.

»Nimm das nicht als Selbverständlichkeit«, sagte Johann mahnend. »Du weißt, wie schnell es gehen kann. Ich bin einfach froh zu wissen, dass dir nichts fehlt. Jetzt steht nächste Woche nur noch der Ultraschall bei Doktor Weiß an und das Screening beim Hautarzt, dann hast du es für das nächste halbe Jahr schon wieder geschafft.«

Anne nickte nur und schob sich vor Johann aus der Frauenarztpraxis. Es wäre ja schon peinlich gewesen, mit dem eigenen Vater zum Gynäkologen zu gehen, um sich die Pille verschreiben zu lassen, aber ein halbjährlicher Check auf irgendwelche Unterleibserkrankungen war noch viel peinlicher. Doch davon wollte ihr Vater nichts hören. »Denk an deine Mutter! Es ist nur zu deiner eigenen Sicherheit«, wurde er nicht müde zu erklären.

Missmutig schob Anne eine Viertelstunde später den Einkaufswagen durch den Supermarkt. Ausnahmsweise begleitete sie ihren Vater heute. Sie war froh, wenn sie es nicht musste. Denn egal, nach welchem Lebensmittel sie griff, es war nie das richtige. So wie jetzt diese großen leuchtend roten Erdbeeren, bei deren Anblick ihr das Wasser im Munde zusammenlief.

»Stopp!«, unterbrach Johann ihre Bewegung auf das Plastikpack mit den Früchten zu. »Die sind aus Spanien. Total verseucht. Lauter Pestizide. Ich bring dir morgen welche aus dem Bioladen mit, versprochen.«

Sie wusste, dass er das Versprechen halten würde. So wie immer. Das war ja das Schlimme. Er tat alles für sie. Ob sie wollte oder nicht.

Auf der Autofahrt summte er leise vor sich hin. Das hatte er seit Wochen nicht getan. Seit die Großmutter gestorben war. Anne kniff angestrengt die Augen zusammen, dann fasste sie sich ein Herz.

»Papa«, sagte sie mit ihrer einschmeichelndsten Stimme. »Darf ich nach der Schule morgen noch ein wenig in der Stadt bleiben? Ich brauch dringend eine neue Hose. Oder einen Rock.«

Johann schenkte ihr einen verwunderten Seitenblick. »Wir hatten uns doch geeinigt, dass es das Komfortabelste ist, du bestellst dir Sachen zum Anziehen im Internet. Bisher hat doch immer alles prima gepasst.«

»Ja, schon... aber...« Sie brach ab.

»Am Samstag können wir zusammen ein wenig bummeln gehen, wenn du möchtest. Über den Wochenmarkt, auf ein Eis bei Giorgio oder ausnahmsweise auch mal eine Pizza. Okay?«

Anne starrte aus dem Autofenster. Fünf Mädchen in kurzen Hosen und knappen bunten Tops standen an der Ampel. Kicherten, fuhren sich durchs Haar. Eine strich sich mit einem Lipgloss hektisch über die Lippen. Von der anderen Straßenseite johlten zwei Jungs zu ihnen hinüber.

»Was wird eigentlich aus dem Haus?«, fragte Anne.

»Mach dir keine Sorgen darum. Das kläre ich demnächst.« Johann stellte das Autoradio an. Der ultimative Hinweis, dass er nicht weiter mit ihr darüber reden wollte.

»Wirst du es verkaufen?«

»Irgendwann. Noch ist nicht die Zeit.«

»Und solange steht es einfach leer rum?«

»Es wird ihm nicht wehtun, dem Haus, sei nicht albern. Möchtest du etwa, dass wir in die alte Bruchbude einziehen? Was meinst du, was man da alles renovieren muss. Dafür haben wir definitiv kein Geld.«

»Dann verkauf es doch gleich. Dann haben wir wieder Geld.«

»Das lass meine Sorge sein, wirklich, Anne. Wie geht es mit dem Singen voran?« Anne schaltete vom Info- auf den Popsender um.

»Bitte«, sagte Johann genervt, drehte den Sender zurück und bremste gleichzeitig ein wenig kräftiger als nötig.

»Aber wenn wir mehr Geld hätten, könnte ich vielleicht doch auf die Klassenfahrt Ende Juni mit.«

Johann legte den Arm auf Annes Rückenlehne und fuhr mit Schwung in die Parklücke vor ihrem Haus. Er stellte den Motor ab und sah Anne durchdringend an. »Du weißt, dass es nicht ums Geld geht. Nicht nur. Eine Klassenfahrt – nach Venedig! Mit dem Bus! Denk an das Unglück in der Schweiz im letzten Frühjahr. 22 Kinder tot. Nur wegen einer Woche Skifahren. Was ist dir lieber? Eine Woche Venedig oder...?«

»Schon gut, Papa«, sagte Anne und stieg aus dem Auto aus. Sie griff nicht nach den Einkaufstüten. Er hätte sie diese sowieso nicht tragen lassen.

»Aber heute! Heute kommst du mit«, sagte Cornelius und Anne fragte sich langsam, wie viele Variationen zu diesem Spruch ihm noch einfallen würden.

»Es geht nicht«, sagte sie seit Tagen.

»Langsam glaube ich, du wirst als Hausklavin gehalten.« Das Lächeln in seinen Mundwinkeln sprang nicht auf die Augen über, die heute mal ihre natürliche Farbe aufwiesen. »Kann ich dann vielleicht mitkommen und wir trinken bei dir Kaffee? Ich brauche dringend jemanden, der mich Franz-Vokabeln abhört.«

»Tee«, sagte Anne. »Einen Tee im Garten. Und wir lernen echt. Aber jetzt bitte – ich muss den Bus erwischen. Komm um drei, okay? Holzäckerweg 2d. Das letzte Haus in der Reihe.« Noch bevor Cornelius etwas sagen konnte, spurtete sie los.

»Lerne heute ab 15.00 Uhr im Garten, Wetter ist so schön«, schrieb sie als Zusatz in ihre mittägliche SMS. Dann starrte sie an der Unterlippe nagend aus dem Fenster. Sie achtete kaum auf die Aussicht, die sie schon 1000-, 10.000-Mal gesehen hatte. Braune Mauern, rote Mauern, weiße Mauern, die meisten alt, sehr alt und recht gut gepflegt. Ein paar Kuppen und Erhebungen. Sie wusste, an welcher Stelle der Fluss aufblitzte. Die Engstelle, wenn der Bus das Stadttor passierte, der kleine Hubbel, der die Straße bergauf markierte in Richtung der Gartensiedlung, in der das Eckreihenhaus stand, das seit 17 Jahren ihr Zuhause war. Sie musste unbedingt vermeiden, dass er Cornelius zu Gesicht bekam. Am besten, sie nahm um kurz vor drei eine Mülltüte – oder besser noch ihren Papierkorb –, um einen Grund zu haben hinauszugehen. Dann würde sie ihn noch vor der Tür abfangen und von hinten direkt in den Garten schicken. Was war nur in sie gefahren, Cornelius zu sich nach Hause einzuladen? Mitschülerinnen waren gelegentlich bei ihr gewesen, nicht wirklich häufig, aber so zwei-, dreimal pro Halbjahr kam das schon vor. Sie lernten dann zusammen oder erarbeiteten ein Referat. Meistens erarbeitete Anne. Die Mädchen – sie kamen immer zu zweit, als traue sich niemand allein in das etwas dunkle, von zähen, breiten Kiefern zugewachsene Haus – lenkten vom Thema ab, kicherten oder betrachteten unverhohlen neugierig Annes Zimmer. Wo kein Poster hing von Michel Teló oder Deichkind, sondern eines von Ronaldo Villazón, dem mexikanischen Opernsänger, und David Fray, dem französischen Pianisten, der so gebeugt vor dem Flügel saß, als wolle er in die Tasten hineinkriechen. Und ganz besonders verstörend empfanden sie sicher das Plakat mit dem blassen, bläulichen Mädchengesicht, das von Sandkörnern gepudert schien und halb von einer Plastikfolie verdeckt war – das Bild eines Mädchens, das offensichtlich tot war. Anne hatte ein einziges Mal versucht zu erklären, dass es ein Still aus der Serie *Twin Peaks* war und Laura Palmer zeigte, die tote Hauptfigur der Serie, um deren Ermordung sich alles drehte. Ihre Klassenkameradinnen hatten sich schnell wieder dem Thema des Referats zugewandt.

Schon um kurz nach zwei bereitete Anne in der Küche einen Kräutertee zu. Sie goss ihn in der Thermoskanne auf, stellte diese zusammen mit einer Tasse und einer Schüssel mit Dinkel-Hafer-Keksen auf ein Tablett und brachte beides hinaus. Die zweite Tasse würde sie später holen. Wenn sie Glück hatte, würde er es gar nicht bemerken. Sie rückte den Terrassentisch und die Bank so auf dem Rasen zurecht, dass die Wohnzimmerkamera ihren Rücken erfassen würde. Aus der kleinen Gartenhütte, die das schmale Rechteck des Gartens nach hinten hinaus vor neugierigen Blicken schützte, holte sie einen alten Klappstuhl und stellte diesen gegenüber der Bank auf, sodass Cornelius in Richtung Haus schauen würde. Er wäre außerhalb des Bildausschnitts, das wusste sie. Um die Nachbarn rechts machte sie sich keine Sorgen. Zum einen hielt der gut zwei Meter hohe Palisadenzaun ihre Blicke ab, zum anderen war das Rentnerpaar sowieso meist auf Reisen – jetzt im Mai natürlich sowieso. Anne musste Cornelius nur daran hindern, das Haus betreten zu wollen. Warum hatte sie ihm nicht gleich gesagt, er solle durch das Gartentor kommen? Daran müsste sie beim nächsten Mal unbedingt denken. Beim nächsten Mal, mein Gott, was dachte sie da? Jetzt musste sie dieses eine Mal erst glücklich hinter sich bringen. Ihre Finger fühlten sich feucht an, ihr Bauch grummelte nervös. Noch nie war ein Junge bei ihr zu Besuch gewesen. Sie hatte noch nicht eine Sekunde darüber nachgedacht, was oder wer er für sie war. Ein Schulfreund. Ein Freund? Intuitiv spürte sie, dass sie ihm vertrauen konnte. Wollte. Prickelte es? Manchmal, ein wenig. Ein ganz klein wenig. Ganz, ganz klein.

Um zehn Minuten vor drei musste sie sich zügeln, nicht ständig auf die Uhr zu schauen. Um drei Minuten vor drei nahm sie den Abfalleimer aus dem Bad und aus ihrem Zimmer und ging vor die Tür. Von Cornelius war nichts zu sehen.

»Bitte, sei pünktlich«, betete sie. »Bitte, bitte, bitte.«

Sie drückte den Abfall in der Tonne ein bisschen zurecht, bückte sich nach abgefallenem Laub, das neben dem Müllhäuschen lag, und stopfte es ebenfalls in das Behältnis. Sie richtete sich auf und sah die Straße entlang. Gleich würde drinnen das Telefon läuten, sie meinte, es schon zu hören. Sie ging zurück in Richtung Haustür. Die Straße war, soweit sie das sehen konnte, noch immer leer. Da die Reihenhäuser am Ende eines Wendehammers lagen, konnte er nur aus einer Richtung kommen. Anne fasste sich ein Herz und brachte die Mülleimer zurück an ihren Platz. In der Küche ließ sie kurz das Wasser laufen und wusch sich die Hände. Das sollte er gesehen haben. Sie verließ den Raum und ging zurück Richtung Haustür, die sie offen gelassen hatte.

»Hallo? Jemand zu Hause?«

Annes Herz schlug bis zum Hals, in großen Schritten ging sie Cornelius entgegen. Er stand halb in der Tür, halb im Haus. Sie schob ihn ganz hinaus, zog die Tür hinter sich zu und den Schlüssel ab, der noch im Schloss steckte.

»Nette Begrüßung – komme ich ungelegen?« Cornelius grinste breit.

»Ich dachte...«, stotterte Anne und ihr wurde erst jetzt klar, über wie unendlich viele Eventualitäten sie bisher nicht nachgedacht hatte. »Ich dachte, ich zeig dir erst mal das Drumrum um unser Haus.« Sie zog ihn am Ärmel mit sich fort.

»Auch mal 'ne Idee«, lachte er und folgte ihr bereitwillig. Während sie um das Haus herumgingen, bemerkte Anne aus den Augenwinkeln, dass er sein Fahrrad nicht direkt vor dem Haus abgestellt, sondern am Pfosten der rot-weiß gestreiften Parkwarntafel am Wendepunkt der Straße abgeschlossen hatte. Sehr gut. Nach wenigen Metern blieb sie bereits wieder stehen.

»Ist das nicht toll?«

Hinter dem Wendehammer, hinter den Reihenhäusern begann weites Feld. Und weil die Gartensiedlung auf einer der vier Kuppen lag, die den Ort umgaben, sah man unterhalb des Feldes die ganze Stadt vor sich liegen. Der Fluss in seiner gewundenen Bahn glitzerte metallisch, die Spitzen von Dom und Sankt-Caecilien-Kirche schimmerten von Grünspan. Die Altstadt duckte sich zwischen den beiden majestätischen Kirchen, ihre Gassen wirkten von hier oben noch krummer.

»Großartig«, musste Cornelius zugeben und versank regelrecht in diesem Anblick. »Hier war ich noch nie!«

»Jetzt komm«, drängte ihn Anne, die schon wieder den Eindruck hatte, das Telefon klingeln zu hören. »Sonst wird der Tee kalt.«

Ohne Einwände setzte sich Cornelius auf den ihm zugewiesenen Platz. Als er den ersten Schluck des dampfenden Getränks nahm, grinste er Anne über die Tasse hinweg schon wieder an.

»Frisch heute«, sagte er und fügte an: »Trinkst du nichts?« Sie spürte, wie sie rot anlief. Das konnte ja heiter werden. Schnell sprang sie auf. War vielleicht sowieso gut, sich kurz drinnen blicken zu lassen.

»Ach, ganz vergessen«, sagte sie kurz angebunden und wollte schon im Haus verschwinden. »Beweg dich nicht von der Stelle, ich bin gleich wieder da.«

Oje, oje, oje, dachte sie nur, während sie aus ihrem Zimmer diverse Schulbücher holte und aus der Küche eine weitere Tasse. Hoffentlich nahm er ihre Ermahnung so wörtlich, wie sie sie gemeint hatte.

Er hatte sich im Stuhl zurückgelehnt und die Augen geschlossen.

»Herrlich«, sagte er, als sie zurückkam. Anne nickte. Ihr war total beklommen zumute. Am liebsten hätte sie gleich das Französischbuch aufgeschlagen und ihn Vokabeln abgefragt.

»Wie lange wohnst du hier schon mit deinen Eltern?«, hörte sie ihn fragen. Sie legte das Buch auf den Tisch, schenkte sich endlich auch Tee ein. Cornelius begann zu husten.

»Ganz schön staubig, die Kekse«, erklärte er und fuchtelte mit der Hand vor seinem Gesicht herum.

»Sorry, wir haben keine anderen«, sagte sie und, um vom Thema abzulenken, fuhr sie gleich fort: »Ich wohne schon immer hier. Mit meinem Vater. Meine Mutter ist vor acht Jahren gestorben. Krebs.« Cornelius hustete ein letztes Mal und versuchte, so gut es ging, mit dem heißen Tee nachzuspülen. »Oh, das tut mir leid«, sagte er.

»Ich kann mich kaum noch an sie erinnern.« Anne sah nachdenklich auf die blühenden Rhododendronsträucher. »Die Zeit rund um ihren Tod ist wie von dichten Wolken vernebelt. Man hat mir lange verheimlicht, wie krank meine Mutter tatsächlich war. Ich kann mich gerade noch so an die Beerdigung erinnern. Weißt du, was ich dachte?«

Cornelius schüttelte den Kopf. Eine Strähne fiel ihm vor die Nase, er pustete sie nach oben weg.

»Ich hab mir einfach nicht vorstellen können, dass da in dieser Grube meine Mutter drinliegen sollte. Für mich war sie auf einer Expedition am Nordpol. Ich war total sicher, dass eine Verwechslung vorliegen musste. Meine Mutter war auf einer langen, entbehrungsreichen Reise durch die Wildnis, die nicht zuließ, Kontakt aufzunehmen mit uns Daheimgebliebenen. Wie lange es dauern sollte, darüber wusste niemand Bescheid. In meinen Kopf-Geschichten sprach meine Mutter mal von einem Jahr, dann von drei oder gar fünf. Aber sie versprach, mir einen Pinguin mitzubringen, und ich glaubte fest daran – obwohl ich genau wusste, dass es Pinguine nur am Südpol gab. Die Erwachsenen waren total erstaunt, dass ich so gefasst war. Nur meine Großmutter meinte, das wäre der Beweis, wie wichtig es gewesen wäre, ›dem Kind den Anblick seiner Mutter im Krankenhaus erspart zu haben‹.«

»Krass«, sagte Cornelius ernst. »Ich kann mir natürlich nicht vorstellen, wie es ist, seine Mutter zu verlieren, aber, dass du Angst gehabt hast, schon. Meine Mutter leidet seit einigen Jahren an Rheuma. Deswegen mussten wir auch aus Bangkok weggehen. Die heißen Temperaturen und die hohe Luftfeuchtigkeit waren ganz mies für sie. Das ging zum Schluss gar nicht mehr. Ich wollte nicht weg, echt nicht. Das ist meine Heimat da. Und immer heißt es ›nimm Rücksicht auf deine Mutter‹, ›denk an deine Mutter‹, ›aber für deine Mutter ist das nicht gut ...‹. Ganz schön schwer manchmal, das zu ertragen. Warst du nicht auch oft wütend auf deine Ma?«

Im Haus begann das Telefon zu klingeln. Mit dem Vater-Läuten. Nicht, dass häufig jemand anrief, aber ihr Vater hatte seiner Büronummer diesen Klingelton zugeordnet, eine einschmeichelnde Flötenmelodie, aber so durchdringend, dass man sie bis ins hinterste Eck des Gartens hörte. Anne sprang auf. »Moment«, sagte sie und ging schnell rein.

»Hallo, Schatz«, sagte ihr Vater. Er klang wie immer. Anne atmete auf. »Alles klar bei dir? Hast es dir im Garten gemütlich gemacht, hab ich gesehen.«

»Ja, hab ich dir doch geschrieben.«

»Ich weiß, war ja auch kein Vorwurf. Ist dir eine Tasse kaputtgegangen?«

»Wieso?«

»Na, weil du noch eine zweite aus der Küche geholt hast.« Mist, er hatte es gesehen. Aber immerhin hatte er die Ausrede gleich mitgeliefert.

»Ja, leider, tut mir leid. Ich kann sie von meinem Geld nachkaufen, wenn du möchtest.« Sie hörte, wie ihr Vater einen Kugelschreiber oder Ähnliches rhythmisch auf der Schreibtischplatte aufschlagen ließ.

»Nein, Quatsch. Aber pass auf mit den Scherben, ja? Verletz dich nicht!«

»Nein, Papa, mach ich nicht. Sonst noch was?«

»Vielleicht komme ich heute ein bisschen früher. Mal sehen. Mach's dir noch gemütlich, ja, Spatz?«

»Ciao, Papa.« Sie legte auf und betrachtete einen Moment das Telefon in der Ladestation. In welchem Film lebte sie eigentlich?

Als sie in den Garten zurückkam, war Cornelius' Stuhl leer. Scheiße. Hektisch sah sie sich um.

»Cornelius?« Ihre Stimme war eine Spur zu laut. Hinter der Gartenhütte kam sein Kopf zum Vorschein. Langsam ausatmen.

»Hab mir nur noch mal die Aussicht angesehen. Sensationell. Fast so gut wie der Blick auf den Chao-Phraya. Du weißt schon, der Fluss in Bangkok.«

Anne ließ sich wieder auf die Bank fallen. Cornelius durfte nicht auf die Idee kommen, ins Haus gehen zu wollen. Aber er hatte eine andere Idee.

»Ganz schön heiß schon in der Sonne«, sagte er nun. »Können wir uns in den Schatten setzen?«

Annes Augenlid fing zu zucken an. Unkontrollierbar. Schatten war auf der Terrasse. Die Terrasse war komplett zu sehen durch die Kamera.

»Ich find's ganz schön so«, sagte sie. »Geht's deiner Mutter jetzt besser?« Sie würde einfach das Gespräch von vorhin fortsetzen. Cornelius stand noch immer unschlüssig da. Endlich fiel Anne etwas ein. Sie stand auf, schleppte einen Sonnenschirmfuß von der Terrasse heran und holte den dazugehörigen Schirm aus der Hütte.

»So geht's doch auch, oder?«

Cornelius setzte sich wieder.

»Mal so, mal so«, beantwortete er nun ihre Frage. »Sie hat immer wieder Phasen, wo sie nur im Bett liegen kann. Außerdem hat sie depressive Tendenzen. Sie war früher mal Pianistin, vor meiner Geburt. Sie war sehr gut, auf dem Weg, internationale Karriere zu machen. Als ich so zwei war, da war sie 40, Kind und Karriere, das ging einfach nicht zusammen. Da hat sie das Spielen aufgeben. Das war nicht einfach für sie. Plötzlich war sie nur noch die Ehefrau vom Lehrer Rosen. Na ja, und so vor drei Jahren ging dann das Rheuma los. Vor eineinhalb Jahren sind wir nach Deutschland zurückgekommen. Oder hergekommen.«

»Wie alt warst du, als ihr nach Thailand gegangen seid?«

»Ich bin dort geboren. Meine Eltern sind bereits Mitte der 80er-Jahre nach Bangkok gezogen. Es hat ganz schön gedauert, bis sie mich bekommen haben.«

»Und wie war der Wechsel nach Deutschland?«

»Beschissen.« Er sagte es lächelnd. »Kalt, spießig, langweilig. Reicht?« Anne lachte und nickte. »Und jetzt?«

»Wird's wärmer.« Er deutete in Richtung Sonnenschirm. »Aber langweilig finde ich es immer noch oft. Und spießig.«

»Ich kenne ehrlich gesagt nichts anderes als das hier. Ich find's ganz okay. Übersichtlich.«

»Eben. Das ist ja das Schlimme.«

Anne lachte ein wenig gequält. »Sollten wir nicht langsam mal an die Französisch-Vokabeln gehen?«

Cornelius musterte sie in einer Mischung aus Unglaube und Amüsement. »Nicht dein Ernst, oder?«

»Na ja, schon, ich dachte ...«

Was dachte ich eigentlich, überlegte Anne. Dass ich nicht Dinge sagen möchte, die merkwürdig klingen könnten.

»Ich würde mir viel lieber mal dein Zimmer anschauen.«

Anne spürte, wie sich ihre Kopfhaut zusammenzog, wie rote, fiese Punkte ihren Hals erstürmten und behände nach oben wanderten. »Oh, das ist total unaufgeräumt. Echt, völlig der Saustall«, improvisierte sie.

»Ach, komm schon, was meinst du, wie es bei mir aussieht?«, lachte Cornelius und stand auf. Anne sprang ebenfalls hektisch aus ihrem Stuhl. Er durfte das Haus nicht betreten!

»Nee, ich möchte das einfach nicht. Mir ist das zu peinlich.« Er sah über ihren Kopf hinweg und versuchte, ins Wohnzimmer zu spähen. Anne spürte, wie Tränen in ihr aufstiegen, Panik. Hektisch sah sie auf die Uhr. Halb fünf schon. »Vielleicht komme ich heute etwas früher«, dröhnten die Worte ihres Vaters in ihrem Ohr.

»Du musst jetzt eh gehen, ich muss kochen anfangen, bald kommt mein Vater heim, der braucht dann sein Abendessen. Bitte, geh jetzt!« Wie eine Maus piepste sie, eine Maus, die vor der Katze um ihr Leben fleht.

»Schon gut, schon gut«, Cornelius sah das erste Mal ein

wenig irritiert und verärgert aus. »Wenn mein Besuch unerwünscht ist...«

»Nein«, rief Anne sofort. »Du glaubst gar nicht, wie schön ich deinen Besuch fand, aber jetzt... bitte, frag mich nicht, geh einfach.«

»Okay, Ciao.« Er wollte an ihr vorbei in Richtung Wohnzimmer gehen.

»Bitte, Cornelius«, sie hielt ihn am Arm fest, spürte die vielen Haare auf seiner Haut, hätte ihn gern festgehalten, diesen Arm. »Bitte, geh außen 'rum. Nicht durchs Haus.« Beim Umdrehen ließ er den Kopf hängen. Als er an ihr vorbeiging, streiften sich ihre Arme. *Bleib bei mir,* hätte Anne am liebsten gerufen, aber ihre Kehle war ausgedörrt.

»Bis bald«, sagte er nur und ging zur Gartentür hinaus.

»Anne, bist du da?«, hörte sie in diesem Moment eine Stimme aus dem Wohnzimmer. Scheiße, ihr Vater.

»Hallo«, rief sie ihm zu. »Ich bin hier draußen.« Dann entdeckte sie die zwei Teetassen auf dem Tisch. Schnell packte sie eine davon und warf sie mit Schwung über den Zaun in Richtung Felder. Keine Sekunde zu früh.

»Hallo, Spatz«, sagte ihr Vater, kam auf sie zu und drückte ihr einen Kuss gegen die heiße, verschwitzte Schläfe.

»Hallo, Papa!« Kling entspannt, forderte sie sich auf. »Dachte, du setzt dich ein bisschen zu mir in den Garten.« Sie deutete auf den zweiten Stuhl.

»Komm lieber rein, draußen riskierst du ja einen Sonnenstich.«

Cornelius spähte durch die Kiefernzweige auf die so scheinbar ganz normale Szene. Ein Vater, schlank, eher klein, akkurat geschnittener Blondschopf, in dunkelgrauem Businessanzug, ein zartes, leicht melancholisches Gesicht, dieselben blauen Augen wie seine Tochter, nahm eben diese in den Arm und begrüßte sie. Er legte den Arm um ihre Schulter und führte sie ins Haus. Cornelius schüttelte irritiert den Kopf. Dann hob er die Tasse auf, die knapp neben ihm ins Gras gefallen war. Erstaunlicherweise war sie heil geblieben.

Was war nur mit Anne los? Nachdenklich ging er zu seinem Fahrrad und schloss es auf. Warum hatte sie ihn nicht ins Haus lassen wollen? War geradezu panisch geworden. Natürlich gab es noch immer Eltern, die ihren Kindern das Erwachsenwerden nicht erlauben wollten. Die sie streng an der Kandare hielten. Aber ihr Vater war ja gar nicht daheim gewesen. Hatte sie Angst gehabt, er würde sie überraschen? Durfte sie nicht einmal einen Jungen im Garten sitzen haben? Es schien, als sei um das Haus ein zwei Meter breiter, unsichtbarer Korridor errichtet, in dem es von Krokodilen wimmelte. Und nur Anne und ihr Vater kannten den Trick, mit dem man die Krokodile besänftigen konnte. Er verstand das einfach nicht. Einerseits hatte ihm Anne so vertrauensvoll vom Tod ihrer Mutter erzählt, andererseits hatte er nun das Gefühl, er kenne das Mädchen überhaupt nicht.

Lass sie einfach in Ruhe, dachte eine seiner Hirnhälften. *Find raus, was da los ist*, dachte die andere. Einmal hatte er als Kind im Schreibtisch seines Vaters herumgekramt, ohne dessen Wissen. Mit einer Packung weißer Luftballons war er in den Garten gerannt und hatte gebettelt, sie zu bekommen. Sein Vater hatte sie ihm wortlos aus der Hand genommen und ihn dann so geohrfeigt – das einzige Mal in seinem Leben –, dass er quer durch den Garten gegen die Bambushecke geflogen war. Erst Jahre später hatte er verstanden, dass er keine Luftballons, sondern Kondome gefunden hatte. An den Schreibtisch seines Vaters war er nie wieder gegangen. Ein wenig kam er sich vor wie damals. Als habe er etwas Böses angerichtet, ohne auch nur im Entferntesten zu ahnen, dass es etwas Böses war.

»Diane«, sprach er in sein Smartphone. »Heute...«

Er starrte das Gerät an, nach einer Weile ließ er es sinken. Er hatte keine Lust, etwas zu sagen. Dies hier war zu real. Zu ernst. Er musste ihr helfen, das spürte er mit einem Mal ganz genau.

Dienstag, 25.05.

Ich schaffe es nicht. Wenn er auftaucht, bin ich klein wie ein Silberfisch. Flitze über den Boden, in die Ecken, die dunklen, damit er mich nicht sehen kann. Er sieht mich trotzdem. Ich stürze mich in die Menge. Mache Aufsehen. Denn dann kommt er nicht an mich heran. Er liebt die Dunkelheit, die Stille. In der er sich ganz auf meine Schmerzensschreie konzentrieren kann.

Manchmal verwechsle ich alle anderen mit ihm. Dann ist jeder er. Jeder muss bekämpft werden. Manche haben Angst, wenn ich schreie. Wenn ich unflätig daherrede. Wenn ich remple und um mich schlage. Sie halten mich für den Angreifer, merken nicht, dass dies alles nur meiner Verteidigung dient, die immer und immer wieder eingerissen wurde.

Und dann sage ich mir: Es ist vorbei. Seit zwei Jahren schon ist es vorbei. Es wird nicht wieder vorkommen. Ich lasse das nicht mehr zu. Gebetsmühlenartig leiern die Worte durch meinen Kopf: Es ist vorbei, esistvorbeivorbeivorbeivorbei... Aber so, wie ich niemals an Gott glauben werde, kann ich auch nicht an diese Worte glauben. Wie soll es vorbei sein, wenn ich noch immer diesen Geschmack von Ekel auf der Zunge habe. Kein Wasser, kein Wein, kein Bier, kein Schnaps – nichts kann diesen widerwärtigen Geschmack davonschwemmen, ein Kuss sowieso nicht. Wer wollte auch einen Loser küssen?

Dieses Mädchen vielleicht? Das mir hinterherstarrt und glaubt, ich merke es nicht. Das versucht, mit mir zu reden, aber ich verstehe ihre Worte nicht. Als spräche sie eine andere Sprache, in »fremden Zungen«. Dieses Mädchen, das meine Hülle abstreifen möchte, weil sie denkt, darunter verberge sich ein Mensch. Niemals wird sie diese Hülle abstreifen, denn dann kommt nur dieser ekelhafte, von Würmern durchdrungene, von Maden wimmelnde, halb verweste Leib zum Vorschein. Das hat sie nicht verdient. Zu ihr bin ich besonders grob, sie verrate ich, damit sie nicht in den Strudel des Unglücks gezogen wird, doch sie gibt vor, nichts davon zu merken. Wie ein Schatten folgt sie meinen Schritten und versteht nicht, dass ich ihr nicht als das begegnen kann, was sie selbst ist: als Mensch. Denn ich bin keiner mehr.

4. Kapitel

In den nächsten Tagen ging sie ihm aus dem Weg. Sie war freundlich und höflich, aber er merkte wohl, dass sie sich auf keine längeren Gespräche mit ihm einlassen wollte, jedenfalls respektierte er ihre Zurückhaltung. Sie sah ihn öfter mit dieser Ami auf dem Schulhof reden. Sie hatte die Nacht nach seinem Besuch fast kein Auge zugetan. War erst schnell eingeschlafen, aber dann bald wieder aufgeschreckt. Hatte da etwas gerüttelt draußen? Nein. Heiß war ihr und sie hatte das Fenster geöffnet. Es war alles gut gegangen, Johann hatte nichts gemerkt, sagte sie sich immer wieder. Als er nach den Scherben der Tasse gefragt hatte, hatte sie gesagt, sie habe sie gleich in die Mülltonne entsorgt. Das hatte er gelten lassen. Trotzdem war sie sauer auf sich selbst, wie unüberlegt sie gehandelt hatte. Cornelius spontan einzuladen! So ein Wahnsinn! Ihr wurde kalt. Sie schloss das Fenster wieder. Sie hätte ihrem Vater die Situation erklären sollen. Dass Cornelius ein Schulkamerad mit Lernnachholbedarf war, dem sie gerne helfen würde. Dass er vertrauenswürdig sei. Wieso? Woher weißt du das?, hätte ihr Vater umgehend nachgefragt. Na ja, immerhin war er der Sohn ihres Lateinlehrers. Aber ob das ihren Vater beruhigt hätte? Wahrscheinlich hätte er wieder einen Vortrag über die Gefahren der Welt gehalten. Wo aus angeblich gutmeinenden Freunden Feinde wurden, die übelste Absichten hatten. Von Vergewaltigung und gar Mord hätte er sicher gesprochen. Dass man gar nicht vorsichtig genug sein konnte. Vor allem bei jungen Männern... Er verstünde ja, dass sie auch Kontakt zum anderen Geschlecht wünsche. Aber doch nicht mit einem Fremden ganz allein in ihrem Garten... Hin und her hatte sie sich gewälzt, geschwitzt und gefroren und schon geglaubt, krank zu werden. Und dann die Augen zusammengepresst und ihre Atemzüge gezählt. Eins, zwei, drei. Eins, zwei, drei. Und irgendwann war sie auf einer Eisscholle gesessen und weit entfernt, in Richtung Festland, hatte ihre Mutter gestanden und ihr gewunken. Aber die Eisscholle war nur immer weiter und weiter abgetrieben, hinaus aufs offene Meer. Nass war ihr Kopfkissen, als sie am nächsten Morgen aufwachte.

Als Hermann Rosen sie nach der letzten Schulstunde Latein aufhielt, dachte sie schon, er wolle wegen seines Sohnes mit ihr reden.

»Ich habe die Todesanzeige deiner Großmutter in der Zeitung gesehen«, sagte er und sie blickte zu Boden. Als sei sie schuld daran. »Es tut mir sehr leid.«

»Danke«, wisperte sie. Was wollte er? Sie musste zur Chorprobe, dringend.

»Ähm, vielleicht ist es noch nicht der richtige Augenblick, das anzusprechen«, fuhr er fort und rieb eines seiner kleinen blauen Augen. »Falls dein Vater das Haus verkaufen möchte – ich hätte großes Interesse daran.«

Anne nickte. Sie machte kleine Schritte rückwärts. Sein Mundgeruch war ihr unangenehm. Er trat dichter an sie heran.

»Ja, irgendwann will er es wohl schon verkaufen.«

»Vielleicht könnte ich es mal ansehen? Ich glaube, es wäre genau das Richtige für meine Frau. Sie wird bald keine Treppen mehr steigen können, aber eine Wohnung irgendwo kommt für uns auch nicht infrage. Ich habe das Haus als sehr geräumig in Erinnerung. Ich kenne es natürlich nur von außen. Könntest du deinen Vater fragen?«

Anne nickte und tippte auf ihre Uhr. »Mach ich, gerne, aber ich muss jetzt zur Chorprobe, entschuldigen Sie mich, bitte!« Und dann ging sie einfach.

Eigentlich mochte sie die Dienstage immer am liebsten – wegen der Chorprobe. Erstens fuhr sie später nach Hause und zweitens liebte sie das Singen. Dabei fühlte sie sich frei, als könne sie mit den Noten davonfliegen in unbekannte Welten.

Fritz von Derking überholte sie auf dem Weg zum Musikzimmer. »Beeilung, junges Fräulein«, rief er ihr im Vorbeigehen zu und sie wunderte sich, wie er – obwohl klein und korpulent, so schnell sein konnte. Sogar im Laufen zupfte er an seinem Spitzbart herum, die schon grau melierten Haare standen wie immer wirr vom Kopf ab. Die Nase, auf die der Rest seines Gesichtes zudrängte, stach mit roter Spitze vorwitzig in die Luft, als hacke er nach etwas. Und dann sang er dabei noch, sie konnte die Worte kaum verstehen, »... reicht nun nicht mehr der Englein Macht, der liebe Gott hält selbst die Wacht«, sang er. Schumann also, erkannte sie.

Außer Atem kam sie im Probenraum an. Immerhin war sie nicht die Letzte. Die erste Viertelstunde schwadronierte von Derking wieder über die Erlebnisse mit dem Cäcilien-Knabenchor und Anne musste an das Buch ihrer Großmutter denken. Ob von Derking wusste, wer aus ihrer Familie mal dabei gewesen war? Aber es wäre zu peinlich gewesen, ihn zu fragen. Endlich begannen sie zu singen und Annes Herz öffnete sich. Warm flossen die Töne aus ihrem Mund. Obwohl es nur Tonleitern waren, fühlte sie sich endlich geborgen und sicher. Solange sie sang, konnte ihr nichts passieren.

»Ich hoffe, ihr übt alle fleißig für das Schulfest in drei Wochen«, sagte er nach dem ersten Kanon. »Wir werden bis dahin noch einige zusätzliche Proben einlegen müssen. Manches klingt ja noch ziemlich jämmerlich! Aber jetzt möchte ich euch sagen, wie ich die Soloparts zu besetzen gedenke. Also, die Tenorpassage in dem Schumann singt Peter Bauer. Den Alt im Strauß Barbara Tanner. Den Sopran im Reger...«

»Anne Jänisch«, riefen ein paar Mädchen und die Missbilligung in ihren Stimmen war nicht zu überhören.

»Schön, dann hätten wir das«, sagte von Derking und wandte sich Arndt Klein zu, einem pickligen Zehntklässler, der den Chor auf dem Klavier begleitete. »Und jetzt den Kammerton bitte.«

»Ist hier noch frei?«, sagte er rein rhetorisch und ließ sich auf den freien Platz neben Anne sinken. Augenblicklich fuhr der Bus los. Anne spürte, wie ihr Gesicht rot wurde. Sie ruckelte an ihrer Brille.

»Wie geht's?«, fragte Cornelius freundlich.

Anne hob die Schultern. »Wie immer.«

»Hast du vielleicht wieder einen Tee für mich?«

Er musterte sie unverhohlen. Anne schüttelte den Kopf und drehte eine Haarsträhne um ihre Finger.

»Was ist los, Anne?«, fragte er nun ganz offen. Er presste seine Knie gegen den Vordersitz, zusammengefaltet wie ein Klappmesser sah der schlaksige Typ aus. Anne holte tief Luft. Aber es kam nichts. Was sollte sie auch sagen.

»Ich bleib dir so lange auf den Fersen, bis du es mir erklärst.«

»Da gibt es nichts zu erklären.«

»Doch, das gibt es. Warum darf ich nicht in euer Haus?«

Anne sah ihn verblüfft an. Dass er so direkt war... Seine braunen Augen waren heute schillernd grün. Es hätte sie nicht gewundert, wenn aus seinem Mundwinkel ein Vampirzahn geblitzt hätte. Sein Drei-Tage-Bart gab ihm etwas Finsteres.

»Hey, weißt du was«, versuchte Cornelius das Gespräch weiterzuführen. »Ich mag dich. Ich find dich interessant. Und ich fände es super, wenn ich mit dir ganz normal Kaffee trinken oder ins Kino gehen könnte. So.« Er schaute ein wenig trotzig drein, wie ein Grundschüler mit Bartstoppeln. Anne musste lächeln.

»Na, geht doch«, kommentierte er sofort.

»Wir können gerne mal einen Film anschauen«, sagte Anne leise. Mit ihrem Vater war sie schon oft im Kino gewesen. Einmal waren sie sogar zu dritt gegangen: Anne, Johann und seine damalige Freundin Martha. Wie eine richtige Familie. Aber Anne war es peinlich gewesen, dass Martha die ganze Zeit mit Johann Händchen halten wollte. Und Johann war es wohl ebenfalls unangenehm. Martha war von Johanns Zurückhaltung so genervt gewesen, dass sie ihn keine zwei Wochen später schon wieder verlassen hatte. Wie einige ihrer Vorgängerinnen oder Nachfolgerinnen auch.

»Samstag?«

»Ich muss fragen.«

Cornelius ließ den Kopf gegen den Vordersitz fallen. »Ich dachte, du bist 17! Warum musst du da fragen?«

»Ist halt so bei uns. Ist doch nicht schlimm. Vermutlich lässt er mich ja gehen.«

»Bibi Blocksberg in der Nachmittagsvorstellung?« Er lehnte sich zurück.

»Sei nicht gemein.«

Cornelius räusperte sich. »Mann, Anne, so wie du lebst, das ist nicht normal. Echt nicht.«

Sie wusste genau, dass er recht hatte. Doch sobald sie anfing, darüber nachzudenken, versteinerte etwas in ihr. Also tat sie es nicht. Sie wollte Cornelius wegjagen, ihn daran hindern, die Steinmauer in ihr zum Einsturz zu bringen. Denn sie konnte sich überhaupt nicht vorstellen, was dahinter zum Vorschein kommen würde. Etwas Schlimmes, etwas Unsägliches, vermutete sie. Etwas, das weit darüber hinausging, dass ihr Vater sich Sorgen um sie machte. Aber sie wollte nichts davon wissen.

»Ich muss jetzt aussteigen«, sagte sie. Er sprang auf. Als sie auf die Straße trat, folgte er, natürlich. Mit seinen langen Beinen fiel es ihm leicht, Schritt mit ihr zu halten.

»Komm schon, Anne.« Jetzt flehte er fast. »Du kannst mir doch vertrauen.«

Sie spürte Tränen aufsteigen. Wie gerne hätte sie ihm vertraut. Ihm alles anvertraut. Dort vorne lagen die Reihenhäuser. Das letzte davon, das war ihr Ziel. Sie würde die Tür zumachen, in die Kamera lächeln und froh sein, dass sie die Welt ausgesperrt hatte. Sie brauchte doch niemanden. Nur Johann, ihren Papa.

»Geh! Verschwinde«, rief sie ihm zu, als sei er ein aufdringlicher, hungriger Straßenköter. Sie beschleunigte ihren Schritt noch mehr. Endlich blieb er stehen, mit hängenden Armen.

»Ich werde dich da rausholen«, schrie er ihr nach. Es klang wie eine Drohung.

»Heute hat mich dein Lateinlehrer angerufen«, sagte Johann beim Abendessen. Grüner Spargel mit Ziegenkäse überbacken, dazu Salzkartoffeln. Anne schob die Stangen hin und her. Sie hatte überhaupt keinen Appetit.

»Hast du ihm gesagt, dass ich Annemaries Haus verkaufen will?«

Anne schüttelte den Kopf. »Nein, er wusste aus der Zeitung, dass sie gestorben ist, und hat gefragt, ob er es mal anschauen kann. Seine Frau ist wohl ziemlich krank und er sucht etwas mit großem Erdgeschoss, damit sie keine Treppen mehr steigen muss. Lass es ihn doch anschauen.«

»Ich weiß nicht. Ich finde, er klang nicht sonderlich sympathisch. Schmeckt dir der Spargel nicht?«

»Er ist ganz okay. Rosen meine ich. Der Spargel auch.« Sie lächelte gequält und schob sich ein Stück in den Mund, kaute verdrossen auf den Fasern herum. Sie hatte den Rest des Nachmittags am Schreibtisch gesessen und auf ihre Bücher gestarrt. Wie gelähmt. Im Gehirn gelähmt.

»Meinst du nicht, es wäre gut, das Haus bald zu verkaufen? Allein wegen des Geldes?«

Johanns Augenbrauen zogen sich zusammen, seine Augen wirkten dunkler.

»Darum musst du dir keine Gedanken machen. Wir brauchen Omas Geld nicht. Wir kommen auch so klar.«

»Dann kannst du mir ja das Geld für die Klassenfa...« Weiter kam sie nicht.

Johann ließ laut die Gabel auf den Teller fallen. »Schluss jetzt. Wenn es unbedingt sein muss, zeige ich ihm das Haus. Aber er soll nicht meinen, dass ich auch sofort verkaufe. Das will alles gut überlegt sein. Und jetzt geh bitte in dein Zimmer. Ich habe Kopfschmerzen, ich muss mich ausruhen.«

Um Punkt 16.00 Uhr fuhr am Samstagnachmittag der weiße Audi A5 von Hermann Rosen in der Gartenstraße vor. Zu Annes Entsetzen stieg nicht nur ihr Lehrer aus, sondern auch sein Sohn. Seit ihrem Gespräch im Bus hatte sie ihn in der Schule einfach ignoriert. Es war ihr zwar schwergefallen, aber es war sicher zu ihrem Besten. Cornelius trug heute unter seinem obligatorischen dunkelblauen Jackett mit den Goldknöpfen ein weißes T-Shirt, bedruckt mit eng beieinanderliegenden schwarzen Streifen, zwischen denen, wenn man genau hinsah, ein Totenkopf zu erkennen war.

Anne sah ihrem Vater an, dass ihm Rosen und sein Sohn vom ersten Augenblick an unsympathisch waren. Die beiden Männer kannten sich nicht. Dank Annes guter Schulnoten waren Gespräche ihres Vaters mit den Lehrern bisher überflüssig gewesen. Auch Rosen wirkte sehr reserviert. Nur Cornelius grinste.

»Wow, cooler Schuppen.« Den schien gar nichts zu verunsichern.

»Mein Sohn Cornelius«, stellte sein Vater ihn vor. Johann nickte ihm zu.

»Cornelius und ich haben einige Kurse zusammen«, erklärte Anne.

»Nun, dann folgen Sie mir hinein«, antwortete Johann.

»Ein sehr schöner Garten«, hörte Anne Hermann Rosen

hinter sich sagen. »Sehr groß.« Der Lehrer war an dem hüfthohen Zaun stehen geblieben, der den Garten von der Einfahrt trennte. Johann ging einfach weiter.

»Allerdings«, sagte Anne. »Ich habe dort früher immer gerne gespielt.« Rosen lächelte verbindlich und schloss zu Johann auf, der gerade die Haustür öffnete. Der wirkte steif, fast verstört, als müsse er sich sehr überwinden, die Villa zu betreten.

»Warum ziehen Sie eigentlich nicht selbst hier ein?«, fragte Rosen.

»Viel zu groß für uns zwei«, sagte Johann.

»Na ja, stimmt«, überlegte Rosen laut. »Und wenn man bedenkt, dass Ihre Tochter ja sicher auch in ein, zwei Jahren von daheim ausziehen wird… außer, Sie verlegen Ihre Kanzlei hierher. Aber was rede ich – ich will Sie ja davon überzeugen, mir das Haus zu verkaufen.« Er lachte meckernd, fast wie eine Bergziege.

Anne war es peinlich, dass es im Haus noch immer muffig roch. Aber Rosen ließ sich nichts anmerken. Interessiert folgten Vater und Sohn Anne und Johann durch die Räume: Die geräumige Küche mit den großen schwarz-weißen Fliesen auf dem Boden und dem locker 40 Jahre alten Mobiliar darin, das kleine Bad mit Dusche und Toilette daneben. Das große Wohnzimmer mit Kamin, das in ein Esszimmer überging, von dem man auf die Terrasse und in den Garten gelangen konnte.

»Von der Küche führt auch noch eine Tür in den Garten«, erklärte Anne. Ihr Vater war völlig verstummt, seit sie hier drin waren. Rosen murmelte die ganze Zeit so etwas wie »sehr schön, sehr schön« und ging aufmerksam durch das Wohnzimmer. Er besah sich das Mobiliar ganz genau, fuhr mit dem Finger über das Holz des Eichenschrankes.

»Ist natürlich alles ziemlich alt«, sagte Anne bescheiden und schnell wandte sie den Blick von dem dunklen Fleck auf dem Teppich ab. Cornelius erhob sich aus dem senfgelben Sofa, in das er sich gerade erst hatte fallen lassen.

»Aber wenn das ganze Zeug rausfliegt, kann man hier eine richtig geile Bude einrichten«, sagte er. Anne warf ihm einen bösen Blick zu, aber Rosen grinste nur.

»Allerdings«, stimmte er seinem Sohn zu. »Man müsste vorher aber die Heizungen modernisieren, die Fenster, eventuell die Böden erneuern. Und wer weiß, wie es um die Rohrleitungen steht... da kommt ein ordentliches Sümmchen zusammen. Wann wurde das Haus gebaut?«

»1927«, sagte Johann. Er drehte sich vom Fenster fort, durch das er gerade in den Garten gestarrt hatte, wo weiße Fliederblüten wie eine dünne Decke lagen.

»Sie sind hier aufgewachsen, oder?«

»Ja«, antwortete Johann. Anne war es peinlich, dass ihr Vater so verschlossen war.

»Wollen wir noch nach oben gehen?«, fragte sie und lächelte alle höflich an, sogar Cornelius.

Im ersten Stock waren ein weiteres Bad, zwei Schlafzimmer und ein Gästezimmer untergebracht, außerdem ging es über eine schmale Stiege ins Dach, wo erstaunlich wenig Gerümpel herumlag. Das Auffallendste war ein alter Billardtisch, der in der Mitte des Raumes thronte.

»Jetzt noch der Keller und dann reicht es fürs Erste«, sagte Rosen und wischte sich seine staubigen Finger an seiner dunkelblauen Hose ab. Keine gute Idee.

Anne spürte Cornelius' Atem in ihrem Nacken, als sie

hinabstiegen. Aber es lag nicht nur daran, dass sie zu frösteln anfing. Natürlich hatte sie sich, wie alle Kinder, als sie noch klein war, vor dem Keller gefürchtet. Doch hier hatte sich das beklemmende Gefühl auch mit dem Alter nicht gelegt. Die Stufen hinunter waren schmal, die Luft wurde sofort kühl und feucht und modrig. An dem Gang, von unverputzten ziegelroten Backsteinen gesäumt, lagen drei Türen. Eine führte in den Wasch- und Vorratskeller, eine zum Heizungskeller und die dritte war schon immer abgeschlossen gewesen. Anne hatte als Kind ihre Großmutter und ihren Vater angefleht, einmal hineinschauen zu dürfen, vergebens. Cornelius rüttelte an der Klinke.

»Da sind nur Rohrleitungen dahinter«, sagte ihr Vater und die Antwort hallte in ihren Ohren wider. Wie oft hatte sie die gehört. »Ich weiß auch gar nicht, wo der Schlüssel dazu ist«, erklärte er weiter. Cornelius warf Anne einen fragenden Blick zu. Sie wich ihm aus. Johann deutete mit der Hand die Treppenstufen hinauf, kurz darauf standen sie wieder im Sonnenschein vor dem Haus.

»Sehr schön«, fasste Rosen seinen Eindruck noch einmal zusammen. »Ich hätte schon Interesse. Ein paar Umbauten im Erdgeschoss und dann wäre das Haus für meine Frau perfekt. Wir Männer könnten uns dann das obere Stockwerk teilen, nicht wahr, Sohn?« Er schlug Cornelius leicht mit der Hand gegen den Bauch.

»Ich muss mir das gut überlegen«, wiegelte Johann ab. »Es ist schließlich mein Elternhaus, so leicht trennt man sich da nicht.«

Rosen nickte verständnisvoll. »Lassen Sie mich wissen, wann Sie so weit sind. Über den Preis können wir uns bestimmt einigen.«

»Unter 750.000 brauchen Sie allerdings nicht anfangen«, sagte Johann schnell.

Rosen verzog unzufrieden den Mund. »Da reden wir noch.«

Cornelius hatte Anne, während die Männer sprachen, die ganze Zeit angestarrt. Er hatte gelächelt, gegrinst, die Augen gerollt – es sah aus, als wolle er sie unbedingt zum Lachen bringen. Es war ihm nicht gelungen. Ohne den Blick von ihr zu wenden, sagte er nun: »Ach, Herr Jänisch...«

Anne sog laut Luft ein. Was kam jetzt?

»Anne und ich wollten heute Abend ins Kino gehen. Sie haben doch nichts dagegen, oder? Ich hole sie um 19 Uhr ab und bringe sie auch wieder nach Hause.« Anne wurde knallrot. Sie war wieder einmal fassungslos, wie erwachsen Cornelius klang. Ja, klar, er war erwachsen. Volljährig. Aber er sprach zu ihrem Vater, als seien sie ebenbürtig. Als hätte er nicht die geringsten Zweifel, eine Abfuhr zu kassieren. Johann sah auf den Bürgersteig, dann über Rosens Auto und schließlich zu Cornelius.

»Gerne«, sagte er und Anne glaubte, ihren Ohren nicht zu trauen. Würde er sie tatsächlich ins Kino gehen lassen?

Nicht einmal als Anne die seidige, beinah durchsichtige Bluse in Türkis, Lila und Hellblau anzog, gebot er ihr Einhalt. Das Einzige, was er sagte, war: »Mach noch einen Knopf mehr zu.« Anne hatte die Bluse einmal heimlich bestellt, ohne sie ihm zu zeigen. Sie hatte auf Geld zurückgegriffen, das sie zum Geburtstag bekommen hatte, und die Bluse per Nachnahme bestellt. Das war zwar teurer gewesen, aber so hatte Johann nichts mitbekommen. Seit gut einem halben Jahr hatte die Bluse versteckt im Schrank gelegen und nur an Sonntagmorgenden, wenn er noch schlief und die Kameras ausgeschaltet waren, hatte sie sie im abgeschlossenem Badezimmer gelegentlich übergezogen.

»Wo hast du die eigentlich her?«, fragte er aber nun doch und Anne ratterte wie auswendig gelernt: »Von Oma. Das heißt, Hedi hat sie Oma für mich gegeben und die hat sie dann mir gegeben.«

Er nickte und wischte über ihre Wange. »So viel Rouge sieht affig aus«, mahnte er.

Es war nur ihre Gesichtsfarbe, gerötet vor Aufregung. Sie durfte heute mit Cornelius ins Kino gehen. Sie konnte ihr Glück kaum fassen. Nicht einmal eine Ermahnung hatte er ausgesprochen.

Pünktlich um sieben läutete Cornelius. Johann musterte irritiert die lila Leggings, die der junge Mann nun zu seinem dunkelblauen Jackett und dem Totenkopf-T-Shirt trug.

»Elf Uhr bist du wieder da«, sagte er und küsste Anne auf die Wange. Sie nickte, hängte sich, ohne zu überlegen, bei Cornelius ein und sie zogen los. Vor Aufregung schwieg sie die ersten fünf Minuten.

Erst als der Bus losfuhr, sagte sie leise: »Ich kann es gar nicht fassen. Ich fahr ins Kino. Mit einem Jungen. Unglaublich.« Cornelius grinste und sie sah, wie er sich bemühte, einen mitleidigen Ausdruck zu vermeiden.

»Wird aber auch Zeit. Woher der plötzliche Gesinnungswandel?«

Anne schob die Unterlippe vor. »Ich habe keine Ahnung. Vielleicht rafft er ja doch, dass ich in knapp einem halben Jahr volljährig bin. Jedenfalls...«

Sie schwieg. Sah ihn von der Seite an. »Jedenfalls danke, dass du ihn gefragt hast.«

»Gern geschehen!«

Anne protestierte nicht einmal, als Cornelius vom Getränkestand mit einem Bier für sich und einem kleinen Fläschchen Sekt für sie ankam. An Weihnachten, Silvester und an ihrem Geburtstag hatte sie das prickelnde Zeug schon getrunken, ansonsten natürlich nicht. Vor lauter Aufregung hatte Anne nicht einmal gefragt, welchen Film sie anschauen würden.

»David Lynchs *Eraserhead* von 1977«, sagte Cornelius strahlend. »Wird nur noch selten wo gezeigt.«

»Den wollte ich schon immer mal sehen!« Und dann setzte sie nach: »Geil!« Verlegen hielt sie sich den Mund zu. Cornelius schüttelte den Kopf.

»Mann, Mädel!«, schimpfte er. »Ich möchte, dass du jetzt dreimal laut hintereinander *Scheiße-geil-Arschloch* sagst. Los!« Anne musterte ihn irritiert. War das ein Scherz? Sicherheitshalber lachte sie, schüttelte aber den Kopf.

»Komm schon. Sag's! Wörter beißen nicht! *Scheiße-geil-Arschloch*. Ist ganz leicht.«

»Das ist mir zu pubertär«, sagte sie und nahm Kurs auf den Kinosaal.

»Du bist echt 'ne harte Nummer«, stöhnte Cornelius und folgte ihr.

Anne hatte schweißnasse Finger, als sie wieder im Kinofoyer standen. Die verstörenden Bilder, die suggestive Musik, die emotionale Wucht des Films ließen sie so schnell nicht los. Auch Cornelius wirkte aufgewühlt. Gebannt hatten sie auf ihren Plätzen gesessen, ihre spöttischen Kommentare über dämliche Kinowerbung waren nach den ersten Filmminuten vergessen gewesen. Noch düsterer, noch beklemmender als das übrige Lynch-Universum war dieser alte Streifen gewesen. Und wie immer in den Filmen des Meisters waren die schlimmsten Bilder im eigenen Kopf entstanden und nicht auf der Leinwand.

Anne sah auf die Uhr. Kurz vor halb elf schon, es war höchste Zeit, dass Cornelius sie nach Hause brachte.

»Kommst du?«, fragte sie, aber Cornelius spähte über ihren Kopf hinweg in Richtung Kinosaal.

»Ich fass es nicht«, sagte er, ohne auf sie zu achten.

»War der Regisseur auch im Kino?«, frotzelte Anne.

Cornelius sah sie ernst an. »Nein, aber dein Vater.«

Annes Kopf fuhr herum, suchend sah sie in den halbdunklen Raum. »Wo?«

»Ich habe ihn gerade dahinten gesehen. Ich glaube, er steht gleich rechts vom Eingang. Na, warte! So ein Mistkerl!« Cornelius packte Annes Hand und zog sie mit sich. Aus den Augenwinkeln bemerkte Anne, dass ein zierlicher Mann aus dem Saal trat – keine Frage, ihr Vater. Einen kurzen Moment begegneten sich ihre Augen. Anne stolperte beinah, so sehr zog Cornelius an ihr.

»Langsam«, rief sie, aber er beachtete sie nicht weiter. Draußen schob er sie schnell um die Ecke, ohne groß aufzupassen, überquerte er mit ihr die Straße und schon waren sie im Stadtpark gelandet, hinter dessen Mauern große, undurchdringliche Büsche wuchsen.

»Der hat uns echt ins Kino verfolgt!« Cornelius japste ein wenig. Mehr vor Wut als vor Anstrengung. »Anne!« Er packte sie an den Schultern und schüttelte sie. »Das ist nicht normal, begreif das doch endlich! Du musst diesem Zirkus ein Ende machen.«

Anne fühlte sich schwach. Gleich würden ihre Beine

nachgeben. »Aber, aber«, stammelte sie. »Er will mich doch nur beschützen! Es gibt doch so viel schlimme Dinge in der Welt.«

»Deswegen kann er dich doch nicht einsperren und bevormunden! Wie du lebst, das ist echt krank!«

Anne drehte sich von ihm weg. Sie wusste, dass sie aussah wie eine trotzige Fünfjährige. Was hätte sie denn sagen sollen?

»Ich muss jetzt heim«, war das Einzige, was ihr einfiel. »Lass uns gehen.«

»Nein.« Er spähte über ihren Kopf hinweg in Richtung Straße.

»Wie – nein?«

Ohne eine Antwort zu geben, packte er erneut ihre Hand und zog sie mit sich.

»Dahinten lauert er schon wieder«, flüsterte er endlich und drückte sie ins Gebüsch.

»Aua, lass mich«, zischte Anne, die sich an Dornen den Unterarm aufgekratzt hatte. »Meine Bluse!« Mit einem Ratsch war sie am Ärmel aufgerissen.

»Bück dich«, sagte Cornelius, drückte sie nach unten und hielt ihr den Mund zu. Ganz leicht lagen seine Finger auf ihrem Mund. Ich will dir nicht wehtun, sagten sie und Anne glaubte ihm.

Sie sah ihren Vater, der hektisch, sich immer wieder in alle Richtungen umsehend, den Hauptweg entlangkam. Lächerlich wirkt er, dachte sie einen winzigen Moment. Und doch klopfte ihr Herz bis zum Hals, feine Tropfen ihres Atems benetzten Cornelius' Hand. Seinen freien Arm hatte er um ihre Schulter gelegt, mit der Hand streichelte er ihren Oberarm.

»Anne«, rief nun ihr Vater und in ihren Beinen zuckte es. Sie wollte folgen. Cornelius presste sie nieder.

»Anne, ich weiß, dass ihr hier irgendwo seid. Kommt doch raus, das ist doch lächerlich.« Missmutig ging er weiter. Ein Spaziergänger mit einem Hund beobachtete ihn irritiert. Johann war das vollkommen egal.

»Es ist doch nur zu deinem Besten.« Seine Stimme klang leicht brüchig. »Ich will dich doch nur beschützen!«

Anne versuchte, Cornelius' Arm abzuschütteln, aber er war einfach zu stark.

»Pscht«, machte er, zog sie noch enger an sich.

Ihr Vater machte eine wegwerfende Handbewegung. »Ich will, dass du rauskommst«, versuchte er es ein letztes Mal. »Jetzt! Dann passiert auch nichts. Komm! Raus!«

Anne winselte und wand sich, aber Cornelius gab nicht nach. Schließlich drehte sich Johann Richtung Parkausgang, ließ die Schultern tief hängen und schlurfte davon. Erst als er ganz außer Sichtweite war, ließ Cornelius sie los. Tränen liefen über ihr Gesicht. Cornelius wurschtelte ein zerknittertes Taschentuch aus einer Innentasche seines Blazers und hielt es ihr hin. Sie schnaubte laut.

»Anne, das ist krank! Das hast du nicht verdient!«, sagte er. Sie starrte auf den Boden. Sie wollte nichts mehr hören.

»Er wird mich umbringen«, flüsterte sie dann.

»Nein, wird er nicht«, antwortete Cornelius. »Komm, ich weiß, wie wir ihn besänftigen. Beeil dich.«

Als sie keine Viertelstunde später vor Annes Haus ankamen, hallten die Glockenschläge des Doms zu ihnen hoch, es war genau elf Uhr. Im Haus war es dunkel.

»Haben wir ihn echt überholt?«, fragte Anne fassungslos.

»Scheint so.« Cornelius grinste endlich wieder. Er zahlte das Taxi und sie stiegen aus.

»Soll ich warten, bis er da ist?«

Anne nickte. Ohne sich zu unterhalten, saßen sie auf dem Mäuerchen vor dem Haus. Natürlich hatte Anne einen Schlüssel und hätte hineingehen können, aber sie wollte nicht. Sie wollte wenigstens noch ein paar Momente die süße Nachtluft einatmen.

»Ich glaube, wir müssen mit dir ein Revoluzzer-Training machen«, scherzte Cornelius. »Ich lass mir ein paar nette Sachen einfallen, okay?«

»Du glaubst doch nicht, dass er mich in den nächsten Wochen noch mal irgendwohin gehen lässt.«

»Dann haust du einfach ab.«

»Mann, versteh doch.« Wie einfach war es plötzlich, die ganze Wahrheit auszusprechen. »Er überwacht mich ständig. In jedem Zimmer des Hauses sind Kameras installiert. Von der Kanzlei aus kann er jederzeit erkennen, wo ich gerade bin und was ich mache.«

Cornelius schüttelte den Kopf, wieder und immer wieder.

»Das gibt's nicht!«

»Doch. Das gibt's!«

»Du musst dich wehren, Anne! Das kann er nicht machen.«

»Wie soll ich mich denn wehren? Er will ja nur mein Bestes. Er will mich nicht auch noch verlieren. So wie meine Mutter. Es ist zu meiner eigenen Sicherheit.«

»Nein, ist es nicht! Er will dich einsperren, besitzen! Das ist Kindesmissbrauch!«

Anne verschränkte die Arme vor der Brust. Doch bevor Cornelius weiterreden konnte, sahen sie die Scheinwerferlichter eines dunklen Wagens näher kommen. Cornelius presste wütend die Lippen aufeinander. Anne sah zu Boden, bis sie die Autotür sich öffnen hörte.

Johann sagte kein Wort. Cornelius grinste ihn gequält an.

Anne stand auf. Den zerrissenen Ärmel ihrer Bluse versteckte sie hinter dem Rücken. »Hallo, Papa«, sagte sie und ging auf ihn zu. »Warst du auch unterwegs heute Abend?«

»Kurz in Omas Haus, entschuldige die Verspätung«, sagte er ruhig. »Hattest du einen schönen Abend?«

Sie nickte. »Danke, Cornelius«, wandte sie sich dem Jungen zu. »Es war sehr nett.«

Er lächelte noch immer. »Hoffentlich bald mal wieder!«

Sie ging sofort ins Bad. Das Gesicht im Spiegel wirkte ratlos, als wisse es nicht, welchen Ausdruck man in so einer Situation annehmen sollte. Amüsiert – weil sie ihren Vater ausgetrickst hatte? Oder reumütig – weil sie ihren Vater ausgetrickst hatte? Als sie ihm »Gute Nacht« sagte, saß er im dunklen Wohnzimmer auf der Sofakante und starrte in den nächtlichen Garten hinaus. Auf dem alten Plattenspieler lief eine Schallplatte. »*I hit the city and I lost my band, I watched the needle take another man, gone, gone, the damage done*«, sang eine nasale, rauchige Stimme. Neil Young, erkannte sie. Das hörte er immer, wenn er besonders unglücklich war. Er nickte kurz, als er ihren Gruß hörte, erwiderte aber nichts. Schnell ging sie in ihr Zimmer und schloss die Tür. Sie setzte sich auf ihr Bett. Durch das Fenster fiel fahles Mondlicht. Das Zimmer sah blass aus. Die honiggelben Holzmöbel – Schreibtisch, Regal, Bett – mit den abgerundeten Kanten, der beige Bettvorleger. Die

Bilder ihrer Mutter über dem Schreibtisch, auf dem Wandbrett daneben ein kleines Väschen mit einer Rose darin, die sie jede Woche erneuerte. Langsam ließ sie sich zurücksinken in ihre lindgrüne Bettwäsche. Der Schlaf wollte nicht kommen. Sie starrte den Mond an. Sie wagte es nicht, die losen Enden ihrer Gedanken zu fassen, die wie Drachenschnüre verheddert waren. Sie wollte nur schlafen. Aber es ging nicht. Hellwach lag sie da. Dachte an Cornelius. An ihren Vater. Daran, dass es so nicht weitergehen konnte. Dass sie mit ihm reden musste.

Als die ersten Spuren von Helligkeit am Himmel aufzogen, schlief sie ein. Es war ein traumloser, schwerer Schlaf, der ihren Körper wie mit Eisenplatten niederdrückte.

Sonntag, 30.05.

Und am Sonntag geht es grad lustig bei uns zu. Da spielen meine Eltern heilige Familie und wollen einen Ausflug mit uns machen. Heißa und Hoppsassa. Nach der Kirche dürfen wir mit ihnen in den Zoo gehen oder eine schöne Burg besichtigen oder bekommen ein leckeres Eis. Ich kotze auf den Teppich und sie schauen mich mit großen runden Augen an und flüstern, was hat denn der Junge, was hat er bloß? Und erst als ich ein zweites Mal kotze, lassen sie mich in Ruhe. Früher, sagen sie, früher war er so ein lieber Bub, so zart und sanft und still und leise. Und was für eine schöne Stimme er gehabt hat und sie sind stolz auf die Worte, die ihnen wieder einfallen, auf die Melodien, die sie summen.
Wenn fromme Kindlein schlafen gehn,
an ihrem Bett zwei Englein stehn,
decken sie zu, decken sie auf,
haben ein liebendes Auge drauf.
Innerlich singe ich mit, ich schreie und gröle und kreische, bis ich ganz heiser bin vom Schweigen.
Wenn fromme Kindlein schlafen gehen,
an ihrem Bett die Teufel stehn,
greifen zu und legen sich rauf,
haben ein quälendes Auge drauf.
Und wenn ich sie frage, ob es den Teufel gibt, dann sagen sie, ich soll aufhören mit diesem Kinderkram, diesen Ammenmärchen, und wenn ich ihnen sage, aber nein, ich bin ihm schon begegnet, dem Teufel, dann schicken sie mich aus dem Zimmer. So geht es zu bei uns, immer hübsch ordentlich alles, nur unter den Teppichen nicht. Da liegt meterhoch der Dreck.

5. Kapitel

Der Sonntag verlief schweigend. Johann ging ihr aus dem Weg, sprach nur das Nötigste. Nach dem Frühstück – Anne fühlte sich wie zerschlagen – machten sie dennoch ihren üblichen Rundgang, ein Ritual, das noch zu Lebzeiten ihrer Mutter eingeführt worden war und dem diese mit viel Tapferkeit, so lange es ging, gefolgt war. Vielleicht, um der kleinen Tochter einen letzten Rest von Normalität vorzuführen. Anne und Johann hatten später während dieser Spaziergänge, die nun meist zum Grab der Mutter führten, viel über sie gesprochen. Nicht über ihren Tod, aber Johann hatte kleine Episoden aus ihrem gemeinsamen Leben erzählt, als müsse auch er sich immer und immer wieder vergewissern, dass es Irene tatsächlich gegeben hatte. In den letzten Jahren waren die Themen jedoch andere geworden, oberflächlicher. Anne spürte, dass sich ihr Vater nicht mehr über die wesentlichen Dinge unterhielt, damit sie keine Fragen stellte. Aber heute, heute hätte sie ihn fragen müssen. Ihr Herz klopfte vor Aufregung und ihr Mund war ganz trocken. Wie rohe Fleischbrocken lagen die Worte auf ihrer Zunge und sie wollte sie so gerne ausspucken, schaffte es aber nicht. In ihren Gedanken waren die Sätze klar und silbrig glänzend. In der Welt hatten sie keinen Platz.

»Anne, bitte«, sagte ihr Vater plötzlich vorwurfsvoll und da merkte sie erst, dass sie mit einem Ast auf zarte Baumsprösslinge eingeschlagen hatte, die den Waldboden eben erst durchbrachen. Sie ging ein wenig schneller, ein paar Schritte vor ihm und er setzte nichts daran, mit ihr mitzuhalten.

Die Nacht auf Montag schlief sie wieder besser, doch auf den Biologieunterricht in der ersten Stunde konnte sie sich trotzdem kaum konzentrieren. Sie starrte den Lehrer an, als sähe sie ihn zum ersten Mal. Sie verstand, warum er bei den Mitschülern so unbeliebt war. Er wirkte verknöchert, wie ein Fossil. Wahrscheinlich war er gerade mal Anfang 50, aber das Asketische ließ ihn älter aussehen. Straff gespannt die sonnengebräunte Haut über der Adlernase, tief die Furchen um die strahlend blauen Augen, verkniffen der Mund mit den sehr geraden Zähnen und den schmalen Lippen. Und jetzt bekam sein Blick etwas Raubtierhaftes, als er sich zur Tür drehte, durch die Cornelius hereinkam. Zehn Minuten zu spät.

»Ach, der Herr Rosen bequemt sich auch schon zum Unterricht«, spottete der Lehrer und zückte seinen kleinen roten Kalender, in den er neben den Noten auch jede Missetat seiner Schüler notierte, was gnadenlos in die mündliche Beurteilung einfloss.

»Mein Fahrrad war kaputt«, gab Cornelius zur Entschuldigung vor. »Ich musste laufen«. Er ließ sich auf einen freien Platz schräg hinter Anne sinken.

»Na, da haben Sie ja jetzt einen ordentlich gelüfteten Kopf und können uns gleich etwas über Eukaryoten, Nukleotide und die Translation erzählen.« Brunners Lippen spannten sich beim Versuch eines Lächelns so sehr, dass Anne, vor der er sich aufgebaut hatte, kleine weiße Hautschüppchen abstehen sah. Cornelius fingerte hilflos an seinem Buch herum und Brunner begann eine Wanderschaft durch das Klassenzimmer. Er hatte Geduld. Cornelius schwitzte, wie Anne mit einem kurzen Seitenblick feststellte.

»Ihr Vater wird sich freuen, wenn Ihre schulischen Leistungen sich trotz Sitzenbleibens um keine Dezimalstelle verbessert haben«, sagte Brunner und federte auf den Fersen.

»Zelle mit Zellkern«, wisperte Anne Cornelius zu. Brunner hatte kurz zum Fenster hinausgesehen.

»Eukaryoten sind Zellen.« Cornelius nuschelte ein wenig.

»Wie bitte?«, rief Brunner viel zu laut.

»Eukaryoten sind Zellen, die einen Zellkern aufweisen«, wiederholte er. Anne hatte inzwischen ihr Buch aufgeschlagen und so weit in seine Richtung geschoben, dass er hoffentlich hineinschauen konnte. Unauffällig legte sie ihren Zeigefinger auf die Begriffsdefinition.

»Und was ist deren Besonderheit?« Brunner klang mehr als gereizt. Cornelius fixierte das Buch. Anne tippte auf das Wort »Proteinbiosynthese«. Brunner blieb hinter Cornelius stehen, während dieser antwortete.

»Die Eukaryoten können Proteine herstellen.« Es klang beinahe wie eine Frage.

»Im Gegensatz zu ...?«

Die ganze Klasse wand sich unter der peinlichen Befragung ihres Mitschülers. Auch wenn sie Cornelius vielleicht nicht mochten, litten sie aus Solidarität mit. Keiner konnte so unbeliebt sein, dass man ihm Brunners gnadenlose Verhöre wünschte.

»Prokaryoten«, zischte Anne.

»Das habe ich gehört«, brüllte nun Brunner. »Und jetzt reicht es mir! Sie zwei – Cornelius Rosen und Anne Jänisch – leisten heute nach der Schule zwei Stunden im Schulgarten ab. Das gibt's doch gar nicht! Der eine weiß nichts, die andere sagt vor! Das ist doch der Gipfel!«

Mit schnellem Schritt ging er in Richtung Tafel und ignorierte Anne und Cornelius bis zum Ende des Unterrichts.

Als der Gong läutete, hatte Cornelius so schnell sein Zeug zusammengepackt, dass er sofort zu Anne hinüberhuschen konnte.

»Es tut mir so leid!«, sagte er zerknirscht und sie musste einen Moment den Impuls unterdrücken, ihm durchs Haar zu fahren. Armer schwarzer Kater.

»Ist schon gut«, antwortete sie. »Er ist einfach ein Depp. Das einzige Problem ist nur, wie erkläre ich meinem Vater die Strafstunden?«

»Na, indem du ihm sagst, dass es eine Strafstunde ist?«

»Bist du verrückt?« Anne rammte das Biobuch in ihren Rucksack. »Der rastet aus, wenn er hört, dass ich eine Strafe bekommen habe. Das gab es noch nie!«

»Dann wird's ja höchste Zeit.«

»Das sagst du.«

»Dann sag doch einfach, du hast eine Sonder-Chorprobe, jetzt, wo das Konzert bevorsteht.« Anne sah ihn einen Moment verblüfft an. Genau, das war *die* Idee.

Sie hatte ihn nach dem Mittagessen angerufen und berichtet, von Derking habe ihr soeben eröffnet, dass für heute Nachmittag kurzfristig eine Probe angesetzt worden sei. Nach etwas Zögern hatte er zugestimmt. Wenn es ums Singen ging, war er immer großzügig, denn die Stimme seiner Tochter erfüllte ihn mit Stolz, wie er nicht müde wurde zu betonen.

»Ich hole dich dann um halb fünf direkt an der Schule ab«, sagte er. »Pass auf dich auf, Schatz!« Erleichtert ging Anne mit Cornelius zum Schulgarten, wo Brunner schon wartete.

Mit pompösen Reden hatte der Lehrer vor knapp zwei Jahren die Schüler in die Pflicht genommen, mit ihm gemeinsam einen knapp 400 Quadratmeter großen Schulgarten anzulegen. Naturnah, natürlich. Mit selbst gezogenen Pflänzchen, dem Wunder des Lebens ganz nah. Nichts Gekauftes, alles selbst gemacht. Weidenruten hatten sie zu Zäunen geflochten oder als Kletterhilfen in die Erde getrieben, keinen Schrott aus dem Baumarkt. An sich war das ja auch keine schlechte Idee gewesen, fand Anne. Schrecklich war nur, dass die Schüler sich dort genauso wenig frei entfalten durften wie die Pflanzen. Wehe, einer wich vom Plan ab. Die Zwiebeln zum Mangold und bloß nicht zu den Stangenbohnen. Und um die Erdbeerpflänzchen herum Knoblauch, in einem exakt einzuhaltenden Abstand. Und den Kompost bitte entsprechend der Anweisung umschichten und nicht einfach so drauflos machen, das ging ja gar nicht. Sie wusste, dass er nur noch vier oder fünf Freiwillige an seiner Seite zur Pflege hatte, der Rest waren »Straftäter«, die wegen Schuleschwänzen, Ungehorsam oder sonst irgendeinem Unsinn Strafstunden abarbeiten mussten – so wie sie jetzt.

Der Mai war schon vorangeschritten und die Sonne knallte vom Himmel. Brunner hatte mit ausgestrecktem Finger auf eine besonders von Unkraut überwucherte Ecke gezeigt und nur gesagt: »Raus damit. Aber die Nutzpflanzen bleiben bitte stehen. Ich kontrolliere das nachher.«

Cornelius hatte sich missmutig ans Werk gemacht, während Anne bald einen guten Rhythmus gefunden hatte und spürte, dass ihr das Arbeiten in der Erde guttat.

»Hat dein Vater noch was gesagt wegen Samstagabend?«, fragte Cornelius nach zehn Minuten und setzte sich auf den Hintern. Anne schüttelte den Kopf.

»Zeig mal, was du da rausziehst.« Cornelius beugte sich zu ihr hinüber. »Ich kenne das ganze Zeug gar nicht. Wenn das jetzt Bougainvillea oder Bambus oder so was wäre – aber dieses deutsche Grünzeug – da sieht eins aus wie's andere.«

Anne schmunzelte und entspannte sich langsam. Dann erklärte sie ihm, was Unkräuter waren, wie dagegen Radieschen, Erbsengewächse oder Möhrenblättchen aussahen.

»Woher weißt du das alles?«

»Von meiner Großmutter. Die hatte ja auch einen großen Nutzgarten und da musste ich oft beim Unkrautjäten mithelfen.«

Cornelius' Augen wurden schmal. »Ich würde ja zu gerne wissen, was tatsächlich hinter dieser einen Kellertür in ihrem Haus ist. Hast du noch nie versucht, da reinzukommen?«

»Nein, es sind einfach Rohrleitungen, hat mein Vater doch gesagt.«

»Mhm. Und Daniela Katzenberger wird die nächste Bundeskanzlerin.« Sie starrte auf die kleinen Beikräuter, Melde und Dost, und diese elenden Schlingpflänzchen, deren Wurzeln den Boden hartnäckig durchzogen und die schon in Haufen ausgerissen neben ihr lagen.

»Ich meine«, Cornelius grinste spöttisch, »es ist sicher zu deinem Besten, wenn dein Vater dich vor diesem Zimmer schützt. Vielleicht schlummert da ein böser Drache drin.«

»Hör auf!«, sagte sie scharf. Wütend riss sie an dem Unkraut herum. »Arbeite lieber weiter, sonst lässt er uns nachher nicht gehen.« Cornelius zupfte eines der Pflänzchen auseinander und verstreute die Reste auf dem Boden.

»Ich meine, Anne, was stellt er sich eigentlich vor – du bist bald volljährig! Da kann er dich gar nicht mehr anbinden. Ich verstehe einfach nicht, wieso du das mit dir machen lässt. Du musst doch...«

»Hör endlich auf!«, sie schrie jetzt. Was bildete er sich eigentlich ein? Das war ihre Angelegenheit, ganz allein ihre.

»Ich dachte, du fandest es schön, mit mir ins Kino zu gehen!«

Sie ließ den Kopf hängen. »Ja, fand ich ja auch.«

Erwartungsvoll sah er sie an. Das »Und?« musste er gar nicht aussprechen.

»Aber ich kann nicht einfach von heute auf morgen mein Leben ändern.«

»Nein, aber auf übermorgen. Ich helfe dir auch! Du hast so ein elendes Vegetieren echt nicht verdient!«

»Es hat sich ja schon einiges verbessert. Bis letztes Schuljahr hat er mich jeden Tag zur Schule gefahren und in seiner Mittagspause wieder abgeholt. Immerhin darf ich jetzt schon alleine mit dem Bus fahren.«

»Na super, herzlichen Glückwunsch. Und wann montiert er die Kameras ab? Wenn du 50 bist?«

Anne hätte sich am liebsten die Ohren zugehalten. Stattdessen stach sie mit der Schaufel noch fester in die Erde. Kleine Brocken flogen auf. Auch Cornelius wandte sich wieder dem Unkraut zu.

»Ohoh, Strafarbeit«, hörten sie kurz darauf Amis Stimme. »Wenn's wenigstens Hanf wäre.«

Beide sahen zu dem dürren Mädchen auf, das in einer verwaschenen Jeans mit modischem Riss quer über dem Oberschenkel und einem quietschorangenen, knallengen T-Shirt am Gartenzaun lehnte.

»Kann ich dich nachher mal sprechen, Cornelius?«, fragte sie nun. Anne fiel auf, dass Ami sie keines Blickes gewürdigt hatte. Aber das taten ja viele.

Cornelius zuckte mit den Schultern. »Klar. Aber ich sag dir gleich, ich hab keine Kohle, die ich dir leihen kann.«

Ami schloss ein wenig die Augen und der Ausdruck von Müdigkeit paarte sich mit dem extremer Langeweile. »Ich will dich doch nicht anschnorren«, sagte sie verächtlich. »Im ›Barista‹ nachher, okay?«

Cornelius nickte und wandte sich wieder seiner Arbeit zu.

»Was hast du eigentlich mit der?«, fragte Anne. Hatte das eifersüchtig geklungen?

»Nichts. Wir waren letztes Jahr in ziemlich vielen Kursen zusammen. Ist ganz amüsant, die Gute. Aber, was mich viel mehr interessiert: Können wir nicht mal ein paar Folgen *Twin Peaks* zusammen anschauen?«

Anne stöhnte. Er kam ihr wie ein kleiner Terrier vor, der sich in der Wade festbiss.

»Mal sehen«, antwortete sie wie so oft. Sie wischte sich mit dem Ärmel den Schweiß von der Stirn und erhob sich. Dahinten kam Brunner zurück.

Als sie fünf Minuten später den Schulgarten verließen, war Cornelius stinksauer. Der Lehrer war in keinster Weise zufrieden gewesen mit dem Ergebnis und hatte vor allem Cornelius niedergemacht, er hätte sich mal wieder vor der Arbeit zu drücken versucht. Cornelius hatte ihm den Spaten vor die Füße geworfen und war gegangen. Anne hatte schnell alle Geräte aufgehoben und im Schuppen verräumt. Brunner hatte Cornelius noch gedroht, das würde ein Nachspiel haben, aber der Junge hatte so getan, als hätte er den Mann gar nicht gehört.

Vor dem Schulgebäude, gleich hinter der Bushaltestelle, entdeckte Anne den Mercedes ihres Vaters.

»Was bist du so rot im Gesicht?«, begrüßte Johann seine Tochter und strich ihr über die Stirn.

»Vom Singen«, sagte Anne beschwichtigend und sah Cornelius nach, der gerade in den Altstadtgassen verschwand. Dann schob sie erschrocken die Hände unter ihre Oberschenkel. Sie musste aufpassen, dass Johann ihre von Erde schwarz gefärbten Fingernägel nicht zu sehen bekam. Sie hasste es, ihn ständig belügen zu müssen und immer auf der Hut zu sein. Warum konnte sie nicht einfach das liebe, kleine Mädchen sein, das immer bei der Wahrheit blieb?

»Papa«, sagte Anne nach dem Abendessen, während sie die Spülmaschine einräumte. »Kann ich dich was fragen?« Er sah von der Zeitung auf und nickte.

»Cornelius ist so wahnsinnig schlecht in Bio und Französisch. Ich würde ihn gerne etwas unterstützen. Kann er nicht gelegentlich mal nachmittags vorbeikommen und ich lerne mit ihm?«

Die Zeitung raschelte, als er sie zusammenfaltete. Er stand halb auf, fasste sie am Ellenbogen und zog sie auf seinen Schoß.

»Nein«, sagte er dann. »Anne, versteh doch. Ich kann dich doch nicht alleine hier mit einem jungen Mann lassen. Was, wenn er keine guten Absichten hegt?«

»Aber du kannst uns doch sehen! Jederzeit.«

»Ich möchte nicht darüber diskutieren. Mir ist dabei einfach unwohl, mein Schatz.«

Anne riss sich los und rannte aus der Küche. Donnernd fiel die Zimmertür ins Schloss. Sie warf sich auf ihr Bett und dann liefen die Tränen, wie schon seit Jahren nicht mehr. Wenn sie doch wenigstens noch ihre Großmutter gehabt hätte.

Grußlos war sie am nächsten Morgen gegangen, sogar das Frühstück hatte sie verweigert. Die SMS nicht abzuschicken, hatte sie sich allerdings nicht getraut. Doch außer »Bin da« hatte sie nichts weiter hineingeschrieben.

Sie wollte Cornelius nicht in die Augen schauen. Jeden Tag spürte sie den widerwärtigen Geschmack ihres kleinen, eingesperrten Lebens deutlicher auf der Zunge.

Als sie Cornelius schon wieder mit dieser Ami zusammen in der Raucherecke unter dem Holunderbusch stehen sah, beeilte sie sich noch mehr, ins Klassenzimmer zu kommen. Sie war froh, dass er den Lateinkurs bei seinem Vater nicht besuchte. Ob er eigentlich seiner Mutter ähnlich sah?

Am frühen Nachmittag saß sie über ihr Lateinbuch gebeugt und wollte keinen Anfang für die Übersetzung finden. »*...causa est quoque regia virgo nescia, quem premeret, tergo considere tauri, cum deus a terra siccoque a litore sensimfalsa pedum primis vestigia ponit in undis...*«

Irgendetwas mit einer jungen, königlichen Frau, die unwissend war; es ging um Zeus, der sich in den Stier verwandelt hatte, aber die Deklinationen und Konjugationen verschwammen vor ihren Augen und die Stille im Haus umhüllte sie und versteckte die Welt außerhalb mehr und mehr vor ihrem Blick. Ihr war, als müsse sie mit dem Kopf auf die Schreibtischplatte sinken und wegdämmern.

Sie starrte auf den Bildschirmschoner ihres Computers, tanzende Spiralen in wechselnden Regenbogenfarben, doch plötzlich waren sie weg.

Anne fuhr hoch. Das gelbe Lichtlein des Monitors war verschwunden. Auch ihr Radiowecker zeigte keine Ziffern mehr an, im Flur war das Grün des Anrufbeantworters erloschen. Stromausfall, dachte Anne und schon fiel ihr Blick auf die Kameras. Kein rotes Licht mehr unter der Decke. Beinahe freute sie sich. Doch gleich würde ihr Handy klingeln, weil er erfahren wollte, was los sei, und da konnte sie sich gleich auf den Weg in den Keller machen, um den Sicherungskasten zu suchen. Sie hasste es, in die Dunkelheit hinunterzugehen.

Kaum war sie zwei Stufen abwärtsgestiegen, hörte sie das Geräusch. Eine Tür quietschte. Eine der Türen im Keller. Sie schluckte schwer. Wich unwillkürlich zurück. Nun hörte sie Schritte. Die Klinke der Tür direkt vor ihr ging nach unten. Anne hielt den Atem an. Sie hatte das Gefühl, gleich ohnmächtig zu werden. Sie presste die Hände gegen die rau verputzte Wand in ihrem Rücken. Die Tür öffnete sich. Alle Luft wich aus Annes Lungen und sie ließ sich auf die oberste Stufe fallen.

»Hab ich dich erschreckt?«, fragte Cornelius.

»Allerdings!« Sie schrie.

»Entschuldige, das wollte ich nicht«, sagte er und das Braun seiner Augen sog ihren Blick an.

»Was machst du hier?«

»Ich wollte dich besuchen«, sagte er, als sei es das Selbstverständlichste der Welt. Was es ja eigentlich auch war.

»Ich dachte, ich stell den Strom ab, dann können wir zwar weder Tee machen noch Twin Peaks gucken, aber die Kameras sehen uns nicht.« Er lächelte vorsichtig.

»Wie bist du reingekommen? Woher wusstest du, wo der Stromkasten ist?«

»Vielleicht bittest du mich erst mal in dein Zimmer?« Sie nickte irritiert und stand endlich auf.

»Hier«, wies sie ihn in den Raum. Während er sich umsah, berichtete er, dass die Kellertür ganz einfach zu knacken gewesen sei. Kurz mit der Scheckkarte aufgehebelt und schon sprang sie auf.

»Na, und bei uns ist der Stromkasten auch im Keller, bei vielen Leuten ist das so.« Jetzt grinste er so frech, wie sie es kannte. »Nett hast du's hier. Laura Palmer hängt auch über meinem Bett. Allerdings neben Dale Cooper und BOB.«

»Ich weiß nicht...«, hob Anne an und da klingelte auch schon ihr Handy. Schnell nahm sie ab. Sie musste nicht aufs Display schauen, um zu wissen, wer dran sein würde.

»Was ist los? Die Kameras sind alle schwarz!« Anne hielt den Zeigefinger kurz warnend vor ihren Mund, dann sagte sie so ruhig wie möglich: «Ich glaube, es hat einen Stromausfall gegeben. Alle Geräte sind aus. Ich hab schon im Keller nach der Sicherung geschaut, aber da sieht alles normal aus. Vielleicht ein Fehler beim Elektrizitätswerk?«

»Mist«, fluchte ihr Vater. »Das Problem ist, ich komme hier gerade nicht weg. Mein wichtigster Mandant kommt gleich zum Termin. Vor halb sechs ist das heute nicht fertig hier. Okay, Anne, okay. Es wird auch einmal so gehen. Ich ruf jetzt gleich bei den Stadtwerken an und frage, was da los ist. Und du bleibst einfach ruhig in deinem Zimmer – versprichst du mir das?«

»Ja, natürlich, Papa, mach dir keine Sorgen. Es wird schon gut gehen. Ich muss eh Latein lernen.«

»Gut, mein Schatz, ich ruf dich nachher noch mal auf dem Handy an, ja?! Nur um zu hören, ob alles in Ordnung ist.«

Anne stöhnte laut auf, als sie das Telefonat beendet hatte.

»Und, kommt er gleich angerannt?«

Sie schüttelte den Kopf. »Kann nicht.« Ohne es zu wollen, lächelte sie. Sie grinste von einem Ohr bis zum andern.

»Und jetzt lass mich mal die Kameras anschauen«, sagte Cornelius. Zehn Minuten später hatte er alle abgeschaltet, sodass sie den Strom im Keller wieder anschalten konnten. »Keine Sorge, die gehen rechtzeitig wieder auf Sendung.«

»Tee oder *Twin Peaks?*«, fragte Anne dann.

»Weder noch«, sagte Cornelius. »Wir haben etwas Wichtiges zu tun.« Und dann ging er ins Wohnzimmer und wandte sich dem digitalen Rekorder zu, der die Bilder der Überwachungskameras aufzeichnete.

»Jetzt starten wir die ›Anne-Jänisch-Befreiungsaktion‹.«

Doch eine Stunde später sah er sie mit unglücklichem Ausdruck an. Anne hatte ratlos zugesehen und sich gefragt, was Cornelius da eigentlich tat, aber er hatte so sicher und konzentriert gearbeitet, dass sie ihn nicht unterbrechen wollte.

»Mist«, sagte er resigniert. »Das ist komplizierter als ich dachte. Ich hatte gehofft, ich kann die Kameras so manipulieren, dass er statt des aktuellen Bildes nur ein aufgezeichnetes zu sehen bekommt.«

Anne betrachtete ihn skeptisch. Doch bevor sie etwas erwidern konnte, klingelte erneut ihr Handy.

»Ja, Papa?«

Sie brauchte nicht lange, um ihn zu beruhigen, dass alles okay sei. Sein Anruf bei der Stadt hatte nichts erbracht, eine Störung im Stromnetz sei nicht gemeldet worden. Er bat sie, die Sicherungen noch einmal ein- und auszuschalten, und sie versprach es.

»Na ja, sobald er mich auf dem Handy anruft und ich auf keinem der Bilder zu sehen bin, wie ich drangehe, fällt das doch eh auf, oder?«

Enttäuscht ließ sich Cornelius auf das Sofa fallen. Sein Blick wanderte über die Wand hinter dem Fernseher, an der mindestens zehn Fotos von Annes Mutter hingen.

»Ist sie das?«, fragte er.

Anne nickte.

»Sie hätte das bestimmt nicht gewollt, dass du so lebst.«

Er hatte recht, natürlich hatte er recht.

»Da hilft nur noch eins.« Er sah sie nachdenklich an. »Was ist nachts mit den Kameras?« Anne hob die Schultern, ließ sie sinken.

»Na ja, bevor er schlafen geht, schaltet er sie ab, spätestens. Dann brauchen wir sie ja nicht mehr.«

»Das heißt ...« Ein kleines Lächeln schlich sich in sein Gesicht. »Das heißt, wenn er schläft, überwacht dich niemand mehr.« Anne sah ihn erschrocken an.

»Na, Mann, dann kannst du doch aus dem Fenster klettern und abhauen. Wann geht er abends ins Bett?«

»Nein, das kann ich nicht machen. Ich will das gar nicht. Was soll ich denn nachts draußen allein?« Sie war fast empört.

Cornelius schüttelte sanft den Kopf. »Wer spricht denn von allein? Du kannst dich mit mir treffen. Es gehen nicht alle Menschen in unserem Alter abends um zehn ins Bett. Es gibt da so was – man nennt es Klub, Diskothek, Kneipe –, weißt du, die haben alle um die Zeit noch offen.« Anne griff nach einem der dicken Sofakissen und schlang ihre Arme darum.

»Verarschen kann ich mich alleine.«

Cornelius versuchte, ihr das Kissen zu entwinden. Sie ließ nicht locker.

»Mann, Anne«, meckerte er. »Ich dachte, du willst dich befreien. Ich dachte, du wärst gerne mit mir zusammen unterwegs. Aber wenn du nicht willst, bitte.« Er stand auf und ging unruhig im Zimmer auf und ab, rückte einen der schweren Essplatzstühle zurecht, fuhr mit der Hand über die lachsfarbene Tischdecke.

»Außerdem«, er kam wieder näher. »Was passiert denn im schlimmsten Fall? Wenn er dich erwischt? Hausarrest kann er dir kaum geben, den hast du eh schon. Meinst du, er verprügelt dich?« Anne schüttelte den Kopf.

»Was also dann?«

»Er wird enttäuscht sein. Maßlos enttäuscht. Oder eine Panikattacke bekommen. Er hatte schon mal eine. Das war grauenhaft! Ich war neun und wir haben uns auf einem Markt verloren. Nach einer halben Stunde habe ich ihn gefunden. Er war käseweiß im Gesicht und zitterte am ganzen Körper, fast wäre er in Ohnmacht gefallen.«

»Aber das erleidet dann doch er. Verstehst du? Hauptsache, er wird *dir* nichts tun! Das ist entscheidend!«

»Aber ich hab dann so ein schlechtes Gewissen. Wenn er meinetwegen leiden muss.«

Cornelius drehte sich schnell auf den Fersen um die eigene Achse, starrte dabei an die Decke. Er zischte etwas Unverständliches.

»Okay«, sagte Anne schließlich. Sie stand auf, ließ das Kissen fallen. »Vielleicht hast du recht. Einen Versuch kann ich ja machen. Hast du auch schon eine Idee für einen ersten Ausflug?«

»Allerdings«, sagte er und die nachmittägliche Sonne spiegelte sich in seinen dunklen Augen. Als habe jemand ein Licht angezündet.

Er hätte nie gedacht, dass er sie dazu überreden könnte. Noch dazu mit so einer – zugegebenermaßen – albernen Idee. Aber es juckte ihn in den Fingern. Er musste diesem ätzenden Brunner einfach eins auswischen. Um halb zwölf heute Abend würde er Anne abholen. Hoffentlich kniff sie nicht.

Er lehnte das Fahrrad an die Gartenmauer des Hauses. Schade, dass der Schatz, den er vor einiger Zeit in dem Schuppen im Garten entdeckt hatte, noch immer nicht startklar war. Das Geld für die Reparatur kam nur langsam zusammen. Er musste unbedingt etwas dafür tun. Und dann: Auf Wiedersehen, Fahrrad!

Er ging die vier Stufen zum Eingang des Hauses empor, das seine Mutter vor drei Jahren von einer Tante geerbt hatte. Obwohl er jetzt schon knapp zwei Jahre hier wohnte, hatte er sich noch immer nicht daran gewöhnt: Die ordentlich geschnittenen Hecken, der kurz geschorene Rasen, die saubere Straße davor, der – ja – langweilige Duft und vor allem die Stille. In Bangkok hatte es immer Geräusche gegeben, Hupen, Gelächter, Schreie, Motoren.

Es hatte nach Gewürzen gerochen, nach Essen, nach Benzin, nach Menschen – nach Leben. Irritiert sah er auf der großen, goldgefassten Uhr der Eingangshalle, dass es erst halb neun war. Er hatte keine Lust mehr gehabt, in der Stadt herumzuhängen. Diese Ami wurde ihm langsam zu aufdringlich. Jetzt war sie sogar im *Pinguin* aufgetaucht, wo er nur in Ruhe hatte ein Bier trinken wollen. Sie hatte geradezu einen Narren an ihm gefressen. Nachdem er sie gestern im *Barista* getroffen hatte, wollte sie unbedingt den ganzen Abend mit ihm abhängen, einen Joint rauchen und in den Flussauen chillen. Sie wäre am liebsten bei der Aktion nachher dabei gewesen, aber das hatte er ihr ausreden können. Irgendwie fühlte sich Cornelius in ihrer Gegenwart nicht wohl. Das ganze Mädchen strahlte Schwierigkeiten aus. Er hoffte, dass sie nicht in ihn verknallt war, das könnte er gar nicht gebrauchen. Yuna kam ihm in den Sinn, die Tochter ihrer thailändischen Zugehfrau in Bangkok. Wie hatte sie ihn angeschmachtet, hatte ihm blühende Bodhi-Baum-Zweige in sein Zimmer gelegt und duftenden Jasmin. Aber für ihn war sie nur ein kleines Mädchen gewesen, gerade mal zwölf damals. Er wusste gar nicht, wie er mit ihr umgehen sollte. Manchmal hatte er im Hof mit ihr Federball gespielt oder Takraw, ein thailändisches Spiel, bei dem sie versuchten, sich gegenseitig einen kleinen Ball aus Rattan abzujagen, den man mit allen Körperteilen außer den Händen spielen durfte.

Im Haus war es still. Fast. Er vernahm ein leises Stöhnen, ein Wimmern beinah. Und da sah er sie auch schon auf der zweiten Treppenstufe von unten kauern. Mit wenigen Schritten war er bei ihr.

»Schmerzen?«, fragte er und seine Mutter öffnete kaum die Lider, als sie zu ihm hochsah. Sie nickte. Er legte einen Arm um ihren Rücken, griff unter ihrem rechten hindurch, legte sich ihre Beine über den anderen Arm und versuchte, sie hochzuheben. Obwohl sie schmal und zart war, musste er sich anstrengen. Vorsichtig wankte er mit ihr die Treppe hinauf, Stufe um Stufe. Stöhnend atmete sie auf, als er sie in ihr Bett sinken ließ.

»Ich hol dir eine Tablette«, sagte er und verließ ihr Zimmer, in dem es schon fast ganz dunkel war und wo es nach Krankheit roch. Schnell war er wieder bei ihr, ein großes Glas Wasser und die Tabletten dabei. Mühsam richtete sie sich im Bett auf und nahm ihm die Sachen ab.

»Ist Papa wieder nicht da?«, fragte er.

»Unterwegs«, sagte sie leise. »Ich dachte, ich schaffe es allein die Treppe hoch. Aber es ging nicht...« Bei den letzten Worten war ihre Stimme kaum noch vernehmbar, sie schluckte schwer, unterdrückte ein Weinen. Cornelius streichelte ihre Hand, besah die schmalen Finger mit den stark vergrößerten Gelenken. Nein, man konnte sich wirklich nicht vorstellen, dass diese Finger einst wie auffliegende Vogelschwärme über die Tasten des Flügels gelaufen waren. Dass sie ihnen ihre größten Erfolge verdankte. Vor langer Zeit. Er strich ihr übers Haar.

»Kann ich noch was für dich tun? Soll ich dir Eisbeutel bringen?«

Sie schüttelte den Kopf. »Ich will nur schlafen.«

Er küsste sie und ging aus dem Zimmer, hinüber in seins. In den Computer schob er die erste *Twin-Peaks*-DVD. Die dunklen, geheimnisvollen Töne der Titelmelodie beamten ihn in eine andere Welt – ob sie trotz Mord und Intrige und

Missbrauch schlechter war als seine, wollte er gar nicht so genau wissen.

Gegen elf schlich er aus dem Haus. Seine Mutter schlief tief und fest. Sein Vater war noch immer nicht zu Hause. Ihm sollte es recht sein. Er wollte gar nicht so genau wissen, wohin der Alte immer schlich. Aus dem Schuppen holte er die notwendigen Dinge, die er am Vortag besorgt und dort versteckt hatte. Er musste zugeben, dass ihm Amis Hilfe und Vermittlung dabei durchaus recht gewesen waren.

Er quälte sich mit dem Fahrrad den Berg hoch, was mit der beladenen Kiste auf dem Gepäckträger noch unangenehmer als sonst schon war, und kam um zwanzig nach elf bei Anne an. Alles war dunkel. Im Nachbarhaus glücklicherweise auch. Er fischte zwei, drei kleine Kieselsteine von dem schmalen Weg, der vom Gehweg zur Haustür führte, und warf sie vorsichtig gegen Annes Fensterscheibe. Er betete, dass ihr Vater einen festen Schlaf hatte. Soviel er wusste, befand sich dessen Schlafzimmerfenster auf der Rückseite, zum Garten hin. Cornelius wusste, dass auch das kein Zufall war. Im Falle eines Brandes wäre Anne schneller auf der Straße und in Sicherheit, hatte Johann Jänisch überlegt. Cornelius schüttelte den Kopf. Ein Wahnsinn, dieser Typ! Und wie fraglos Anne das alles bisher hingenommen hatte, unglaublich! Hinter Annes Fenster rührte sich nichts. Vorsichtig schlich er näher heran. Der Rollladen war ganz heruntergelassen. Er pochte daran, rüttelte. Nichts tat sich. »Mist«, fluchte er leise vor sich hin. Er versuchte, den Rollladen hochzuschieben, aber das ging natürlich nicht. »Anne«, flüsterte er lauter. Keine Reaktion. Als sich nach zehn Minuten immer noch nichts tat, trat er den Rückzug an. Hatte sie doch Schiss bekommen! Irgendwie überraschte ihn das nicht einmal. Mal sehen, ob sie morgen in der Schule etwas dazu sagen würde. Manchmal war sie verschlossen wie eine Auster – und es reizte ihn, ihre Schale zu knacken. Ob er eine Perle finden würde, dessen war er noch nicht so sicher. Aber wer nicht einmal danach suchte, der fand auch keine.

Um zehn nach fünf fuhr sie aus dem Bett hoch. Scheiße, wie spät war es? Anne saß kerzengerade und hellwach da, erkannte, dass die ersten Sonnenstrahlen durch die kleinen Ritzen im Rollladen hereinschienen. Verflucht! Sie sprang auf und zog den Rollladen hastig hoch. Als erwarte sie, dass Cornelius davorstehen würde. Mist, Mist, Mist, hämmerte es in ihrem Kopf. Sie war einfach nicht aufgewacht. Sie war wie immer um zehn zu Bett gegangen und hatte sich den Wecker auf viertel nach elf gestellt. Dann hatte sie sich hingelegt, eigentlich in der Erwartung, sowieso nicht einzuschlafen vor lauter Aufregung. Aber anscheinend war ihre Müdigkeit deutlich größer gewesen, als sie gedacht hatte. Hoffentlich war Cornelius nicht sauer auf sie. Mit kalten Füßen ging sie ins Bad. An Schlafen war jetzt nicht mehr zu denken. Sie duschte ausgiebig und deckte dann den Frühstückstisch. Wieso war sie so schnell eingeschlafen? Weil sie immer schnell einschlief vermutlich. Nicht mal, wenn am nächsten Tag eine Schulaufgabe anstand, hatte sie Probleme. Na ja, sie beherrschte den Stoff ja sowieso meistens im Schlaf.

Um halb sieben, als Johann mit grauem Gesicht in die Küche kam, hatte sie bereits die gesamte Zeitung durchgelesen. Wie immer war er schweigsam, trank nur an der Spüle lehnend seinen Kaffee und sah auf den Fliesenboden.

»Was wird jetzt eigentlich mit Omas Haus?«, fragte Anne entgegen der sonst herrschenden Konvention morgendlichen Schweigens. Johann sah kaum auf.

»Mal sehen.«

»Aber Papa«, hub Anne an. »Wenn wir es einfach leerstehen lassen, ist das doch blöd...«

»Das lass mal meine Sorge sein.«

»Und hat sich Herr Rosen noch mal gemeldet? Will er es nicht vielleicht wirklich kaufen? Vielleicht sollten wir einen Makler engagieren!«

»Nein, Rosen hat sich nicht gemeldet. Ich glaube, der Preis hat ihn abgeschreckt.«

»Ist es denn überhaupt so viel wert? Du könntest es doch ein bisschen billiger verkaufen. Ich fände es schön, wenn da jemand drin wohnen würde, den wir kennen.«

»Ach, Schatz.« Johanns Blick verriet nichts als Müdigkeit. »Es ist noch so früh. Deine Großmutter hätte sicher gewollt, dass wir das Haus behalten.«

»Dann können wir es doch wenigstens vermieten. Und außerdem...« Sie brach ab. Das brachte sie dann doch nicht über die Lippen: Außerdem war es dir doch schon immer egal, was Oma gewollt hat.

»Was war los?«, empfing sie Cornelius in der großen Pause. Davor hatten sie noch keinen Kurs zusammen gehabt. »Verschlafen?«

Anne sah ihn sehr schuldbewusst an. Immerhin lächelte er jetzt leicht.

»Warst du ohne mich unterwegs?«, wollte sie wissen. Er verneinte. »Ich habe mich hingelegt, bin eingeschlafen und einfach nicht wieder aufgewacht«, erklärte Anne.

»Boah, ich hab geklopft und gerüttelt, nichts tat sich!«
»Tut mir leid. Heute Abend?«

Cornelius presste kurz die Lippen aufeinander. Er lehnte sich an das Mäuerchen, das das Schulgelände vom Garten trennte. »Nur, wenn du nicht wieder ein Schlafmittel nimmst!« Er grinste.

»Ich nehme kein Schlafmittel«, sagte Anne empört.

Cornelius blickte sie forschend an. »Na, mal im Ernst – bist du sicher, dass dir dein Vater keine Schlaftablette ins Essen schmuggelt? Würde ich dem glatt zutrauen.«

»Nein.« Wirklich nicht? »Ich nehme abends nur meine Vitamintabletten. So Nahrungsergänzungsmittel, damit ich gesund bleibe.«

Cornelius kickte einen kleinen Stein fort. Er steckte die Hände in die Hosentaschen und sein Blick wurde immer finsterer.

»Vitamintabletten? So Beutelchen? Oder zum Auflösen? Oder zum Schlucken?«

»Eine im Beutelchen, eine trink ich im Wasser aufgelöst und zwei sind zum Schlucken.«

»Vier Stück? Mann, Mann, Mann – wozu soll das denn gut sein? Weiß doch inzwischen jeder, dass das Zeug nur Geldmacherei ist.«

»Aber Doktor Weiß, unser Hausarzt, sagt, gerade im Wachstum ...«

»Ey, du bist 17! Kein Kleinkind.« Anne wandte sich ab. Warum musste er sie immer und immer wieder darauf hinweisen, dass sie nicht so lebte wie ihre Altersgenossinnen. Weil er recht hatte, vielleicht? Sie spürte Trotz und Zorn, Zorn auf ihren Vater, Trotz gegen alle, gegen sich selbst.

Sie bemerkte seine Hand auf ihrem Oberarm, schwer und warm.

»Kannst du heute Abend das Zeug einfach mal nicht einnehmen und dann sehen wir, was passiert? Wenn du wach bleibst, wäre das doch der Beweis?«

Anne sah ihn skeptisch an. Sie konnte es probieren. Dass ihr Vater immer neben ihr stand und aufpasste, wenn sie die Vitamintabletten schluckte, das sagte sie ihm lieber nicht.

Den ganzen Nachmittag über ging ihr der Gedanke nicht aus dem Kopf. Im Bus war es ihr plötzlich wieder eingefallen, als sie am Kino vorbeifuhren. Nach dem Filmbesuch mit Cornelius hatte sie ihre Tabletten nicht genommen – Johann hatte nicht daran gedacht und sie selbst auch nicht. Jeder war viel zu sehr damit beschäftigt gewesen, Haltung zu bewahren. In dieser Nacht hatte sie so schlecht geschlafen wie seit Jahren nicht. Was also, wenn er wirklich...? Der Gedanke schien ihr ungeheuerlich. Er musste doch wissen, dass Schlafmittel auf Dauer nicht gesund waren, dass sie ihr schaden würden, sie sogar süchtig machen konnten. Das würde er doch nicht riskieren? Und doch wurde ihr klar, dass sie sich manchmal morgens noch dämmrig fühlte, die Welt wie durch einen Schleier sah. Gegen Mittag wurde es meist besser. Sie überlegte hin und her, wie sie es heute Abend anstellen konnte, die Einnahme der Tablette zu verhindern. *Mir wird schon spontan was einfallen,* beschloss sie dann aber.

Wie immer stand er um halb zehn mit ihr im Badezimmer und reichte ihr die Medikamente. Brav schluckte sie die Mikro-Pellets mit Zink, Kalzium und Eisen, brachte die hellgelbe Fischöl-Kapsel herunter und nahm dann die weiße, leicht raue Tablette in Empfang, die angeblich ihr Immunsystem stärken sollte. Bevor sie das Wasser schluckte, schob sie die Tablette in die Wangentasche, wo sie liegen blieb. Als Johann dann das Badezimmer verließ und sie sich ihrer Zahnbürste zuwandte, spuckte sie die Tablette in die Toilette. Keine fünf Minuten später lag sie im Bett und wartete. Noch über eine Stunde, bis sie wieder aufstehen durfte. Würde es heute klappen?

Donnerstag, 27.05.

Der ganze Tag liegt im Dreck. Und ich mittendrin. Das Geschrei der Welt schlägt auf mich ein. Mach, tu, lass, komm, los, auf, ja, nein, bitte, bloß nicht, verschwinde. Wie gerne würde ich verschwinden. Auf Nimmerwiedersehen, ihr Wichser, alle. Alles ist voller ›Koth‹, Abschaum, Exkremente, Sekret. Es erstickt mich, es steigt an meinen Füßen hoch, erreicht die Knie, die Oberschenkel, wandert weiter, darüber hinweg, bis zur Taille – bis zum Hals steht mir all der Dreck. Ich spüre seinen widerwärtigen Geschmack schon auf der Zunge, rieche den Atem des Teufels, der diese Brühe gekocht hat. Der all diesen Dreck in mich reinstopfen will. Ich kann ihm nicht entgehen.

Heute sah ich ihn. Gleich heute Morgen. Wie er lächelnd meinen Weg passierte, ohne dass der Boden, wo er ihn berührte, verdorrte. Ins Gespräch mit dem Herrn Pfarrer war er vertieft, sicher ging es um das Seelenheil seiner Schäfchen. Wenn ich das Seil dabeigehabt hätte... Vor aller Augen hätte ich mich auf ihn geworfen und ihn gerichtet. Dieses Schwein. Ich mag mir nicht vorstellen, ich kann mir nicht vorstellen, wie er einfach so lebt. Wie er isst und trinkt und scheißt und plaudert und lehrt und liest und, ja, sogar das, liebt. Denn er hat sich ein Frauchen zugelegt, ein zierliches, das artig »Wuff« macht und ansonsten schweigt. Das wird er besonders lieben, wenn sie schweigt zu seinen Schweinereien. Ob sich seine Hände auch auf ihren Mund legen, sie fast ersticken, nur damit ja kein Laut aus ihrer Kehle dringt? ›Leis, ganz leis‹, hat er immer geflüstert und seinen Pesthauch in meine Nase getrieben. Statt zu kotzen, setze ich die Flasche an. Ihr kühler, nasser, feuchter Inhalt flutet meinen Mund, meinen Hals, meinen Magen, mein

Gedärm, mein Hirn, meinen ganzen Körper bis ins kleinste Glied. Und alles wird ruhig.

6. Kapitel

Gut, dass der Mond schien. Und auch gut, dass er immer wieder von dämonisch beleuchteten, scharfzackigen Wolken verdeckt wurde. Selbst sehen können und dabei nicht gesehen werden, das war die Devise der Stunde. Anne hackte unermüdlich mit einer viel zu kleinen Schaufel. Sie wunderte sich, dass noch immer so viele Steine in der Erde lauerten und das Löchergraben dadurch erschwert wurde. Schmunzeln musste sie bei der Vorstellung, wie sie das gerade herausgezogene Unkraut gegen noch Fieseres ersetzten. Verstohlen sah sie zu Cornelius. Wie ruhig er arbeitete. Als sei dies hier die selbstverständlichste Sache der Welt. Sie war froh, dass er ihre Furcht nicht bemerkte, weil er so auf seine Löcher konzentriert war. Die waren natürlich schon viel tiefer als ihre. Er hatte ja auch mehr Kraft. Hatte sie auf die Lenkstange seines Fahrrads genommen und hinten auf dem Gepäckträger die volle Kiste transportiert. Ihr wurde kalt, als sie an den Moment dachte, als sie ganz langsam und vorsichtig den Rollladen hochgezogen hatte und zum Fenster hinausgeklettert war. Cornelius hatte sie stolz angesehen: »Keine Schlaftablette heute?«, hatte das geheißen.

Er hatte tatsächlich recht gehabt mit seiner Vermutung. Heute war sie nicht sofort eingeschlafen! Hatte nicht mal den Wecker gebraucht. Anne spürte jedes Mal Zorn aufwallen, wenn sie an ihren Vater dachte. Es geschah ihm ganz recht, dass sie jetzt hier war. Die Wut lenkte sie auf die Schaufel in ihrer Hand um, heftig stieß sie zu, schleuderte die Erde in die Luft, schnaufte laut.

»Sch«, ermahnte Cornelius sie, ohne zu ihr hinüberzusehen. Verbissen arbeitete Anne weiter. Letztlich war sie nur wegen ihres Vaters hier. Weil sie ihm klarmachen wollte, dass sie kein kleines Mädchen mehr war, das sich ängstlich hinter seinem Rücken versteckte, ein paar schwitzige Finger in seine Hand schiebend. Sie war jetzt groß. Fast erwachsen. Und sie war mutig. Wollte mutig sein. Auch, wenn er das hier besser nie erfahren sollte.

Cornelius' Hand lag plötzlich schwer auf ihrem Unterarm. Mit weit aufgerissenen Augen starrte er angestrengt in die Finsternis. Hoffentlich spürte er die Gänsehaut auf ihrem Arm nicht. Dann ließ er sie los, aus der Hocke erhob er sich, machte ihr ein Zeichen, ihm zu folgen. Himmel, sie merkte jetzt erst, dass ihr Fuß eingeschlafen war. Mühsam folgte sie ihm, den Herzschlag im Mund schmeckend.

Sie pressten sich an die Wand zwischen dem alten Hauptgebäude und dem neu erbauten Seitenflügel, in die kleine Nische, die zum Atrium führte. Ihre Hand umklammerte den Schaufelstiel beinah grotesk fest, so, dass es schmerzte. Als würde sie sich selbst bestrafen. Cornelius' Atem neben ihr ging ruhig, ganz ruhig.

Dann entdeckte sie die dunkle Gestalt in dem türkisblauen Trainingsanzug, keine 20 Meter von ihnen entfernt. Anne drängte sich dichter an Cornelius. Nahm den Geruch von Erde wahr, der von seinen Händen ausging, von ihren Händen. Die Gestalt näherte sich, spähte umher. Wenn ihre Löcher entdeckt würden, wäre ihr Plan gescheitert. Anne spürte plötzlich den Wunsch, nicht aufzufliegen, so übermächtig in sich, als hinge ihr weiteres Schicksal davon ab.

Dabei ging es doch eigentlich um nichts. Nur um einen dummen Streich.

Als sie den Hund entdeckte, schluckte sie. Cornelius nahm ihre Hand. Als ahnte er, dass sie sonst loslaufen würde. Fort von hier, einfach fort. Was tat sie hier? Seine Hand war voller Erdkrumen, trotzdem war sie warm und weich. Sie traute sich nicht, ihre Finger gegen seinen Handrücken zu pressen. Wie Schmetterlinge ruhten ihre Fingerkuppen auf seiner Haut. Bereit, jederzeit davonzufliegen.

Der Hund schnupperte in ihre Richtung. Anne schloss die Augen. Sie hatte diesen großen struppigen Schäferhund schon immer gehasst. Sie wollte nicht sehen, wie er auf sie zustürzen würde, wie sein Maul sich öffnen, die Lefzen von Sabber überzogen. Wie sich spitze Zähne in ihr Fleisch bohren würden. Wie... Ein Pfiff ließ sie die Augen öffnen.

»Komm, Berti«, hörte sie den Mann rufen. »Da is' keiner. Falscher Alarm.« Seine Zunge klang schwer vom Bier. Der Hund tat noch ein paar Schritte in ihre Richtung. Ihre Blicke trafen sich. Cornelius drückte ihre Hand ganz fest. Ihr Herz platzte gleich aus ihrem Brustkorb heraus.

»Guter Hund, braver Berti«, murmelte Cornelius in einem Ton, als müsste er ein schreiendes Baby zum Einschlafen bringen.

»Berti«, der Ton nun schneidender. Der Hund knurrte ganz kurz, dann schlug er einen Haken, verschwand im Dunkel der Nacht, die mondlos grau so tat, als wäre nie etwas geschehen. Langsam atmete Anne aus. Cornelius ließ ihre Hand los.

»Weiter?«, flüsterte er, fast tonlos. Sie nickte. Ja, sie war mutig. Sie würden das hier jetzt zu Ende bringen.

Als er den Vorgarten des Hauses durchquerte, war die Nacht schwarz wie schwarzer Kaffee. ›Schwarz wie Mitternacht in einer mondlosen Nacht‹, dachte er und musste schmunzeln. Wie immer, wenn er Agent Dale J. Cooper zitierte. Er würde sich jetzt einen Espresso kochen, die Diktierfunktion seines iPhones einschalten und die Ereignisse der letzten Stunden seiner virtuellen Sekretärin Diane anvertrauen, beschloss er, während er den Schlüssel ins Schloss steckte.

Er kam nicht dazu, ihn umzudrehen, denn von innen wurde geöffnet. Das war's mit dem Espresso, dachte er, leckte sich schnell über die Lippen und blickte ruhig auf seinen Vater hinunter, den er mittlerweile um gut einen Kopf überragte. Nur in der Breite gewann sein Vater locker.

»Schreibst du nicht morgen Biologie?«, fuhr der Alte ihn an. »Es ist schon fast eins.«

»Geh sterben«, zischte Cornelius und wollte sich an ihm vorbeidrängen.

»Wo kommst du her?« Der Vater hielt ihn am Ärmel des dunkelblauen Jacketts fest, das Cornelius selbst zu nächtlicher Gartenarbeit trug.

»Und du?«, gab der Sohn giftig zurück. »Du vergisst wie immer, dass ich seit bald einem dreiviertel Jahr 18 bin.«

»Oh, Herr Sohn«, spottete der Vater. »Keine Sorge, das vergesse ich genauso wenig wie die Tatsache, dass du mit 18 Jahren noch immer in der elften Klasse hockst.« Cornelius riss sich los und ging mit so würdevollen Schritten wie möglich die Treppe nach oben.

»Wo warst du?« verfolgte ihn die Stimme, die so wahnsinnig einlullend sein konnte, wenn er es wollte. Doch bei seinem Sohn wollte er es selten. Da durfte sie ruhig hart und emotionslos klingen. Cornelius drehte sich halb um, den Zeigefinger an die Lippen gelegt.

»Du weckst Mutter«, sagte er und ging weiter hinauf. Sich auf keine Diskussion einlassen, einfach weitergehen. Nachher, wenn alles still war, würde er wieder runterschleichen und sich seinen Espresso machen.

»Die hat Ohrstöpsel«, rief sein Vater nicht weniger laut als zuvor. Cornelius war erstaunt, wie schnell der Alte nun neben ihm die breite Treppe hinaufkam. Er schob seinen Bauch an ihm vorbei, Cornelius sah Schweißtropfen auf der Halbglatze schimmern, roch den schlechten Atem nach Bier und Magenproblemen.

»Ich möchte, dass du die Schule ernster nimmst«, sagte sein Vater, er streckte sich nach oben, damit die Worte das Ohr des Sohnes auch ja nicht verfehlten. Wie gerne hätte er dem kleinen Mann einfach einen Schubs gegeben, einen ganz winzigen nur, damit er die Treppe hinuntersegelte, liegen blieb, schweigend, und er sich endlich Diane und dem Espresso zuwenden konnte. Stattdessen ging er einfach weiter nach oben, zeigte dem Vater seinen Rücken und ließ die Worte daran abperlen. Er wusste, dass er für den Moment gewonnen hatte. Und trotzdem fühlte es sich an wie immer: wie eine Niederlage.

»Diane«, sprach er kurz darauf in das kaum sichtbare Mikrofon des iPhones und musste sich anstrengen, Enthusiasmus in seine Stimme zu legen. »Es war phänomenal. *Just damn good.* Ich hätte wirklich nicht gedacht, dass sie mitgeht. Aber sie hat es getan. Sie hat sich wacker gehalten.« Er hielt inne, rührte weiter den längst aufgelösten Zucker in seinem Espresso um und starrte auf die schwarze, verwirbelte Oberfläche, als fände er dort die Worte für die Ereignisse des Abends. Die Wahrheit, die in den Worten liegen sollte, die er aussprechen wollte. Dabei spürte er wie immer genau, dass er die Wahrheit wegdrängte, dass er nicht einmal diesem dummen Stück Technik in seiner Hand die Wahrheit anvertraute, sondern dass er sie sich nur ganz an den Rändern seines Bewusstseins zu denken gestattete. Wie gut, dass niemand seine Angst gespürt hatte. Seine Unsicherheit. Dass Anne nur auf ihre eigene Angst und Unsicherheit konzentriert gewesen war und gar nicht bemerkt hatte, dass er ihre Hand genommen hatte, um sich Mut zu machen, nicht ihr.

»Diane«, sprach er weiter und versuchte, das ironische Lächeln in den Worten hörbar zu machen. »Diane, die Aktion verspricht ein voller Erfolg zu werden. Ich werde morgen überpünktlich das Schulgelände betreten – meinem Vater sicher zur Freude, aber mehr noch mir selbst zur Belustigung. Denn ich darf sein Gesicht nicht verpassen, wenn er die Mühen unserer nächtlichen Anstrengung entdeckt. Es wird ein Fest werden und ich werde weiter berichten. Jetzt aber erst einmal eine gute Nacht Ihnen.«

Schon beim Aufstehen spürte sie ein Kribbeln im Magen. Aber nicht wegen der Bioklausur. Auf die war sie gut vorbereitet, wie immer. Die Müdigkeit hatte heute keinen Platz in ihrem Kopf, und als sie die beiden Teller fürs Frühstück auf den Tisch mit der blau-rot karierten Wachstuchtischdecke stellte, pfiff sie das Lied, welches sie in der Probe ständig sangen. Das Kribbeln fühlte sich richtig gut an.

Johann schien nichts bemerkt zu haben. Er schwieg wie immer, setzte sich mit wie üblich grauem Gesicht und tiefen Schatten, die die hellblauen Augen noch wässriger wirken ließen, und verschwand hinter der Zeitung. Sein grau-blondes Haar stand in alle Richtungen ab, einen repräsentativen Eindruck, wie es für seinen Job nötig war, machte er noch lange nicht.

Wie immer war sie ein paar Minuten zu früh an der Bushaltestelle, und während sie auf den von feinem Morgenregen gesprenkelten Asphalt starrte, zitternd in ihrer frühlinghaft dünnen Jacke mit der ebenso dünnen Blümchenbluse darunter, kam ihr ein Gedanke. Wie wäre es, den Bus durchfahren zu lassen und zur Schule zu trampen? Einfach so. Zeit genug wäre. Nein, das war absurd.

Das Surren der Räder, das satte Bremsgeräusch, das Aufklappen der Türen riss sie hoch. Schon saß sie im Bus, an ihrem Stammplatz in der vorletzten Reihe, am Fenster. Sie fühlte so etwas wie Energie in sich. Eine Energie, die nicht wusste, wo sie herkam, wo sie hinwollte. Die fließen wollte und zu verebben drohte. Sie knabberte an ihren Fingernägeln, wippte mit dem rechten Fuß. Die jüngeren Schüler vor ihr warfen Äpfel quer durch den Bus, sie schrien sich an, obszön und banal zugleich. »Ey, Opfer.« Sie blickte wieder nach draußen. Ein Sonnenstrahl brach durch ein Wolkenloch, beschien den blühenden Kirschbaum auf dem Platz vor der Schule. Sie ließ erst alle anderen aussteigen. Hatte keine Lust auf Gedränge. Aber kaum stand sie auf dem Willibalds-Platz, kehrte die Unruhe zurück. Eine freudige und ängstliche Unruhe gleichermaßen. Sie würde jetzt nicht als Erstes ins Klassenzimmer gehen und ihr Biologieheft auspacken. Ihre Schritte lenkte sie in Richtung des sandsteinfarbenen Torbogens, hinter dem der Schulgarten lag. Dorthin, wo Cornelius in seinem dunkelblauen Jackett mit den Goldknöpfen und dem weißen T-Shirt lehnte. Er fuhr sich durch sein welliges dunkelbraunes Haar, das er mit der hochgeschobenen Sonnenbrille davon abhielt, in sein verschmitzt grinsendes Gesicht zu fallen. Anne verstand genau, warum Cornelius in den meisten Kursen, die sie gemeinsam besuchten, so unbeliebt war. Wie er so dastand, gab er das perfekte »Role model« für einen verzogenen, arroganten Schnösel ab. Er wirkte, als wählte er alles sehr bewusst aus: Die ein wenig ausgeblichene Jeans mit den aufgesteppten Nähten quer über dem Oberschenkel, die dunkelbraunen Sandalen mit geflochtenen Riemen, barfuß natürlich und viel zu kalt für diesen nassen Maitag. Seine ganze Erscheinung schrie die Außenstehenden an: Ich gehöre gar nicht hierher. Ich bin falsch hier. Und ihr seid schuld. Sie war froh, dass sie ihn ganz anders kannte. Als er sie nun entdeckte, wurde das Lächeln in seinem Gesicht ehrlicher. Das Zynische darin verschwand. Anne ging langsam auf ihn zu. In ihrer Blümchenbluse kam sie sich lächerlich vor. Noch immer fand sie es unvorstellbar, dass sich dieser coole Typ mit ihr abgab. Dass sie nächtliche Abenteuer mit ihm erlebte. Er müsste doch längst gemerkt haben, wie langweilig und verschroben sie war. Wie ihre Ängste sie steuerten und ausknockten. Dass sie eine Streberin war, wie es im Buche stand. Immer in Sorge, nicht gut genug zu sein.

Aber dann dachte sie wieder an den gestrigen Abend. Das war nicht spießig gewesen, nicht langweilig. Und sie war dabei, ja sogar mittendrin, gewesen. Sie war mitverantwortlich dafür, dass nun immer mehr Schüler den Weg in den Garten nahmen und nicht ins Schulhaus. Es schien sich herumgesprochen zu haben, dass dort etwas nicht stimmte. Sogar einige Lehrer sah sie dorthin eilen. Von Derking entdeckte sie, dabei interessierte den Musiklehrer der Garten des angeblich verehrten Kollegen Brunner doch sonst gar nicht. Auch Rosen war auf dem Weg. Cornelius zog sich sofort ein wenig hinter die Mauer zurück.

Kaum stand Anne endlich neben Cornelius, rauschte Brunner an ihnen vorbei. Sein braun-beiges Tweedsakko rauschte geradezu mit, die hellbraunen Cordhosen wehten um seine garantiert altherrenhaft dünnen, behaarten Beine. Sie sah ihm hinterher und wusste genau, was er gleich entdecken würde. In *seinem* Garten.

Und schon hörte sie ihn.

»Nein«, brüllte Brunner nun in die noch kühle Frühlingsluft und stand fassungslos an seinen Beeten. Er ließ die Schultern hängen, als stünde er am offenen Grab. Anne schaute schnell zu Cornelius auf, der gleich hinter ihr stand. Am Zaun hatten sie sich postiert, dort konnte man alles gut übersehen. Cornelius grinste, aber so, dass niemand auf die Idee gekommen wäre, er hätte mit der Untat etwas zu tun. Jetzt kam sogar Uwe Meyer-Schönfeld dazu, der Rektor. Er legte Brunner eine Hand auf die Schulter und das Bild der Begräbniszeremonie war perfekt. Theatralisch sank Brunner zu Boden und griff nach dem Übel in seinem Beet. Er rupfte eine der etwa 30 armen, unschuldigen Pflanzen heraus, reckte sie in die Höhe und schrie: »Wer war das? Wer hat mir dieses Unkraut, dieses Gift ins Beet gebracht?«

Gegen den Himmel zeichneten sich die sieben schmalen, zum Stängel hin immer breiter und länger werdenden Blätter, die wie Finger einer Hand wirkten, scharf und klar ab. Die älteren Schüler kicherten alle, manche feixten laut.

»Ich nehm' sie!«, schrie einer.

»Das war bestimmt Ami«, ein anderer.

»Schade um den schönen Stoff«, rief ein dritter. Schnell zog er sich hinter seine Freunde zurück.

»Das ist kein Spaß«, tobte Brunner weiter. »Was Sie hier verharmlosen, ist Cannabis – ein Rauschmittel –, genauso krebserregend wie Zigaretten, das aber zudem Schizophrenie und Schlimmeres auslösen kann!«

»Unsinn«, höhnte ein Zwölftklässler. »Das ist gar nicht bewiesen.«

Brunner rannte auf ihn zu, die schon etwas schlappe Pflanze in der Faust immer stärker zermalmend. »So ein Dreck hat in meinem Garten nichts zu suchen«, schrie er und die Haut spannte sich noch straffer um sein markantes Gesicht. »Außerdem ist es strafbar, so was anzubauen!« Dann rannte er zurück zum Beet und begann, die anderen Cannabis-Pflanzen herauszurupfen, fluchend und stöhnend.

»Ruhig, Herr Kollege«, versuchte Meyer-Schönfeld ihn aufzuhalten. »Das kann doch der Hausmeister gleich machen.« Dann wandte er sich an den immer größer werdenden Kreis der Schüler.

»Und ihr geht jetzt alle in eure Klassenzimmer, hier gibt es gar nichts zu sehen. Der Unterricht hätte schon längst beginnen müssen.«

Nach und nach zogen die Schüler in kleineren und größeren Gruppen ab.

Fein, dachte Anne und ging dicht neben Cornelius her. Sie musste sich ein wenig anstrengen, aber dann gelang ihr tatsächlich so etwas wie Genugtuung gegenüber Brunner. Denn dass er diesen kleinen, albernen Streich verdient hatte, stand völlig außer Frage. Noch größer allerdings war ihr

Stolz, dass sie diese erste »Anne-Jänisch-Befreiungsaktion« tatsächlich durchgezogen hatte.

Auch an diesem Abend landete die angebliche Vitamintablette erst in ihrer Wangentasche und dann in der Toilette. Und tatsächlich: Sie schlief längst nicht so schnell ein wie sonst. Es war richtig anstrengend zur Ruhe zu kommen. Die amüsierten Gesichter ihrer Mitschüler angesichts des Cannabis in den Beeten tauchten vor ihr auf, ebenso wie Brunners zornesrotes Gesicht. Die Biologiearbeit war erst einmal verschoben worden. Wie gerne hätte Anne zu jedem gesagt: Das war ich! Und wie sehr schämte sie sich für diesen Wunsch. So was Lächerliches!

Am Abend hatte sie gehört, wie ihr Vater mit Rosen telefoniert hatte. Und wie erwartet, hatte Johann ihren Lehrer vertröstet. Es sei noch unklar, wie es mit dem Haus weitergehen würde. Er sei einfach noch nicht so weit, es zu verkaufen. Anne verstand Johann nicht. Sie wusste nicht wirklich, wie schlecht es um seine Steuerkanzlei tatsächlich stand, aber sie ahnte, dass es nicht gut lief. Immer wieder fischte sie Mahnungen für unbezahlte Rechnungen aus dem Briefkasten und weder die Klassenfahrt wollte er bezahlen noch plante er irgendeine auch noch so kleine Reise für die Sommerferien mit ihr. Sie waren in den letzten Jahren nie weit fort gefahren, an den Bodensee gelegentlich oder nach Tirol. Johann wollte nicht in ein Land fahren, in dem er die Bevölkerung nicht verstehen konnte. Wie sollte er Hilfe holen, wenn etwas passieren sollte? Außerdem fuhr er am liebsten mit dem Zug. Selbst Italien war ihm schon viel zu weit fort. Bangkok – Anne ließ das Wort auf ihrer Zunge zerschmelzen. Wie mochte es da wohl aussehen? Wenn sie doch nur einmal dorthin reisen könnte. Es musste wirklich eine andere Welt sein, voller fröhlicher Menschen, üppiger Pflanzenpracht und wunderschöner Bauwerke. Vielleicht könnte ihr Cornelius Bilder von dort zeigen? Aber dann... Anne drehte sich stöhnend zur Wand. Dann müsste sie noch einmal abends abhauen. Sie war so froh gewesen, als sie nach der gestrigen Aktion zurückgekehrt war und festgestellt hatte, dass der Rollladenspalt noch immer offen war und sie sich problemlos zurück in ihr Zimmer hatte stehlen können. Eigentlich geschah es Johann ganz recht, wenn sie so etwas tat. Sie hätte schon vor Jahren damit anfangen sollen. Aber besser spät als nie! Morgen, morgen Abend würde sie noch einmal abhauen. Und sie wusste auch wohin. Und außerdem würde sie ein Immobilienbüro anrufen. Sie musste endlich lernen, selbst Tatsachen zu schaffen. Und sich nicht immer von der Hand ihres Vaters führen lassen, die sich mittlerweile wie eine Handschelle anfühlte. In ihrem Kopf reifte ein Plan, auf den Cornelius sicher stolz wäre!

Heute Abend ist kein guter Zeitpunkt war der meistgedachte Satz in Annes Hirn in den nächsten Tagen. »Heute« ging es nicht, weil sie am nächsten Tag die Biologie-Arbeit nachholen würden, und da wollte sie ausgeschlafen sein. »Heute« ging es nicht, weil Johann sich Arbeit mit nach Hause gebracht hatte und garantiert zu spät ins Bett gehen würde. Am Wochenende ging es sowieso gar nicht. Anne war froh, dass sie Cornelius nicht in ihren Plan eingeweiht hatte. Sie bekam ihn sowieso kaum zu Gesicht, da seine Mutter mit einem neuen Rheumaschub ins Krankenhaus gebracht worden war und von unerträglichen Schmerzen gequält wurde. Jeden Nachmittag ging er zu ihr, um sie ein wenig abzulenken. Ob Rosen wohl auch dorthin ging?, überlegte Anne. Ob sich seine Eltern gut verstanden, darüber hatte Cornelius noch nie mit ihr geredet. Außerdem hatte sie ihn in den Pausen immer öfter mit dieser Ami zusammenstehen sehen und sie brachte es einfach nicht über sich, sich einfach dazuzugesellen. Sie wusste nicht, warum, aber irgendwie hatte sie Angst vor dieser Frau.

Heute endlich war Cornelius zu Anne gekommen und hatte ganz direkt gefragt: »Und? Wann machen wir unseren nächsten Ausflug?«

Anne hatte den Kopf schiefgelegt und ihn betrachtet. »Bald, versprochen«, hatte sie nur geantwortet. Aber seine Frage war so eine Art Katalysator gewesen für die Aufgabe, die sie sich selbst gestellt hatte. Heute Abend war endlich der richtige Tag.

Sie drapierte einige dicke Wollpullover und eine alte Puppe so in ihr Bett, dass der Haufen bei einem kurzen Blick ins dunkle Zimmer für einen Menschen durchgehen konnte. Sie wartete wieder bis halb zwölf, und als sie ihre Zimmertür öffnete, hörte sie Johann sogar quer über den Flur schnarchen. Leise nahm sie den Schlüsselbund für das Haus ihrer Großmutter vom Schlüsselbrett im Flur. Nachts würde er nicht merken, wenn er fehlte.

Während sie weiter auf das Schnarchen lauschte, schloss sie ganz langsam die Haustür auf. Eine kühle Brise wehte zu ihr herein, sie sah schwarze Wolkenfetzen den nächtlichen Himmel noch stärker verdüstern. Sie ließ Johanns Schlüssel von innen halb stecken, sodass sie später von außen trotzdem würde aufschließen können. Noch einmal testete sie, ob das auch funktionierte. Kein Problem. Eigentlich hatte sie vorgehabt, sich Johanns Fahrrad aus der Garage zu holen, die so voller Gerümpel war, dass er sein Auto seit Jahren auf der Straße parkte. Sie selbst besaß kein Rad, viel zu gefährlich. Doch kaum hatte sie das Tor ein paar Zentimeter geöffnet, durchfuhr ein Quietschen die nächtliche Stille, als ob ein Riese mit seiner Eisensäge eine Metallplatte zerkratzte. Sie hielt in der Bewegung inne und sah sich um. Johanns Schlafzimmer war keine fünf Meter von der Garage entfernt. Alles blieb ruhig. Langsam atmete sie aus. Sie traute sich nicht, das Tor noch einmal zu berühren. Dann würde sie eben zu Fuß gehen. So weit war es ja gar nicht. Mit zwischen die Schultern gezogenem Kopf, die Kapuze einer dunkelblauen Sweatshirt-Jacke über den Haaren, schlich sie die Straße entlang. Sie fühlte sich wie Audrey Horne, die sogar in einem Bordell anheuerte, um den Mord an ihrer Freundin Laura Palmer aufklären zu helfen. Wie gut, dass es bei Anne nicht um Mord ging, nicht einmal um ein Verbrechen. Nur darum, ihr Leben endlich selbst in die Hand zu nehmen.

Irgendwo schlug ein Hund an. Anne ging immer schneller. Erste Tropfen trafen ihr Gesicht. Sie fröstelte. Kam dort unten, wo ihre Straße auf die Hauptstraße abbog, Karl Miller, ihr Nachbar von gegenüber? Sie war schon nahe dran, die Straßenseite zu wechseln, als ihr klar wurde, dass sie den groß gewachsenen Mann noch nie gesehen hatte. Nein, ihr Nachbar war das nicht. Aber fixierte sie der Fremde nun? Mit einem Mal wurde ihr bewusst, wie leer die Straße tatsächlich war. Überall stockdunkel hinter den Fenstern. Sie atmete schneller, ging so rasch wie möglich. Kam er auf sie zu? Sollte sie einfach loslaufen? Was, wenn er sie ansprach? Angriff? Seine Hand bewegte sich auf die Innentasche seiner Jacke zu. Anne duckte sich regelrecht. Sie würde jetzt die Straße überqueren, ganz schnell. Aus den Augenwinkeln sah sie, dass er so etwas wie ein Portemonnaie aus der Jacke zog. Sie atmete auf, als er den Zigarettenautomaten ansteuerte, der am Zaun des untersten Hauses der Straße angebracht war. Ein kleiner Schlenker und sie war schon beinah wieder auf der richtigen Straßenseite. Bremsenquietschen riss sie zurück. Ein Autofahrer, der in ihre Straße abbiegen wollte, gestikulierte wild mit den Händen, schrie irgendetwas, das sie nicht verstand. Ihr Herz raste, als sie endlich auf der Hauptstraße stand, die sich langsam den Berg hinab in Richtung Stadt schlängelte. *Mein Gott*, schimpfte sie sich. *Ich benehme mich echt wie ein kleines Mädchen! Nicht mal die Straße kann ich richtig überqueren.*

Sie strengte sich an, die bösartigen Litaneien aus ihrem Kopf zu vertreiben. *Du bist bescheuert. Du spinnst ja. Du bringst dich in Gefahr. Du hast es nicht anders verdient, wenn was passiert* und ähnliche Sätze ratterte ein kleines, gemeines Monster in ihr. Selbst der nun dichter fallende Regen konnte das böse Flüstern nicht übertönen.

Erst als sie das Haus ihrer Großmutter sah, wurde sie ruhiger. Endlich ein Versteck. Doch von außen sah es mehr wie eine Trutzburg aus, die erst eingenommen werden musste. Sich umblickend, näherte sie sich der Tür. Auch hier lagen die Nachbarhäuser im Dunkeln. Brave Bürger, allüberall.

Sie schlich durch den dunklen Flur und traute sich nur in der Küche, Licht zu machen. Deren erhelltes Fenster würde man auf der Straßenseite nicht sehen. Wie still es im Haus war. Einen Moment setzte sie sich auf den alten Holzstuhl an dem kleinen, quadratischen Tisch, an dem sie so oft ihr Mittagessen gelöffelt hatte, während ihre Großmutter mit Hausarbeiten beschäftigt gewesen war. Sie konnte sich nicht daran erinnern, dass sie – außer an Feiertagen – gemeinsam mit der Großmutter gegessen hätte. Als habe sich diese von Arbeit ernährt.

Immerhin beruhigte sich ihr Herzschlag. An der Spüle ließ sie ein paar Minuten das Wasser laufen, dann nahm sie ein Glas, füllte es und trank es in einem Zug aus. Ihr Blick fiel auf das ungespülte, benutzte Glas, das sie das letzte Mal hatte stehen lassen. Unruhe überfiel sie. Sie würde jetzt nach dem Schlüsselbund der Großmutter suchen und dann ganz schnell gehen. Diese Schlüssel, so ihr Plan, würde sie Cornelius geben, der dann einen Makler durchs Haus führen könnte. Und Johann vor vollendete Tatsachen stellte. Cornelius würde sich als Jänisch junior vorstellen, dessen Vater kurzfristig verhindert sei. Und wenn der Makler anbiss, konnte sie Johann sagen, ein Immobilienbüro wäre sehr interessiert daran, das Haus zu verkaufen. Dann musste er doch etwas tun.

Doch erst einmal musste sie den Schlüssel finden. In der Küche lag er nirgends, aber immerhin fand sie im Küchenschrank eine funktionsfähige Taschenlampe. Mit dieser leuchtete sie die Flurgarderobe ab – Fehlanzeige. Auch im Wohnzimmer war nichts zu entdecken. Doch plötzlich wusste sie, wo sie suchen musste. Ihr fiel die Goldkette in der Nachttischschublade ein – hatte da nicht ein Schlüsselbund dabeigelegen? Sie spurtete die Treppe hinauf ins Schlafzimmer der Großmutter. Die Regentropfen prasselten gegen die Scheibe, das Licht einer Straßenlaterne fiel ins

Zimmer. Sie öffnete die Schublade des Schränkchens, auf dem noch immer die Chronik des Knabenchors lag. Sollte sie das Buch mitnehmen und es daheim in Ruhe anschauen? Sie würde es verstecken und dann ... da lag der Schlüsselbund. Aufatmend ergriff sie ihn. Sie erkannte den silbrigen Haustürschlüssel, den Briefkastenschlüssel, den für die Gartenhütte und den langen schwarzen für den Keller. Wofür ein goldener, ähnlich dem Haustürschlüssel, war, wusste sie nicht. Egal. Hauptsache, sie hatte endlich gefunden, was sie suchte.

Als sie im Wohnzimmer stand, erleuchtete für Sekunden ein Blitz den Raum, der Donner folgte sofort. Jetzt prasselte der Regen an die Scheiben. Unmöglich, nach Hause zu gehen. Sie wäre binnen Minuten pitschnass. Nein, lieber wartete sie noch kurz. Sie setzte sich auf das gelbe Sofa und spielte mit den Schlüsseln. Wie müde sie mit einem Mal war! Warum konnte sie sich nicht einfach hier hinlegen und schlafen? Weil sie heimmusste, und zwar dringend. Es war schon fast halb eins. Noch immer krachte es draußen, der Regen nahm kaum ab. Ein Regenschirm, überlegte sie, irgendwo musste die Großmutter einen alten grauen Regenschirm haben. Im Ständer im Flur sah sie ihn nicht, aber sie wusste, dass die Großmutter nasse Schirme meist im Wäschekeller aufgehängt hatte.

Erst als sie den Fußboden am Ende der Treppe sah, wurde es ihr unheimlich. Was tat sie hier? Nachts, allein in diesem düsteren Haus ... war sie noch bei Trost? Und überhaupt, was sollte dieser dämliche Plan? Morgen, bei Sonnenschein würde sie sich über ihre Ideen totlachen. Oder totschämen. Einen Regenschirm brauchte sie jedoch trotzdem. »Es ist nur eine Treppe in einen ganz normalen Keller«, murmelte sie vor sich hin. Der Strahl der Taschenlampe erfasste die ziegelroten Wände und jede Menge Spinnweben. Dort drüben, angelehnt, war die Tür zum Waschkeller. Nur kurz rein, Schirm holen, in einer Minute stünde sie draußen. Daheim müsste sie den Schirm gut verstecken, aber das wäre sicher kein Problem. Sie spähte in den Raum, ließ die Taschenlampe herumwandern, konnte aber nichts erkennen. Und dann wurde ihr klar, dass sie hier unten ja das Licht einschalten konnte. Das würde man auf der Straße nicht sehen. Sie kniff die Augen zusammen, als die Glühbirne aufflammte. Endlich hatte sie sich an die Helligkeit gewöhnt. Aber außer der alten Waschmaschine und dem Trockner, den Regalen voller Gerümpel und dem halb vollen Waschkorb konnte sie nirgends einen Schirm entdecken. Mist, fluchte sie und trat den Rückweg an.

Als sie im Kellergang stand, spürte sie die scharfkantigen Schlüssel wie Messer in ihrer Hand. Als wollten sie ihr einen Stachel der Erinnerung ins Fleisch treiben. Die Tür. Ihr Blick blieb an der Tür hängen, hinter der sich angeblich Rohrleitungen befanden. Mit einem Schritt war sie dort. Rüttelte an der Klinke. Verschlossen.

Langsam hob Anne den Schlüsselbund. Ihre Finger zitterten, als sie den goldfarbenen Schlüssel ins Schloss schob. Voller Anspannung drehte sie ihn nach links. Wie Butter gab das Schloss nach. Vorsichtig öffnete sie die Tür. Ein Raum. Stockdunkel. Nur unter der Decke fahle Lichtreflexe. Mit der Hand tastete sie an der Innenwand nach einem Schalter, fand ihn. Sie stützte sich mit der Hand am Türrahmen ab. Schloss die Augen. Öffnete sie wieder. Löschte das Licht. Schaltete es wieder ein. Was war das?

Der Raum, besser: das Zimmer hatte kein richtiges Fenster. Nur eine vielleicht drei Meter breite und zwanzig Zentimeter hohe Scheibe knapp unterhalb der Decke auf der gegenüberliegenden Seite, durch die fast kein Licht fiel, jetzt, mitten in der Nacht. Der Raum lag wohl auf der Gartenseite, das Fenster von Hecken zugewachsen. Als Erstes fiel Anne der Schreibtisch auf, umbaut von einem Aufsatz, Regalwänden, alles aus Kiefernholz und alles voll bepackt. Mit Büchern, Ordnern, Schallplatten, Kassetten, einem klobigen Ghettoblaster. Einen Walkman sah sie zwischen zwei Brettern hervorlugen. An der gegenüberliegenden Wand stand ein Bett mit zerknäultem dunkelblauem Bettzeug darauf, eine leere Bierflasche ragte darunter hervor. Ein fleckiger Flokatiteppich, ein grüner Schreibtischstuhl mit gelber Lehne, ein alter Kleiderschrank aus billigem Pressspan, dessen Tür offen stand. Anne betrat das Zimmer so vorsichtig, als könne sich der Boden unter ihr öffnen. Sie atmete schnell und flach. Sie wollte sich hinsetzen, aber sie fühlte sich wie in einem Museum, wo man nichts anfassen durfte. Sie stand im Zimmer eines Menschen, der vielleicht jeden Augenblick zur Tür hereinkommen konnte. Eine Sekunde wischte der Gedanke durch ihren Kopf, ob dies das Jugendzimmer ihres Vaters war, aber das war ja oben, neben dem Schlafzimmer gewesen und vor vielen Jahren schon zum Gästezimmer umfunktioniert worden, auch wenn außer Anne nie irgendjemand in diesem Haus übernachtet hatte. Wem gehörte dieser Raum? Wer hatte hier unten gewohnt? Ein Untermieter?

Anne entdeckte einen gläsernen Kopf, auf dessen Ohren ein dickes Paar Kopfhörer hing, das wahnsinnig altmodisch aussah. Unter dem Schreibtisch stand ein roter Papierkorb aus Metall mit dem *Coca-Cola*-Schriftzug darauf. Über dem

Bett hingen viele Plakate. Punkbands wie die »Sex Pistols«, von denen sie immerhin schon mal den Namen gehört hatte. Andere wie »The Ramones« oder »The Clash« dagegen kannte sie nicht. Das waren Typen mit wilden Mähnen oder stacheligen Haaren, zerrissenen Jeans und Lederjacken, die aber irgendwie völlig harmlos aussahen. Einer trug eine schwere Eisenkette mit einem Schloss daran um den Hals, fast alle hatten Zigaretten zwischen den Fingern. Keine Iros oder bunt gefärbte Haare, keine Piercings, nur unauffällige Tatoos.

Anne hatte den Eindruck, als wohne noch immer jemand hier. Alles wirkte so belebt. Die Unordnung, die auf dem Schreibtisch herrschte, die Klamotten, die auf dem Boden verstreut lagen – sie konnte sich nicht vorstellen, dass ihre Großmutter ein solches Zimmer in ihrem Haus geduldet hätte. Aber noch weniger konnte sie glauben, dass das Zimmer einfach seit vielen, vielen Jahren verschlossen war. Wieso? Anne trat näher an den Schreibtisch heran. Sie zögerte, bis sie sich traute, die Bücher und Hefte auseinanderzuschieben. Ihr Blick fiel auf den Namen auf einem der blauen Schulhefte. *Andreas Jänisch, 10d,* stand darauf. Sie ließ sich auf den Schreibtischstuhl sinken. Wer um alles in der Welt war Andreas Jänisch?

Zwanzig Minuten später war Anne kaum schlauer als vorher. Ein Hausaufgabenheft bewies, dass Andreas Jänisch 1982 in die zehnte Klasse des Cäcilien-Gymnasiums gegangen war – auf ihre Schule, auf der auch schon ihr Vater gewesen war. In dem Heft waren kaum Hausaufgaben vermerkt, dafür massig Kritzeleien von Grabsteinen mit der Inschrift »R.I.P«, »requiescat in pacem«, also »Ruhe in Frieden«. Daneben Furcht einflößende Totenköpfe oder Jesus am Kreuz mit übermäßig großen, klaffenden Wunden. Ein Foto von diesem Andreas konnte sie nirgends entdecken. Irritiert sah sie sich in dem Zimmer um. Kein Zweifel – es sah original nach den 80er-Jahren aus, als habe sich seit dieser Zeit kein Mensch mehr hier drin aufgehalten oder etwas verändert. Was war nur aus Andreas geworden? Wenn er ein Bruder ihres Vaters war, dann hätte ihr doch irgendjemand von ihm erzählt, oder nicht? War er vielleicht fortgelaufen von zu Hause und niemand hatte je wieder von ihm gehört?

Ein Knarren durchfuhr die Stille. Anne zuckte so heftig zusammen, dass ihr beinahe das Heft aus der Hand gefallen wäre. Woher kam dieses Geräusch? Noch einmal ein Knarren, nun schon näher. Sie starrte auf die offene Tür, den dunklen Kellergang dahinter. Die Zeitschaltuhr hatte das Licht schon lange erlöschen lassen. Sie knipste schnell die Zimmerlampe aus, versuchte, sich in der Dunkelheit zurechtzufinden. Scheiße, was sie hörte, waren eindeutig Schritte! Ihr Vater? Oder ein Einbrecher? Übelkeit stieg in ihr auf, sie zitterte am ganzen Körper. Verdammt, wo sollte sie nur hin? Der Streifen einer Taschenlampe erhellte die Kellerwand. Mit einem Satz und doch so lautlos wie möglich ließ sich Anne auf den Boden fallen und rollte unter das Bett. Es war verdammt eng und verdammt staubig. Gleich würde sie in Niesanfälle ausbrechen. Sie rieb nervös über den Nasenrücken. Schließlich nahm der Niesreiz ab. Dann sah sie Schuhspitzen direkt vor sich, der Lichtkegel der Taschenlampe wanderte über den Boden, über die Wände. Jemand stand vor dem Bett. Schwarze Lederslipper, darüber dunkle Hosenbeine. Die Füße machten kleine Schritte, drehten sich, das Licht wanderte mit. Der Mann sah sich im Zimmer um. Anne versuchte, gleichmäßig durch den offenen Mund zu atmen. Es klang in ihren Ohren laut wie ein Staubsauger. Und jetzt wurde die Luft noch knapper. Der Eindringling ließ sich ächzend auf das Bett fallen, der Lattenrost gab kräftig nach und Anne meinte, das ganze Gewicht des Mannes auf ihrem Brustkorb zu spüren. Mit dem Stab der Taschenlampe schlug er mehrmals gegen das Bettgestell. Es war, als zögen sich ihre Ohren in ihr Körperinneres zurück, als entferne sich der ganze Raum in Millisekunden und weite sich in der entgegengesetzten Richtung wieder aus, als sei sie selbst nur noch ein mikroskopisch kleines Teilchen im Universum. Sie hörte Knirschen, dachte für eine Sekunde, das Bett würde zusammenbrechen, und fühlte sich plötzlich riesig und massig wie ein Hefeteig, der sich ausbreitete und alles, was sich ihm in den Weg stellte verschlang. Endlich merkte sie, dass sie wieder freier atmen konnte. Der nächtliche Besucher war aufgestanden. Mit schnellen Schritten eilte er an die gegenüberliegende Wand, etwas fiel zu Boden. Immer mehr folgte. Anne zwang sich, die Augen zu öffnen. Bücher hatte er aus dem Regal gerissen und auf den Boden geworfen. Eines war bis unter das Bett gerutscht. *Winnetou III* von Karl May. Jetzt bemerkte sie, dass sie seine Schuhsohlen sehen konnte. Er hatte sich hingekniet, die Taschenlampe neben sich gelegt. Außer seinen Schuhen und Beinen erkannte sie jedoch nichts. Sie traute sich nicht, näher an die Bettkante zu kriechen. Er schien weiter das Regal zu durchsuchen, denn immer wieder polterte es, wenn das nächste Buch zu Boden fiel. Hoffentlich kam er nicht auf die Idee, unter dem Bett zu suchen. Ihr Körper wurde starr, gleichzeitig spürte sie Kribbeln im linken Bein und in der Hand, als seien die

Partien eingeschlafen. *Ich will weg hier*, dachte sie. *Papa, bitte, komm und hol mich.*

Doch gerade als sie glaubte, sie würde es keine weitere Sekunde in diesem stickigen Gefängnis aushalten, gingen die Füße noch einmal ganz dicht am Bett vorbei, hielten kurz an, der Lichtschein schien über die Wand über dem Bett zu wandern, dann entfernten sich die Schritte. Die Kellertreppe zum Flur hinauf knarzte, einmal, zweimal, dann war nur noch nächtliche Stille zu hören. Anne steckte vorsichtig den Kopf unter dem Bett hervor, zog die Beine nach, die gegen den Lattenrost stießen, griff mit den Armen nach dem, was sie für den Schreibtischstuhl hielt. Etwas rumpelte, polterte, durchschnitt die nächtliche Ruhe, etwas schmerzte an ihrem Kopf, durchdringend und schrill, inmitten all der Finsternis. Sie krümmte sich zusammen, erwartete weitere Schläge, ihr Herz raste und sie brauchte eine gefühlte Ewigkeit, um zu bemerken, dass alles ruhig war. Still. Sie hielt sich den Kopf, spürte etwas Feuchtes daran, rappelte sich endlich hoch und fand den Lichtschalter. Ihre Hände waren voller Blut. Sie fingerte ein zerknülltes Taschentuch aus ihrer Hosentasche, hockte sich hin und presste das Tuch gegen ihre Schläfe. Langsam sah sie sich um. Neben ihr lag ein schweres, gebundenes Buch, ebenfalls von Karl May, das eine dunkel verfärbte Ecke aufwies. Wahrscheinlich hatte es auf dem Schreibtischstuhl gelegen und die scharfe Kante des Einbands war ihr genau gegen den Kopf gefallen, als sie am Stuhl gezogen hatte. Sie spürte, wie ihr Schädel pochte, und mit einem Mal war sie einfach nur noch zum Umfallen müde. Glücklicherweise hatte die Wunde zu bluten aufgehört. Anne verließ den Raum, schloss ihn sorgfältig ab, steckte den Schlüssel ein und schlich sich aus dem Haus. Der Regen hatte aufgehört.

Freitag, 04.06.

Nicht im Spiegel will ich meine Augen sehen, nicht in einer Pfütze gespiegelt. Auflösen will ich mich in weniger als nichts. Ich bin schlimmer als er. Ein Teufel, ein Engel gegen mich, Abschaum.
Sie stand so hoffnungsvoll da mit weit geöffneten Armen und der Beat passte zu den letzten, unkontrollierbaren Zuckungen meines Körpers. Also ließ ich sie an mich herankommen und es war wohl so etwas wie ein Tanz, in dem wir uns begegneten. Ihr Lächeln so hold, dieses Wort waberte durch mein Hirn und ich lächelte zurück voller Schadenfreude. Wie konnte man so unwissend sein über den Zustand der Welt wie sie? Wie konnte man einem wie mir nahekommen wollen, wo ich doch aus jeder Pore den Gestank von Unrat ausstieß? Aber sie tat es. Groß, heroisch und so lächerlich. Ich konnte nicht aufhören zu lachen, aber ihr verbarg sich der Grund. Sie zerrte mich in die Nachtluft, das Wummern der Bässe nur noch Wellengeplätscher. Mond, oh ja, da oben, weit über uns stand auch noch ein Mond, golden und prall wie ein Kuheuter. Keiner hier außer uns, Motorradgeknatter in weiter Ferne. Nicht den Blick wandte sie von meinen Augen, in ihren suchte ich Zeichen von Wahrheit. Doch ehe ich weitersuchen konnte, schloss sie die Augen, ihre Hände wie Krakenarme um meinen Hals. Ihre Lippen, ihre Zunge an meinem Mund, in ihm, es war köstlich und widerwärtig zugleich. Es war der Hauch einer Ahnung, wie es hätte sein können, und es war die Gewissheit, dass es nie so sein konnte. Und mit einem Mal war der Zorn da und ich packte ihre Hände, stark wie zehn Ochsen, und ich stieß sie von mir und sie fiel auf den Boden. Ihr Blick war so erstaunt, als fiele der Himmel

auf sie. Ich ertrug ihn nicht, diesen Blick, da war nichts Himmlisches, nicht in ihr, nicht in mir und ich wollte, dass sie die Augen schloss und mich nicht mehr ansah, und ich wollte, dass sie den Mund schloss und ihre eigene Zunge aufaß. Aber sie gaffte nur und da trat ich zu, mit dem Fuß, mit dem Schuh und ich trat und trat und ihre Schreie taten mir so gut. Aber dann kamen welche und zogen mich fort und nun lag ich auf dem Boden und die Füße trafen mich und es waren nicht bloß zwei, es waren viele. Und ich hatte es verdient.

7. Kapitel

Den nächsten Tag verbrachte sie beinahe wie in Trance. Weniger, weil sie so müde war, vielmehr weil die Gedanken durch ihren Kopf marschierten wie eine kampfesdurstige Söldnertruppe. Wer war Andreas? Wo war er? Wer war der Eindringling gewesen? Was hatte er gewollt? Was sollte sie tun? Mit jemandem reden? Mit Cornelius?

Johann hatte sie beim Frühstück mehr als misstrauisch beäugt, als sie erklärt hatte, sie wäre in der Nacht aus ihrem Bett gefallen und mit der Schläfe gegen das Nachttischschränkchen geknallt.

»Warum hast du mich nicht geweckt? Vielleicht hast du eine Gehirnerschütterung! Oder ein Gerinnsel!« Er war aufgesprungen, hatte sie an den Schultern gepackt und forschend in ihre Augen geschaut.

»Alles okay«, hatte sie geantwortet und sich zu entwinden versucht.

»Anne, bitte, sag mir, wenn etwas ist. Hast du Kopfschmerzen? Ist dir schwindelig? Oder schlecht?«

»Nein!« Sie antwortete viel zu laut, löste seine Finger von ihren Schultern. »Willst du mich jetzt vielleicht noch nachts im Bett anbinden?«

Er ließ die Arme hängen, den Kopf, schüttelte ihn langsam. »Ich mache mir nur Sorgen. Dir darf einfach nichts passieren. Das verstehst du doch, nicht wahr, mein Engel?«

Er versuchte, die Arme erneut um sie zu legen, aber sie duckte sich darunter weg und ging zur Tür.

»Ich muss los!«, rief sie und hatte das Gefühl, mit den Augen Blitze zu schleudern. Er sagte tatsächlich nichts mehr und ließ sie ziehen. Gierig sog sie die frische Morgenluft ein.

Rosen sah sie irritiert an, als sie den lateinischen Satz an der Tafel nicht übersetzen konnte. Fast wirkte er ein wenig enttäuscht. Schließlich war sie seine Musterschülerin. Doch Anne konnte in den Buchstaben keinen Sinn erkennen. »Requiescat in pacem« mäanderte es durch ihren Kopf, »requiescat in pacem«. Ansonsten: Leere. Als sie nach dem Unterricht den Raum verlassen wollte, rief er sie zurück.

»Ich hoffe, es ist nicht der negative Einfluss meines Sohnes, der deine Leistungen schmälert«, sagte er und sah sie über seine goldene Brillenfassung hinweg an. Er hatte wohl schon bemerkt, dass sie öfter mit Cornelius zusammen war. Sie schüttelte den Kopf, unfähig, seinen forschenden Blick aufrecht zu erwidern.

»Ich könnte ja hoffen, dass du guten Einfluss auf ihn ausübst, aber das wird dir kaum gelingen. Wie sieht es denn mit dem Haus aus? Hat dein Vater sich jetzt entschieden? Wir müssen dringend umziehen. Unser Heim ist für meine Frau einfach nicht mehr das Richtige. Vielleicht kannst du ein gutes Wort für uns einlegen? Und deine heutige Leistung vergessen wir, nicht wahr?!«

Sie nickte nun, stammelte ein »Danke« und »Ich red' mit ihm« und verließ schnell das Klassenzimmer. Als sie um die Ecke bog, prallte sie mit Cornelius zusammen.

»Ich dachte schon, du kommst nicht mehr«, sagte er leise

und lächelte sie an. Sein Blick tat ihr so gut. Das erste warme Gefühl des Tages durchlief ihren Körper.

»Dein Vater«, zischte sie nur und der Junge zog sie eilig von der Tür fort.

»Redet der immer so schlecht über dich?«, fragte sie, als sie in der Caféteria angekommen waren und sich in die Schlange für das Mittagessen eingereiht hatten. Cornelius nickte, ohne etwas zu sagen.

»Ich muss dir was erzählen«, kamen ihr die Worte wie von selbst über die Lippen. Cornelius sah sie erwartungsfroh an.

»Nicht hier, später«, sagte sie, selbst irritiert über ihren konspirativen Ton.

»Okay«, antwortete er und dirigierte sie in Richtung eines freien Platzes auf der Terrasse. Doch kaum hatten sie sich gesetzt, tauchte hinter Cornelius Ami auf. Anne hatte überhaupt nicht mitbekommen, woher das Mädchen so plötzlich erschienen war. Leichenblass sah sie aus, nervös zupfte sie an ihrem Lippenpiercing.

»Haste mich vergessen?«, fragte Ami mit schwerem Zungenschlag. Ihre stechenden Blicke aus kleinen Pupillen durchbohrten Cornelius geradezu. Überrascht drehte er sich um. »Hi Ami«, sagte er völlig ruhig.

»Nichts ›Hi Ami‹«, antwortete diese und ihre Stimme klang kratzig. »Du wolltest heute mit mir Mittag essen gehen und nicht mit dem Opfer da! Dieser Streberspießerin. Schon vergessen?« Die letzten Worte spuckte sie ihm beinahe auf den Teller mit dem Gyrosfleisch. Cornelius warf Anne einen entschuldigenden Blick zu, stand auf und fasste Ami am knochigen Ellenbogen. Ihre Augen waren von schwarzer, zerlaufener Schminke umflort, was ihre blaue Iris noch stärker zum Leuchten brachte. Ihr knalliger Lippenstift war verschmiert und der Halsausschnitt ihres zerfledderten gelben Tops rutschte ihr über die Schulter. Sie versuchte, sich zu wehren, aber Cornelius war stärker. Er führte sie an den Rand der Terrasse, die Blicke aller Anwesenden folgten ihnen. Anne versuchte, sich auf ihr Essen zu konzentrieren. Trotzdem war Ami nicht zu überhören.

»Du nutzt mich nur aus, du Schmarotzer. Ich kann jedem hier sagen, dass du...«

Anne blickte zu den beiden hinüber. Einen Moment sah es so aus, als würde Cornelius Ami eine runterhauen. Aber stattdessen zog er sie ganz dicht zu sich heran, legte ihr seinen Zeigefinger auf die Lippen und sah sie durchdringend an. Er zischte ihr etwas zu, was Anne nicht verstehen konnte. Und die übrigen Schüler auch nicht. Schließlich riss sich Ami los und rannte über den Rasen davon. Cornelius richtete sich zu seiner ganzen Größe auf, würdigte niemanden eines Blickes, setzte sich an seinen Platz und aß weiter. Als sei nichts geschehen.

»Was wolltest du mir erzählen?«, fragte er Anne ruhig. Sie holte tief Luft. Spürte ein Grummeln in ihrem Magen.

»Was war das?«, fragte sie schließlich zurück. Sie musste endlich anfangen, nicht mehr alles runterzuschlucken. Auch wenn sie sich bei ihrem Vater noch nicht traute, den Mund aufzumachen – mit Cornelius wollte sie dieses Verdrängen, dieses Über-alles-Hinweggehen einfach nicht erleben. Sie wollte, dass Ehrlichkeit und Offenheit zwischen ihnen herrschte.

»Die ist total stoned. Die weiß nicht, was sie redet.«

Anne umklammerte die Gabel in ihrer Hand wie einen

Schwertknauf. »Hast du ihr wirklich versprochen, mit ihr zum Essen zu gehen?«

»Kann sein. Mann, ich bin froh, wenn ich die los bin. Ich glaub, die ist verschossen in mich. Ich weiß nicht, was die in mir sieht.« Er wirkte ernsthaft ratlos.

Anne entspannte sich langsam. »Wenn du lieber mit ihr zusammen...«

»Quatsch!« Cornelius hob entrüstet die Augenbrauen. »Ich hab gelegentlich einen Joint mit ihr zusammen geraucht. Keine große Sache. Aber sie... Weiber, echt, ey!«

»Agent Cooper!«, sagte Anne streng. »Contenance, bitte!« Sie sah, wie der bittere Zug um seinen Mund verschwand. Ein kleines Lächeln erschien. Er straffte sich, nahm Gabel und Messer auf und donnerte beide senkrecht auf den Tisch, dass der Teller schepperte. »Jawohl, Chiefinspector Cole«, salutierte er sehr laut.

Anne lachte. »Der war doch kein Chiefinspector. Der ist doch der Regionalchef. Dieser Schwerhörige, oder?! Na, egal...«

Endlich konnten sie wieder entspannt miteinander lachen.

Wie gerne wäre Anne nach dem Essen mit Cornelius durch die Altstadt gebummelt, hätte in seinem Lieblingscafé einen Espresso mit ihm getrunken und ihm in aller Ruhe von ihren Erlebnissen berichtet. Stattdessen saßen sie nun in der hintersten Busreihe und Anne erzählte so leise von ihren nächtlichen Erlebnissen, dass Cornelius ständig »Was?« nachfragen musste. Von der Haltestelle gingen sie gemeinsam die wenigen Meter bis zu Annes Haus.

»Kann ich nicht wieder in den Garten mitkommen?«,

fragte Cornelius. Anne zögerte. Dann sagte sie jedoch: »Okay, warte zehn Minuten, dann komm hinten durch den Garten rein. Pass auf, dass du nicht von der Wohnzimmerkamera erfasst wirst. Ich setze mich dann nach draußen und wir können reden.«

Schließlich hockte er, die langen Beine in einer kurz abgeschnittenen, fransigen Frackhose ausgestreckt, auf dem Rasen, spielte mit einem Grashalm und sah Anne durchdringend an. »Ich weiß gar nicht, was ich irrsinniger finden soll. Das geheime Zimmer, den Einbrecher – oder dich!«

Anne saß so ruhig wie möglich da und hielt einen Stift über ihr Mathebuch. Für die Kamera sollte es so aussehen, als säße sie einfach auf der Terrasse und machte ihre Hausaufgaben.

»Ich finde das alles total irrsinnig!« Sie schüttelte vorsichtig den Kopf. »Was kann dieser Einbrecher nur gesucht haben? Meine Großmutter hat doch keine versteckten Goldschätze oder so etwas. Außerdem ist er so gezielt vorgegangen. Ich weiß ja nicht, wo er sonst noch im Haus gesucht hat. Das Wohnzimmer sah jedenfalls unberührt aus, als ich ging. Und ich frag mich, wie der ins Haus gekommen ist?«

»Na, diese Terrassentür an der Küche ist sicher leicht zu knacken. Vielleicht hat einfach nur irgendjemand mitbekommen, dass das Haus unbewohnt ist, und wollte mal nachschauen. Ich könnte mir vorstellen, das ist gar nicht unüblich, wenn jemand stirbt und das Haus dann leer steht. Aber erklär mir noch mal, was jetzt dein Plan ist«, forderte Cornelius sie auf.

»Ich wollte ja nur Großmutters Schlüssel holen. Die wollte ich dir geben und dich bitten, mit einem Makler das

Haus anzuschauen. Gib dich einfach als mein Bruder aus oder als Cousin. Und dann schicken wir den Makler zu meinem Vater. Wenn ihm erst mal jemand ein Angebot für das Haus macht, zieht er bestimmt. Gestern kam er mit Aldi-Zeug an. Nichts mehr Bioladen. Er muss einfach verkaufen.«

»Vielleicht weiß er genau, dass es dieses merkwürdige Zimmer gibt. Vielleicht will er deswegen möglichst wenig mit dem Haus zu tun haben. Er hat Angst, dass BOB oder ein anderer böser Geist dort sein Unwesen treibt. Huuahhh!« Cornelius fuchtelte mit den Händen vor seinem Gesicht herum.

»Aber wenn er von dem Zimmer weiß und nichts damit zu tun haben will, dann kann er doch froh sein, wenn er das Haus loswird.«

»Dafür muss er erst mal in das Haus rein. Wer weiß, welche Geschichte ihn mit dem Zimmer verbindet. Hast du den Namen von diesem Andreas Jänisch mal gegoogelt?«

Anne schüttelte den Kopf. Sie kritzelte vor sich auf das Blatt Papier und schrak zurück, als sie bemerkte, dass auch sie die Buchstabenfolge R.I.P. geschrieben hatte.

»Keine Zeit bisher, mache ich heute Abend. Aber sag, würdest du das für mich tun? Einen Makler besorgen?«

Wie gerne wäre sie zu ihm hingegangen, hätte sich neben ihn auf den Rasen gesetzt. Nur um seine Körperwärme zu spüren. So musste sie sich mit dem Blick aus seinen Augen begnügen, die heute so grün wie das Gras waren.

»Ja«, sagte er. »Selbstverständlich.«

Er war wirklich überrascht. Und erfreut. Dass sich sein Einfluss so schnell bei ihr auswirken würde, hätte er nicht gedacht. Doch er hatte schon immer geahnt, dass sich hinter Annes schüchterner Fassade ein ganz anderer Mensch verbarg. Sie hatte Power, da war er sich sicher. Als ob sie sich bisher von ihrem Vater hatte einsperren lassen, damit diese gewaltige Kraft nicht zum Ausbruch kommen würde. So langsam aber freundete sie sich damit an, das war zumindest sein Eindruck.

Im Internet hatte er schnell ein paar Immobilienfirmen ausfindig gemacht, die sich für das Haus interessieren könnten. Schließlich rief er bei jener an, deren Geschäftsführerin aussah wie Norma Jennings, eine seiner Lieblingsfiguren aus *Twin Peaks*. Leider bekam er nicht sie an den Apparat, nur ihre Mitarbeiterin Marita Jung.

Cornelius gab sich als Johann Jänisch aus und es hatte nicht den Anschein, als würde die Maklerin auch nur einen Moment an seiner Identität zweifeln. Er grinste vor sich hin, während er mit der Frau einen Termin ausmachte. Glücklicherweise würde es am selben Tag um 17 Uhr klappen. Er war froh, dass er das Haus schon einmal angesehen hatte, so dürfte eigentlich nichts schiefgehen.

Er rief Anne kurz auf dem Handy an und sie einigten sich, dass Cornelius die Maklerin bei Interesse möglichst gleich nach dem Termin bei ihnen vorbeibringen würde. Was dort geschehen würde, stand in den Sternen, aber Cornelius spürte, dass Anne voller Tatendrang war, und er wollte ihren Energieschub nicht bremsen.

Heute Nachmittag müsste seine Mutter auf ihn verzichten. Er bemühte sich, sie zumindest jeden zweiten Tag im Krankenhaus zu besuchen, ihr ein wenig aus der Zeitung vorzulesen, sie abzulenken. Meist lag sie sowieso nur apathisch da, betäubt von Schmerzmitteln. Es kostete ihn jedes

Mal Überwindung hinzugehen, aber Cornelius hatte das Gefühl, ihr diese Besuche schuldig zu sein. Wenn schon sein Vater nicht kam! Cornelius verstand immer weniger, was seine Eltern eigentlich miteinander verband. Früher war er es gewesen, das war ihm klar. Aber jetzt? Warum warf seine Mutter ihren Mann nicht einfach aus dem Haus? Seit sie krank war, hatte er sie nicht einen Tag unterstützt, dieser miese Typ. Was hatte er für einen Aufstand gemacht, als sie um die Rückkehr nach Deutschland gebeten hatte. Früher hatte sich Cornelius noch geschämt, wenn er schlecht über seinen Vater gedacht hatte, aber inzwischen empfand er es als angebracht. Was sollte man von jemandem halten, der nach außen hin auf »Heilige Familie« machte, daheim aber grob und demütigend war. Seit sie in Deutschland waren, hatte sich dieses Verhalten noch verstärkt. Der honorige Lateinlehrer, der ehrwürdige Herr Konrektor – Cornelius konnte ein verächtliches Schnauben nicht unterdrücken. Doch rasch schob er die Gedanken beiseite und verließ das Haus – vorfreudig sogar. Vor dem Termin hatte er noch etwas Wichtiges zu erledigen. Etwas, das er noch niemandem verraten hatte, nicht einmal Anne.

Als Cornelius vor knapp zwei Jahren mit seinen Eltern in das Haus seiner verstorbenen Tante, der Schwester seiner Mutter, gezogen war, hatte er im Schuppen hinter dem Haus ein altes Motorrad entdeckt. Eine *Ducati Monster*, grellrot, Baujahr 1994. Und sie sah so aus, als ob sie bereits seit 1995 nicht mehr gefahren worden sei. Verstaubt und verdreckt war sie gewesen, einen kleinen Unfall schien sie gehabt zu haben, aber der Kilometerstand war lächerlich, gerade mal knapp über 9000 Kilometer. Ein Auto hätte ihm sein Vater wegen der Kosten nicht genehmigt, das wusste er. Aber gegen ein Motorrad, das Cornelius selbst finanzierte, würde er nichts sagen. Allerdings hatte die Vorführung bei einer Werkstatt ergeben, dass Cornelius knapp 1000 Euro in eine Reparatur und Überholung der Maschine stecken müsste. Jetzt endlich hatte er das Geld zusammen, vor allem durch den Verkauf von selbst gestalteten T-Shirts, die er über das Internet vertickte. Und heute also würde er die *Ducati* endlich aus der Werkstatt abholen können. Wie schnell könnte er in Zukunft zu Anne den Berg raufheizen, um sich auf ihren Rasen zu fläzen. Grotesk irgendwie. Aber auch... spannend.

Die *Ducati* – das Monster, wie er sie sofort taufte – sah umwerfend aus. Das Rot glänzte und strahlte mit den silbernen Auspuffrohren um die Wette, der bullige Tank zwischen Sitz und Lenker gab ihr etwas vertrauenerweckend Stabiles und ihr schon leicht altmodischer Schick hatte genau die Portion Extravaganz, die er schätzte. Er kam sich jetzt schon vor wie James Hurley – jener ultracoole *Twin-Peaks*-Bewohner, den man selten ohne seine Harley Heritage sah.

Die ersten Kilometer fühlte er sich noch ein wenig unsicher, aber als er in die Gartenstraße einbog, hatte er das Monster gezähmt. Es gehorchte ihm aufs Wort. Mit zufriedenem Grinsen stellte er den saftig knatternden Motor ab. Wie großartig wäre es, Anne nachher einfach auf eine Spritztour mitzunehmen.

Als er das düstere Haus der Großmutter sah, zog sich sein Magen jedoch zusammen. Es wurde Zeit, dass Anne endlich aus ihrem Gefängnis ausbrach.

»Entschuldigung«, hörte er die Stimme einer Frau hinter sich. »Ich suche die Gartenstraße 17, das ist doch hier, oder?«

»Frau Jung?« Cornelius schaltete sofort. »Mein Vater hat vorhin mit Ihnen telefoniert, nicht wahr? Es ging um das Haus. Leider ist ihm noch ein Termin mit einer eigenen Mandantin dazwischengekommen. Aber er meinte, ich könne Ihnen ja schon mal alles zeigen.«

Sie akzeptierte bereitwillig und folgte ihm die Einfahrt entlang. Beim Aufsperren warf Cornelius der Frau mit den langen, glatten blonden Haaren immer wieder einen neugierigen Blick zu. Bildete er sich das ein oder sah sie Anne tatsächlich ein wenig ähnlich? Nicht nur die Haare, auch die hellblauen, großen Augen und die schmale Nase erinnerten ihn an das Mädchen, auch wenn Marita Jung sicher schon Anfang 30 war.

Ihm fiel auf, wie muffig es im Haus roch, aber die Maklerin schien das nicht zu stören. Sie war sicher Schlimmeres gewohnt. Ohne zu zögern, führte er sie herum, pries das Haus, als sei er mit all seinen Besonderheiten bestens vertraut. Marita Jung schien angetan zu sein von dem, was sie da sah.

Den Keller betrat er nur kurz mit ihr, konnte es sich aber nicht verkneifen, die Tür zu *dem Zimmer* immer wieder zu fixieren. Wie gerne hätte er den Raum dahinter angeschaut. Aber jetzt war dafür nicht der richtige Augenblick. Was wohl Johann Jänisch dazu sagen würde, wenn Anne und er *das Zimmer* einfach leer räumen würden?

»...bleibt denn jetzt Ihr Vater?«, riss ihn die Maklerin aus seinen Gedanken.

Cornelius fummelte das Handy aus seiner Jacketttasche und tat, als lese er eine SMS. »Er hat mir geschrieben, dass er es nicht hierher schafft und ich Sie, wenn Sie möchten, zu uns nach Hause bringen soll. Wäre das okay für Sie?«

Frau Jung nickte und spitzte zustimmend ihren kleinen Mund.

»Dann fahre ich voraus«, schlug Cornelius vor. »Es ist nicht weit.«

Beinahe wäre er eine Straße zu früh abgebogen, hatte den Fehler aber gerade noch erkannt. Vor Annes Haus stand bereits der dunkelblaue Mercedes ihres Vaters. Mist, er würde ja an der Tür klingeln müssen, fiel Cornelius ein. Aber letztlich war das egal – schließlich würde der Schwindel sowieso in den nächsten paar Minuten auffliegen. Also gab er sich nicht einmal die Mühe, so zu tun, als habe er seinen Schlüssel vergessen.

Die Maklerin war noch nicht ganz aus dem Auto ausgestiegen, da läutete er schon. Es dauerte einen Moment, bis Johann Jänisch die Tür öffnete und ihn verwundert anblickte.

»Äh, hallo«, fing Cornelius an. Marita Jung stand nun neben ihm und streckte Annes Vater die Hand entgegen.

»Hallo, Herr Jänisch«, sagte sie charmant. »Ihr Sohn war so nett und hat mir das Haus gezeigt. Sehr beeindruckend! Ich würde mich freuen, wenn wir schon ein paar Details besprechen könnten.« Ihr Lächeln hätte jeden Schneemann zum Schmelzen gebracht. Hinter Johann, der die beiden Besucher völlig entgeistert anstarrte, tauchte nun Anne auf.

»Kommen Sie doch rein«, sagte das Mädchen und Cornelius sah seinen Eindruck bestätigt: Die beiden hätten Schwestern sein können.

»Moment, bitte«, Johann Jänisch fand seine Sprache wieder. »Können Sie mir erklären, warum Sie hier sind?«

Das Lächeln erlosch.

Anne, dein Einsatz, dachte Cornelius.

»Das ist schon okay«, sagte sie endlich. »Danke, Cornelius, für deine Hilfe.« Dann schob sie ihren Vater ins Haus, winkte die Maklerin herein und schloss ein wenig schwungvoll die Tür. Ihr Blick, den sie ihn zum Abschied schenkte, wirkte leicht überfordert.

»Bitte, warten Sie doch einen Moment hier«, sagte Johann eine Spur gereizt und ließ die Maklerin mitten im Flur stehen. Am Oberarm zog er Anne ins Wohnzimmer und schloss die Tür.

»Was soll das, Anne?«, fragte er scharf.

»Sie interessiert sich für das Haus«, zischte Anne. »Papa – wir brauchen das Geld!«

Johann versenkte die Hände in den Hosentaschen und ging im Zimmer auf und ab. »Du bist unmöglich, Anne! Holst fremde Leute ins Haus! Und wenn ich auch schon eine Immobilienfirma beauftragt hätte?«

»Ups. Hast du?«

»Nein. Aber ich will auch nicht. Noch nicht.«

»Aber ...«

»Außerdem sollst du dich da nicht einmischen. Du bist noch ein Kind!«

»Es ist alles nur wegen *des Zimmers,* gib es zu!« Anne schrie nun, sie wusste nicht, woher sie den Mut nahm, diese Worte auszusprechen. Johann lief hochrot an. »Woher –«, fing er an, aber da ging die Wohnzimmertür auf und die Maklerin steckte den Kopf herein.

»Entschuldigung, wenn es Ihnen nichts ausmacht«, sagte sie zuckersüß, »vielleicht einigen Sie sich erst einmal, ob Sie mich wirklich benötigen, und dann komme ich gerne wieder.«

»Nein, nein, kommen Sie rein«, sagte Anne rasch, die froh war, damit ihren Vater ablenken zu können. »Es ist alles gut. Alles gut.«

Sein schlanker Körper in der dunklen Anzughose und dem fliederfarbenen Hemd darüber straffte sich, mit einer schnellen Geste strich er sich die Haare aus dem Gesicht und lächelte. In seinen blauen Augen flammte ein Licht auf.

»Du musst doch sicher noch Hausaufgaben machen«, wies er Anne aus dem Zimmer.

Es wurde ein langes Gespräch. Zuerst bewirtete Johann Marita Jung mit einem Mineralwasser, später kramte er eine Flasche Rotwein hervor und ein paar Cracker. Anne konnte sich nicht vorstellen, dass es noch immer um das Haus ging.

Sie verließ den Abend über ihr Zimmer nicht. Erst hatte sie nach Andreas Jänisch gegoogelt, aber es war nichts dabei herausgekommen. Dann las sie sich die neuesten Forumsbeiträge ihrer liebsten *Twin-Peaks*-Fan-Page durch und diskutierte ein wenig mit, inwieweit die Inbesitznahme von Agent Cooper durch den bösen Geist BOB wohl schon am Anfang des Drehs der Serie festgestanden oder ob Regisseur David Lynch sich erst später zu diesem Fortgang der Geschichte entschlossen hatte. Natürlich gab es für beide Ansichten genügend Pro und Kontra.

Als sie um kurz vor halb elf zum Zähneputzen ins Bad

ging, hörte sie noch immer das glockenhelle Lachen von Marita Jung aus dem Wohnzimmer herüberschwappen.

Es war ja nicht so, dass sie ihrem Vater keine neue Frau gönnte. Im Gegenteil, sicher würde es ihm guttun, sich zu verlieben. Und ihr auch! Denn das würde ihn von der Sorge um seine Tochter etwas ablenken. In den letzten Jahren waren die wenigen Versuche ziemlich schnell und ziemlich kläglich gescheitert.

Neben Martha war da Tatjana gewesen und ihr Sohn Timo. Ein einziges Desaster, heulende Kinder und schreiende Erwachsene.

Oder Katrin, eine Kindergärtnerin, die meinte, Anne wäre das beste Versuchsobjekt für ihre pädagogischen Ambitionen. Obwohl sie da schon 12 gewesen war.

Gefolgt war Manuela, Kosmetikerin, deren Ehrgeiz darin bestand, Anne mittels groß angelegter Shoppingtouren für sich zu gewinnen, und die ständig mit Johann über Konsumverhalten stritt.

Anne hatte den Eindruck, es war egal, wen Johann anschleppte – es war immer die Falsche. Und Anne hatte auch eine eigene Theorie, wieso: Selbst ihr war klar, dass ihr Vater gut aussehend war und charmant sein konnte. Dass er mit Haus und Mercedes und seiner Kanzlei etwas hermachte. Und dann umwehte ihn, den alleinerziehenden Witwer, meist ein Hauch von Melancholie – und es gab unzählige Frauen, die es sich zur Aufgabe gemacht hatten, diese Männer zu retten und sie zu glücklichen Menschen zu machen. Die ersten paar Wochen, manchmal sogar einige Monate, gelang ihnen das auch. Aber irgendwann war der Punkt erreicht, an dem Johann wieder in eine bleischwere Melancholie verfiel und dann nicht mehr anziehend mysteriös erschien, sondern nur noch wie ein Waschlappen. Und außerdem nervte die Frauen sein Kontrollwahn, den er – natürlich aus Sorge – nicht nur Anne, sondern auch ihnen zuteilwerden ließ. Ständig telefonierte er ihnen hinterher, angeblich um zu hören, ob es ihnen gut ging. Einen klammernden Jammerlappen zu versorgen, war den meisten Frauen auf Dauer dann doch zu blöd, und sie verschwanden so schnell, wie sie gekommen waren. Immerhin hatte er in den wenigen Wochen oder Monaten mit seinen neuen Beziehungen Annes Überwachung stets ein wenig gelockert. Und sich später deswegen um so mehr Vorwürfe gemacht – und sie intensiver bewacht als vorher.

Samstag, 05.06.

Unwiderstehlich, wie sie dort warten. Alle meine Freunde, aufgereiht, in greifbarer Nähe und beinah unerschöpflich ihre Zahl. Sie heißen Apfelkorn und Ouzo, Johnny Walker und Lambrusco und mit ihnen feier ich die schönsten Feste. Unvergesslich, weil ich sofort alles vergesse, wenn ich sie umgreife und sie aussauge bis auf den letzten Tropfen, ihnen fast die schönen, schlanken Hälse umdrehe, damit sie sich ganz verschwenden an mich. Und wieder hat die Mutter, die meine, nichts gesagt, dass ihr Geld fehlt im Portemonnaie, und wieder hat der Vater nichts gesagt, als er mich abholt aus dem Krankenhaus. Wie gerne hätte ich ihm den Gang erspart, aber wieder hat es nicht gereicht für die Bahre. Immer lande ich nur auf der Trage und in den weißen Betten. Und wenn sich mein Magen anfühlt wie angefüllt von ungeschälten Kastanien, dann gibt es den einen Moment, in dem ich schwöre, dass ab nun alles anders wird. Aber dann kommen die Bilder wieder und ich weiß jetzt schon, dass ich meine Freunde brauche, um die Bilder zu zerschießen. Ich will keine Mädchen im Dreck liegen sehen, weil ich sie dorthin gestoßen habe. Ich will nicht die Augen der Mutter sehen, bevor sie sich abwendet, weil ihre Worte keinen Zugang finden in mein Gehirn. Und ich will nicht den gekrümmten Rücken meines Bruders sehen, der sich wegduckt vor dem Leben. Vor allem will ich ihn nicht sehen, den Teufel in Menschengestalt. Dank meiner Freunde kann ich die Augen verschließen, das zumindest. Denn ich feiges Stück Dreck schaffe es nicht, meine Freunde zu bitten, mich auszusaugen, bis kein Fünkchen Leben mehr in mir ist. Vielleicht will ich sie einfach nicht verlieren, meine Freunde, die zu mir halten in jeder Lebenslage. In jeder Untergangslage.

8. Kapitel

Das Schweigen am Frühstückstisch war am nächsten Morgen mit einer zusätzlichen Prise Unsicherheit gewürzt. Anne traute sich nicht, ihren Vater nach dem Gespräch mit der Maklerin zu fragen. Aber sie spürte auch, dass er besonders vorsichtig mit ihr umging. Als wolle er um alles in der Welt vermeiden, dass sie *das Zimmer* noch einmal erwähnte. Sie umkreisten einander wortlos, jedes Geräusch vermeidend. Die Stille war so angespannt, als könne ihr hoher Ton Gläser zum Zerspringen bringen.

Anne war froh, als sie endlich gehen konnte. Heute war sie besonders früh an der Bushaltestelle. Es versprach ein sonniger Tag zu werden, aber das heiterte sie kaum auf. Sie fühlte sich, als müsse sie ihre Haut abstreifen, um endlich ein neues Leben anfangen zu können.

Kurz vor dem Bus knatterte ein Motorrad heran und hielt direkt vor ihr. Der Motorradfahrer deutete mit seinem behandschuhten Finger auf sie und dumpf drang es unter seinem Helm hervor, als er sagte: »Steig auf.«

Anne brauchte einige Augenblicke, um Cornelius zu erkennen. Endlich nahm er den Helm ab und grinste breit.

»Cooler Schlitten, oder? Dein persönlicher Abholservice.« Er streckte ihr einen zweiten Helm entgegen. Anne sah sich besorgt um. Sie konnte doch nicht auf einem Motorrad mitfahren! Das war viel zu gefä...

»Okay«, unterbrach sie diesen Gedanken, der nicht aus

ihrem Herzen kam, sondern der ihr eingeimpft worden war und den sie zum Schweigen bringen wollte. Und konnte. Sie setzte sich den engen Helm auf und brauchte ein paar Sekunden, bis sie die beste Art, auf ein Motorrad aufzusteigen, herausgefunden hatte.

»Festhalten«, sagte Cornelius und Anne wurde mit einem Mal klar, wie gerne sie seiner Aufforderung folgte. Sie schob ihre Arme unter seinen hindurch und legte ihre Hände auf das weiche Leder seiner Jacke. Er ließ den Motor aufheulen, und gerade als der Bus hinter ihnen hupte, brauste er los. Anne spürte den Fahrtwind im Gesicht, die Morgensonne, sie hielt ihn entspannt fest, ganz dem Gefühl folgend, dass sie ihm vertrauen konnte. Sie wiegte sich in den Kurven, nahm seinen Rhythmus auf, hätte so bis ans Ende der Welt fahren können. Nicht eine Sekunde hatte sie Angst.

Als sie an der Schule hielten und sie den Helm abnahm, sah Cornelius sie forschend an.

»Hey, ich wusste gar nicht, dass du eine geborene Motorradbraut bist. Du sitzt da hinten drauf, als würdest du das schon dein Leben lang machen.«

Anne lief rot an, ganz schnell. »Das war einfach... geil!« Sie grinste. »Danke!«

»Gerne wieder.«

Sie machte schon den Mund auf, aber er unterbrach sie.

»Ja, ich passe auf, dass dein Vater uns nicht sieht. Morgen treffen wir uns unten an der Kreuzung. In sicherer Entfernung. Und Taxiservice nach Hause kannst du natürlich auch gerne in Anspruch nehmen. Das Monster ist froh, wenn es was zu tun hat.«

Die ersten drei Schulstunden hindurch ertappte sich Anne immer wieder, wie sie vor sich hin lächelte. Sie wusste gar nicht, was das Schönste gewesen war. Der Wind und das Gefühl von Freiheit, ihr Körper so dicht an seinem. Oder das Bewusstsein, etwas völlig Verbotenes ohne das leiseste Gefühl von Reue getan zu haben. Entgegen ihren sonstigen Gewohnheiten folgte sie dem Unterricht kaum und kritzelte gedankenverloren vor sich hin.

»Was ist also das charakteristische Merkmal dieses Kunstliedes, Anne?«, ließ von Derking sie hochfahren. Eigentlich hätte die Beantwortung der Frage ein Leichtes für sie sein müssen – sang sie doch im Chor gerade ein Kunstlied von Reger. Dennoch begann sie zu stottern. Wie war die Frage?

»Äh, das Kunstlied ist, äh, ...«

In diesem Moment ging die Tür auf und Anne lehnte sich erleichtert zurück. Gerade noch mal davongekommen. Mit besorgtem Blick kam Meyer-Schönfeld, der Rektor der Schule, herein und entschuldigte sich für die Unterbrechung. Er schaute ein wenig suchend umher, dann blieb sein Blick an Anne hängen.

»Anne, kommst du bitte mal«, sagte er und ihre Arme überzogen sich mit einer Gänsehaut. Sie stand auf, alle blickten neugierig auf sie.

Ob etwas geschehen war? Mit ihrem Vater? Oder...?

»Ich bringe sie Ihnen nachher zurück«, verabschiedete sich Meyer-Schönfeld vom Kollegen und Anne konnte sich vorstellen, welches Getuschel im Klassenraum jetzt losging.

Der Rektor sagte kein Wort, während sie die stillen Gänge durchschritten. Ihr war eiskalt, das wohlige Gefühl des Morgens komplett verschwunden. Einen Gruß nickend durchquerte sie das Vorzimmer der Sekretärin und erspähte durch die halb offene Tür neben dem Schreibtisch von Meyer-Schönfeld einen schlanken Mann in Jeans und dunkelblau-weinrot gestreiftem Hemd, der mit zusammengekniffenen Lippen aus dem Fenster sah. Brunner.

»Guten Morgen«, wisperte Anne und hielt den Kopf gesenkt, als erwarte sie Schläge. Erst jetzt entdeckte sie Cornelius, der auf einem der Besucherstühle gleich neben der Tür saß. Auch in seinen Augen war das Leuchten erloschen.

Als alle saßen, sah Meyer-Schönfeld kopfschüttelnd zwischen Anne und Cornelius hin und her.

»Was habt ihr euch eigentlich dabei gedacht?«, fragte er und es klang eher enttäuscht als wütend.

»Wobei?«, fragte Cornelius zurück. Anne zuckte zusammen. Der traute sich was.

Bevor Meyer-Schönfeld etwas erwidern konnte, ging die Tür noch einmal auf und Rosen kam herein. »Entschuldigen Sie die Verspätung, ich musste meine Klasse erst noch beschäftigen«, sagte er und beachtete weder Cornelius noch Anne. Er setzte sich neben Brunner, der nun aufstand.

»Sparen Sie sich Ihre konfrontative Haltung«, herrschte der Biologielehrer Cornelius an. »Ich weiß genau, dass Sie es waren, die meinen Schulgarten mit diesem Cannabis-Unkraut verpesten wollten. Eine bodenlose Unverschämtheit! So ein pubertärer Unsinn! Am liebsten würde ich Sie beide zwei Wochen vom Unterricht ausschließen lassen. Damit Sie mal Zeit haben, über Werte nachzudenken.«

Anne wäre am liebsten im Boden versunken. Nicht so Cornelius.

»Moment mal«, rief er geradezu empört aus. »Erst mal müssen Sie uns beweisen, dass wir das tatsächlich waren. Und zweitens sehe ich überhaupt nicht, dass irgendwer oder irgendwas zu Schaden gekommen ist. Mein Gott, das war ein Streich – da kann man doch auch humorvoll reagieren.«

Anne meinte, über Meyer-Schönfelds Gesicht ein ganz kleines Lächeln huschen zu sehen. Aber er hatte sich sofort wieder im Griff.

»Dass ihr es wart, steht zweifelsohne fest. Wir haben eine Zeugin, die gestanden hat, dass sie dir, Cornelius, die 30 Pflanzen besorgt hat.«

Ami, dachte Anne nur. So ein Mist! Und dass die sich freuen würde, wenn Anne gleich mit bestraft wurde, war ja klar.

»Aber wie sind Sie an diese Aussage gekommen?« Cornelius war nicht zu bremsen. »Sie wollen mir doch nicht weismachen, dass ›die Zeugin‹ von alleine zu Ihnen gerannt ist. Sie haben sie doch garantiert unter Druck gesetzt. Ich meine, wir wissen alle, von wem die Rede ist, und wenn es um Drogen geht, steht sie immer als Erste unter Verdacht.«

Brunner stand auf und ging im Raum auf und ab.

»Wir sind hier doch in keinem Gerichtssaal.« Seine Stimme klang kaum noch beherrscht. »Es kann Ihnen völlig egal sein, wie wir an unsere Informationen kommen – Fakt ist, Sie und Ihre Mitschülerin – der ich das nun wirklich nicht zugetraut hätte – haben den Schulgarten geschändet!«

Zu ihrem großen Erstaunen sah Anne, wie Rosen von einem Ohr zum anderen grinste.

»Herr Kollege, bitte«, schaltete er sich nun ein. »Von einer Schändung kann ich nun wirklich nichts erkennen. Sie mögen mich als parteiisch empfinden, aber ich kann Ihnen versichern, dass ich meinem Sohn gegenüber äußerst kritisch bin. Ich sehe das Ganze als einen Scherz. Schließlich haben die beiden weder Pflanzen beschädigt noch irgendetwas geklaut oder so etwas. Es war ein Schülerstreich. Nichts weiter!«

»Ja, sollen wir sie einfach so davonkommen lassen?«, wetterte Brunner. »Und bitte: Natürlich ist der Anbau von Hanf ungesetzlich. Wenn das die Polizei mitbekommen hätte!«

»Hat sie aber nicht.« Cornelius klang beinahe gelangweilt.

»Sie sollen ihre Strafe bekommen, aber wir müssen sie doch nicht gleich moralisch verurteilen und ihnen die Fähigkeit des vernünftigen Handels gänzlich absprechen«, sagte Rosen.

»Da gebe ich dem Kollegen schon recht«, stimmte auch Meyer-Schönfeld zu. Brunner sah aus, als würde er am liebsten gegen die dunkelbraune Schrankwand voller ledergebundener Bücher treten. Er grummelte Unverständliches.

»Darf ich auch noch was sagen«, fragte Cornelius rein rhetorisch und sprach sofort weiter. »Wenn ich Ihnen einen Tipp geben darf, Herr Brunner...«

»Dürfen Sie nicht!«, schrie der Lehrer, aber Meyer-Schönfeld gab ihm mit der ausgestreckten Hand ein Zeichen zu schweigen.

»Ich glaube, Ihr Garten ist allgemein nicht so beliebt, wie er sein könnte, weil Sie uns Schüler nicht einfach selbst machen lassen, sondern alles genau so aussehen soll, wie Sie sich das vorstellen. Dann fühlen wir uns aber wie unbezahlte Hilfskräfte und der Garten ist nicht unserer – also ist er uns ziemlich egal.«

»Ihre Nachhilfestunde brauche ich nicht«, schnappte Brunner.

»Ist gut, Herr Kollege«, schaltete sich der Rektor ein. »Ich habe einen Vorschlag: Cornelius und Anne leisten zehn Stunden Gartenarbeit ab und verfassen ein Referat zum Thema ›Gesundheitsgefährdung durch Drogen‹. Damit wäre die Sache für mich erledigt.«

»Gute Idee«, stimmte Rosen zu. »Aber Ihnen ist klar, dass wir Ihren Vater informieren müssen, nicht wahr, Anne?«

Anne nickte und der Kloß, der sich in ihrem Magen gerade aufgelöst hatte, blähte sich wieder auf. Johann würde ausrasten! Wenn er erfahren würde, dass sie nachts fort gewesen war...

»Muss das denn sein?«, fragte Cornelius und fixierte seinen Vater scharf. »Ich meine, ich war es doch, der sie überredet hat. Und wie gesagt: Es ist ja nichts passiert. Anne ist fast 18 und hat garantiert nicht vor, noch mal so eine Aktion mitzumachen, oder, Anne?«

Sie war ihm dankbar, dass er Partei für sie ergriff, und nickte zustimmend. Andererseits, vielleicht war es gut, wenn sie ihren Vater herausforderte und er davon erfuhr. Dass sie das Recht auf ein eigenes Leben hatte. Aber sie hatte sowieso nicht zu entscheiden.

»Er sollte schon wissen, was seine Tochter nachts so tut«, sagte Brunner. »Vielleicht muss er besser auf sie aufpassen.«

Beinahe hätte Anne laut aufgelacht. Besser aufpassen – genau!

»Dein Vater war ja echt erstaunlich«, sagte Anne, als sie mit Cornelius die Schule verließ. »Ich hätte nicht gedacht, dass er für uns Partei ergreift.«

»Ich glaube, der kann nur den Brunner nicht leiden. Bin

gespannt, was es daheim noch für ein Theater gibt wegen der ganzen Sache. Scheiße, es tut mir echt leid, dass ich dich da reingezogen habe!«

»Muss es nicht«, sagte Anne. »Echt nicht.«

Cornelius machte gerade sein Motorrad startklar und das Monster erntete dabei einige beeindruckte Blicke von älteren Mitschülern, als Ami im Schuleingang erschien. Verstohlen sah sie zu Anne und Cornelius hinüber und es hatte den Anschein, sie wolle sich schnell verdrücken.

»Moment«, sagte Cornelius und rannte auf das Mädchen zu. »Ami«, schrie er schon von Weitem. »Warte mal!« Bevor sie sich ins Gebäude zurückziehen konnte, hatte er sie erreicht und packte sie am Ellenbogen.

»Anne und ich hätten da was mit dir zu besprechen«, sagte er, als sie bei Anne ankamen. Ami starrte trotzig auf den Boden.

»Hast du uns verpfiffen?«

»Verpiss dich«, sagte sie.

»Ey, deinetwegen müssen wir jetzt im Garten schuften und ein Referat schreiben. Da hätte ich sonst Besseres zu tun. Und Anne bekommt ein echtes Problem daheim. Vielen Dank auch!«

»Oh, wie tut mir das leid«, sagte Ami spöttisch. »Ihr wart's doch, die das Zeug eingebuddelt habt. Nicht ich!«

»Ja, aber du hast versprochen, dass du uns nicht verpfeifst. Und ich hab dir ganz schön Schweigegeld gezahlt. Kannst du dir mit deinem zugedröhnten Hirn nicht mal mehr das merken?«

Cornelius hatte einen aggressiven Ton, wie ihn Anne noch nie bei ihm gehört hatte.

»Mann«, Ami fuhr sich durch ihre üppigen dunklen Locken und brachte ihre hochtoupierte Frisur damit fast zum Einsturz. »Die haben gesagt, sie lassen mich durchs Abi rasseln, wenn ich ihnen nichts sage. So sieht's aus. Und das ist mir ehrlich gesagt wichtiger als du, Hotzenplotz!«

»Du hast ihr Geld gegeben?«, fuhr Anne ihn jetzt an. Aber dann wurde ihr klar, dass ihm der nächtliche Scherz mit ihr gemeinsam das offensichtlich wert gewesen war.

»Ja. Hab ich«, stellte Cornelius trocken fest. »Du kannst dich aber gerne nachträglich beteiligen.«

Ami drehte sich um und schlurfte davon.

»Petze!«, rief Cornelius ihr nach. Sie zeigte ihm, ohne sich umzudrehen, den ausgestreckten Mittelfinger.

»Lass sie«, sagte Anne und legte eine Hand auf seinen Arm.

Sie war froh, dass sie auf dem Motorrad nicht mit ihm reden musste. Sie zermarterte sich das Hirn, wie sie ihrem Vater die ganze Angelegenheit beichten konnte. Vielleicht musste sie ihm ja nicht unbedingt sagen, dass das Gartenattentat mitten in der Nacht stattgefunden hatte. Irgendwie war die Fahrt nicht halb so genussvoll wie heute Morgen.

»Ich versuche, mit meinem Vater zu reden«, sagte Anne, während sie vom Motorrad abstieg. »Immerhin dürfen wir ja vielleicht das Referat zusammen machen, das wär' doch was.«

Cornelius betrachtete den aufgebrochenen Asphalt zu seinen Füßen.

»Oder?«, fragte Anne nach. Er nickte wenig enthusiastisch.

»Magst du nicht mehr mit mir...«, sie zögerte, bevor sie das doppeldeutige Wort aussprach, »zusammen sein?«

Den Nachmittag über ging Anne unruhig im Haus auf und ab. Sie tarnte es mit Aufräumen, Staubwischen, Wäscheaufhängen und begann früh zu kochen. Sie legte sich dabei Sätze zurecht, die sie ihrem Vater sagen konnte. Die irgendwie zu rechtfertigen versuchten, was sie getan hatte. Vielleicht, ihr kam ein teuflischer Gedanke, könnte sie ihn mit einem neuerlichen Hinweis auf *das Zimmer* von seiner Wut abbringen. Denn das war doch offensichtlich ein Geheimnis, das er vor ihr verbarg. Anne vergaß ihre zurechtgelegten Sätze. Sie hätte zu gerne gewusst, wer dieser Andreas war – und welches Schicksal er hatte. Und warum ihr kein Mensch von ihm erzählt hatte. Ein Schauern überlief sie, als ihr der Einbrecher einfiel – was der wohl gesucht hatte?

Sie hörte eine Autotür zuschlagen und kurz darauf den Schlüssel in der Haustür. Nur einen Moment wunderte sie sich, dass ihr Vater heute nicht so müde aussah wie sonst, wenn er aus dem Büro kam. Sie ahnte, was seine Laune aufbesserte, und war froh – vielleicht wäre er nicht ganz so sauer auf ihr Geständnis.

»Mein Schatz«, begrüßte er sie und nahm sie zärtlich in den Arm. »Du sollst doch nicht ohne mich kochen. Nachher verbrühst du dich noch mit kochendem Wasser oder so etwas. Außerdem...« Er machte eine kleine Pause und zog vielversprechend die Augenbrauen hoch. »Wollte ich dich heute zum Essen ausführen. Es ist so schönes Wetter und wir könnten uns doch mal wieder bei Peppino auf die Terrasse am Fluss setzen.« Anne glaubte ihren Ohren kaum zu trauen.

»Du musst nicht so verblüfft schauen«, nahm ihr Vater ihre Reaktion auf. »Wir sind ja nicht völlig verarmt. Und wenn wir jetzt Omas Haus verkaufen...«

»Willst du es jetzt doch verkaufen?«

»Ja, natürlich. Frau Jung hat mir klargemacht, dass es einfach nicht tragbar ist, ein solches Haus leer stehen zu lassen. Und sie würde sich um alles kümmern: auch, dass das Haus ausgeräumt wird, vertrauenswürdige Käufer finden, all das. Ich habe ein gutes Gefühl bei ihr.«

Während sie im Auto in Richtung Altstadt fuhren, brachte Anne keinen Ton heraus. Immer wieder versuchte sie, den ersten, richtigen Satz zu finden, aber sie schaffte es nicht. Die Worte blieben einfach stecken. Sie sah ihn aus den Augenwinkeln an, hatte nicht viel Mühe, sich vorzustellen, wie sein Blick dunkel, sein Gesicht zornesrot werden würde, wenn sie ihm ihr Vergehen beichtete. Nach dem Essen, beschwor sie sich, nach dem Essen.

Sie bekamen den letzten Tisch, der direkt an der Brüstung stand, unter der der Fluss seine gemächlichen Bahnen zog. Blesshühner quietschten, grellgrüne Algen flatterten im dunklen Wasser und in der Luft hing der schwere Duft von verblühendem Flieder. Anne bestellte wie immer einen italienischen Salat und Spaghetti mit Pesto und wunderte sich heute nicht mal, dass ihr Vater einen Rotwein zum Essen orderte. Er erzählte und fragte so entspannt, wie sie ihn selten erlebt hatte. Diese Marita Jung musste Zauberkräfte haben.

»Ich freue mich schon auf euer Konzert«, sagte er. »Da hast du doch sicher noch ein paar zusätzliche Proben, oder? Weißt du schon wann? Dann könnte ich es so einrichten, dass ich dich danach abhole.«

»Ich sag's dir, wenn ich was weiß.« Anne stocherte in ihrem Salat, pickte ein paar Oliven heraus und knabberte lustlos an ihnen.

»Und vielleicht sollten wir doch noch mal über ein paar Ferientage nachdenken. Die Ostseeküste soll sehr schön sein. Frau Jung hat mir da ein paar Flecken genannt«

Anne nickte abwesend, seine Worte vermischten sich mit dem Rauschen des Flusses. *Sag's ihm, sag's ihm*, klang es in ihrem Kopf.

»Darf ich mich dazusetzen?«, riss sie plötzlich eine Frauenstimme zurück in die Realität.

»Gerne, wir haben gerade von Ihnen gesprochen!« Johann strahlte über das ganze Gesicht, stand auf und reichte Marita Jung mit einer angedeuteten Verbeugung die Hand. Ob diese Begegnung wirklich rein zufällig war?

»Hallo, Anne«, sagte die Maklerin und Anne wunderte sich, dass diese ihren Namen noch wusste. »Ein herrlicher Platz hier, nicht wahr?« Anne nickte und bohrte die Gabel in ihren Salat. Heute würde sie nicht mehr beichten.

Sie war froh, dass sich die beiden Erwachsenen so mühelos unterhielten. Keiner erwartete große Anteilnahme ihrerseits am Gespräch. Anne beobachtete die Frau genau: Sie strahlte eine große Wärme aus, wirkte offen und freundlich. Keine Frage, sie war sympathisch. Und ihre Gestik und Mimik erinnerte ganz eindeutig an die ihrer Mutter. Kein Wunder, dass Johann so offensichtlich fasziniert war.

Es war fast zehn Uhr, als sie zurückkehrten. Johann hatte gleich einen weiteren Termin mit der Maklerin gemacht, um noch mehr Details zu bereden. Im Auto hatte Anne einen kurzen Moment überlegt, ob sie das Thema Schule ansprechen sollte. Aber sie wollte ihm nicht die Laune verderben. Hoffentlich rief ihn Brunner nicht an. Oder hatte schon angerufen.

Zu Hause blinkte die Zahl zwei auf dem Anrufbeantworter. Während Johann auf die Toilette ging, hörte Anne ihn ab. Tatsächlich – der erste Anrufer war Brunner, sie löschte ihn mit schlechtem Gewissen. Der zweite Anruf kam von Hedi, der alten Freundin ihrer Großmutter. Sie bestätigte Johanns Wunsch, dass sie übermorgen bei Anne bleiben konnte, während er fort war. Anne runzelte die Stirn und sah Johann fragend an, als er ins Wohnzimmer kam.

»Mist«, sagte er. »Wir haben vorhin ganz vergessen, die Terrassentür zuzuschieben. Na ja, aber bei uns gibt es ja eh nichts zu holen.« Er schob die Tür zu und verriegelte sie.

»Was ist das mit Hedi?«, fragte Anne und wunderte sich selbst über die Schärfe in ihrer Stimme.

»Ach«, sagte Johann leichthin. »Stimmt, das habe ich ganz vergessen, dir zu sagen. Ich muss am Montag zur Jahresversammlung nach Berlin und es lässt sich nicht vermeiden, dort zu übernachten. Ich habe Hedi gebeten, dass sie herkommt. Hat sie zugesagt?«

Anne nickte. *Ich bin kein Kind mehr,* wollte sie brüllen, ging aber nur wortlos in ihr Zimmer.

Sie sah es nicht sofort. Erst als sie auf der Bettkante saß und ihr der Schreibtisch ins Visier geriet. Hatte sie heute ihr Biologiebuch ausgepackt? Die Hausaufgaben hatte sie doch schon gestern gemacht. Und ihr Mäppchen? Warum lag es obenauf? Sie sprang auf und bemerkte erst jetzt, dass ihre Schultasche auf dem Schreibtischstuhl stand, geöffnet. Und neben dem Kleiderschrank lag eine Unterhose, die sie garantiert nicht hatte fallen lassen. Jemand musste in ihrem Zimmer gewesen sein. Jemand war durch die Terrassentür direkt ins Haus marschiert.

Leise schlich Anne in den Flur, alles war schon dunkel. Sie rüttelte an der Haustür. Verschlossen. Kontrollierte die

Rollläden. Alle unten. Sah nach der Terrassentür, der Kellertür. Zu. Trotzdem hätte sie in diesem Moment gerne ihre Schlaftablette genommen. Sie fürchtete, diese Nacht nicht eine Minute zu schlafen. Was passierte hier? In ihrem Leben? Wer drang mit giftigen Tentakeln immer weiter ein und versuchte, ihr die Luft zum Atmen abzuschneiden?

Er war den halben Abend durch die Straßen gewandert. Von Unruhe und Missmut getrieben, Aggression in sich spürend, Zerstörungswut. Und gleichzeitig dieses Grübeln, nach innen gerichtet und autistisch fast. Er wusste nicht, was mit ihm los war.

Wut auf seinen Vater, wie so oft, der die Mutter vernachlässigte und ihn sowieso.

Wut auf Ami, die ihn verpetzt hatte und die er so gerne loswerden würde, weil sie dunkle Schleusen in ihm zu öffnen vermochte, denen er nicht nachgeben wollte. In Bangkok war sein Haschkonsum viel größer gewesen, da taten es einfach alle. Aber ihn kotzte an, wie es die Sinne vernebelte, wie es ihn immer weiter von ihm selbst entfremdete und von denen, denen er nahe sein wollte.

Und Wut auf sich selbst. Weil er es nicht schaffte, sich selbst darüber klar zu werden, was er wollte. Anne. Oder eben nicht. Allein sein. Dieses Gefühl, gebraucht zu werden, helfen zu können, war großartig und warm. Aber hatte es auch etwas mit Liebe zu tun? Wenigstens mit Verliebtsein? Alle Mädchen, die ihn bisher angezogen hatten, hatte er wegen ihrer speziellen Art von Schönheit gewollt, die oft nur er gesehen hatte. Unkonventionell waren sie gewesen – und unabhängig. Das war Anne bei Weitem nicht. Sie war ein Vogelküken, das man schnellstens aus dem Nest werfen sollte. So wie es ihn reizte, Anne seine Hand als Stütze hinzustrecken, stieß es ihn auch ab. Wie sollte er verhindern, dass sie ihr Leben in seine Hände gab und er plötzlich für sie verantwortlich war? Eine beunruhigende Vorstellung. Und doch süß und schmeichelnd.

Im Haus brannte kein Licht. Seine Mutter lag noch immer zusammengekrümmt auf ihrem weißen Bett im Krankenhaus und wartete, dass ein Wunder geschah. Dass die Schmerzen aufhörten. Wo sein Vater war, scherte ihn nicht. Hauptsache, er war nicht daheim.

Doch als er die Tür aufschloss, wurde er eines Besseren belehrt. Zwar war nirgends eine Lampe angeschaltet, aber aus dem Wohnzimmer hinter den weißen, alten Flügeltüren drang Musik hervor, Richard Wagner, den seine Mutter immer gehasst und nie gespielt hatte. Leise ging Cornelius die Treppe hinauf in Richtung seines Zimmers. Bleischwer fühlten sich seine Beine plötzlich an. Schlafen, dachte er, einfach schlafen. Es war schon kurz vor zwölf, erkannte er auf der Standuhr im Flur.

»Cornelius«, ertönte die Stimme seines Vaters hinter ihm. Wieso hatte er ihn kommen hören? Unbeirrt stieg er weiter hoch.

»Du glaubst doch nicht, dass ich dich so davonkommen lasse. Bleib stehen.«

Cornelius verdrehte die Augen, blieb aber tatsächlich stehen.

»Komm runter.«

Als sei er ein Automat ohne eigenen Willen, ging er hinunter. Blieb aber eine Stufe über seinem Vater stehen.

»Du bist eine Schande für die Familie. Wenn du dir noch

ein einziges Ding wie das heute leistest, schmeiß ich dich raus. Dann kannst du selbst sehen, wie du zurechtkommst. Du bist ja 18, da brauchst du uns nicht mehr.«

»Ich dachte, du hieltst die Sache für einen guten Scherz.« Cornelius verkniff sich sein spöttisches Lächeln nicht. Er wusste, wie er den Alten richtig an die Decke gehen lassen konnte.

»Ach, du findest das wohl witzig! Was meinst du, wie ich bei den Kollegen dastehe! Der Sohn vom Konrektor pflanzt Cannabis im Schulgarten! Mein werter Herr Sohn – so geht das nicht. Du hast immer noch nicht begriffen, worauf es im Leben ankommt.«

»Du hast es mir ja auch nie erklärt! Für dich bin ich ungefähr so wichtig wie eine Dose Hundefutter. Also, chill dein Leben und lass mich in Ruhe!«

Sein Vater holte tief Luft. »Die Erwartung, dass du auch nur einen Funken Verständnis für meine Stellung aufbringst, habe ich längst aufgegeben. Aber lass wenigstens dieses arme Mädchen da raus. Anne, oder wie sie heißt. Sie fängt schon an, in der Schule nachzulassen, weil du sie in deinen Dreck mit reinziehst.«

»Das geht dich einen Scheiß an!«

»Lass die Finger von dem Mädchen! Ich sag' es dir! Ich will dich nicht mehr mit ihr sehen!«

»Mh. Ich kann's hören. Da rein«, er deutete erst auf sein rechtes, dann auf sein linkes Ohr, »... und dort wieder raus, alter Mann!«

Mit einem Satz, den Cornelius nicht für möglich gehalten hätte, sprang Rosen auf die Stufe, auf der sein Sohn stand, und packte ihn am Kragen. Er riss ihn die Treppe hinunter, sodass Cornelius fast ins Straucheln geriet. Der rote Kopf seines Vaters war dicht vor ihm, er sah die angeschwollenen Adern auf der Stirn, die verzerrte Miene.

»Verlass mein Haus«, schrie er.

Cornelius riss sich los, schubste den Vater mit einem heftigen Stoß von sich und rannte zur Tür.

»Nichts lieber als das!«, schrie er zurück und war schon hinaus.

Starkregen hatte nach dem lauen Abend eingesetzt, die Luft roch nach nassem Asphalt, würzig und städtisch, sodass ihn ein Fernweh packte, das ihm kaum Luft zum Atmen ließ. Ohne Jacke, ohne Helm raste er durch die Straßen, ließ das Monster aufheulen, immer wieder, ohne zu denken. Einmal blitzte ein helles Licht auf, er interessierte sich nicht dafür.

Erst als er völlig durchnässt war und zu frösteln anfing, hielt er und sah sich um. Weiter vorne schloss gerade ein bulliger Mann den »Pinguin« ab, ein paar letzte Kneipengänger huschten durch den Regen davon. Mist, ein Bier wäre jetzt gar nicht schlecht gewesen, überlegte Cornelius. Vielleicht gab es noch woanders was. Er gab Gas, beschleunigte, aber plötzlich huschte ein Schatten auf die Straße, dicht vor ihm, viel zu nah, er riss an den Bremshebeln, spürte, wie der Hinterreifen ausbrach, schwankte, kämpfte mit dem Gleichgewicht. Schließlich blieb die Ducati stehen. Cornelius atmete schwer.

»Hey«, sagte der Schatten breit gezogen. »Kommse mich abholen?«

Jetzt erst erkannte er Ami. Sie stand schwankend vor ihm, hatte die Kapuze ihrer schwarzen Sweat-Jacke tief über den Kopf gezogen, ihr Rocksaum war so weit nach oben gerutscht, dass er ihre rosa Unterhose sehen konnte, aus der zwei dünne Beinchen hervorwuchsen. Als habe sie seinen Blick bemerkt, zog sie den engen Rock nun tiefer und kratzte sich ausdauernd die Oberschenkel. Aus ihren aberwitzig hohen Plateauschuhen lief das Wasser. Er wusste, dass er sich umdrehen und wegfahren sollte, aber irgendwie rührte ihn das Mädchen. Er stieg vom Motorrad ab.

»Komm, ich bring dich heim«, sagte er und versuchte, sie am Ellenbogen in Richtung der Maschine zu ziehen. Sie schlang die Arme um seinen Hals und er spürte ihren rauch- und alkoholgeschwängerten Atem im Gesicht. Angewidert wandte er sich ab.

»Ich will mit zu dir«, lallte sie. »Du bist so ein süßer Hase.« Sie versuchte ihn zu küssen. Er machte ihre Hände los, schob sie fort, merkte aber, dass sie kaum in der Lage war, alleine zu stehen.

»Jaja«, versuchte er, sie zu beschwichtigen. »Komm jetzt. Ich bring dich heim. Mami und Papi warten bestimmt auf dich.« Ihr reibeisenheiseres Lachen hallte in der Altstadtgasse wider, deren Asphalt im Licht der Straßenlaternen nass glänzte.

»Die warten schon seit der ersten Klasse nicht mehr«, kicherte sie und hängte sich bei ihm ein. Bei den wenigen Schritten bis zum Motorrad knickte sie jedesmal um. Vielleicht sollte er sie lieber im Krankenhaus abliefern.

»Connylein«, säuselte sie. »Bitte, nimm mich mit heim. Du darfst alles mit mir machen, bitte!« Sie versuchte erneut, ihn zu küssen, aber er drehte schnell den Kopf weg.

»Aaah, du bis' immer noch sauer, weil ich dich verpfiffen hab'«, meinte Ami.

»Quatsch«, sagte Cornelius und versuchte, sie aufs Monster zu setzen. Inzwischen nieselte es nur noch.

»Moment.« Sie hielt in der Bewegung inne. »Halt doch mal das Karussell an.« Und dann übergab sie sich im hohen Bogen schwallartig auf den Boden, direkt neben die Ducati. Cornelius drehte sich angeekelt fort, fummelte jedoch ein Taschentuch hervor und gab es ihr. Sie wischte sich stöhnend den Mund ab.

»Bah, is' mir schlecht«, wisperte sie. »Ich geh keinen Schritt mehr.« Und schon sank sie hinunter auf die nächstgelegene Treppenstufe.

»Los, komm«, versuchte Cornelius. »Du holst dir den Tod hier draußen. Ist doch viel zu nass und zu kalt.«

Sie sah ihn durch ihr verschmiertes Make-up verständnislos an.

»Mir ist warm!« Sie begann, ihre Sweat-Jacke auszuziehen, darunter wurde ein tief ausgeschnittenes schwarzes Top mit einem riesigen pinkfarbenen Lippenabdruck sichtbar.

»Hör auf«, raunte Cornelius und kniete sich zu ihr, um ihr die Jacke wieder anzuziehen. Sie umklammerte seine Hand und legte sie auf ihre dürre Brust.

»Wie fühlt sich das an?«, zischte sie. »Geil, oder?« Sie öffnete die Lippen, streckte ihm ihre Zunge entgegen, der saure Geruch ihres Atems stieß ihn zurück, beinahe hätte sich ihm selbst der Magen umgedreht. Er riss sich los und rannte zurück zu seinem Motorrad. Ihr irres Lachen hallte ihm hinterher.

»Angsthase«, brüllte sie ihm nach.

Wohin ihn sein Weg geführt hatte, erkannte er erst, als er endlich anhielt und sich umsah. Wie in einem Gruselfilm, wie in einem David-Lynch-Film, ragte das Haus von Annes Großmutter vor ihm auf. Der Regen peitschte die Fliederäste, die braun gewordenen Blütenblättchen ergaben sich und taumelten auf das Pflaster. Cornelius musste nicht einen Moment nachdenken, er wusste genau, dass sich in dem Tankrucksack, der auf das Monster geschnallt war, neben Handy, Notizbuch und Zigaretten noch immer der Schlüssel des Hauses befand. Er wühlte ihn hervor und mit ein wenig zitternden Fingern öffnete er die Tür. Für einen Moment erwartete er fast, der weißlich-durchsichtige Geist von Annes Großmutter würde ihn mit geheimnisvollem Gesicht im Flur begrüßen. Alles war ruhig. Nur der Regen trommelte gegen die Fenster. Er lehnte sich müde gegen die Haustür, tastete nach dem Lichtschalter und wunderte sich nur kurz, wie fahl die altmodische Glühbirne den Raum erhellte. Geradeaus ging es in die Küche, links daneben ins Bad, dann ins Wohn- und Esszimmer und rechter Hand führte eine Treppe sowohl ins Obergeschoss als auch in den Keller. Ich will *das Zimmer* sehen, dachte Cornelius und ging schon hinunter.

Wie schon Anne war auch er fasziniert davon, wie intakt das Zimmer wirkte, wie belebt, als ob sein Bewohner nur kurz zum Einkaufen gegangen war. Am liebsten hätte er sich von den Klamotten im Kleiderschrank genommen: Hawaiihemden, Shirts in Neongrün oder -gelb, schmale, aber bunte Krawatten, abartige Jeans wie von Picaldi in extremer Karottenform, aber auch abgeschnittene, ausgefranste Bundeswehrhosen, nietenbesetze Lederwesten und abgetretene Springerstiefel. Obwohl das Zimmer so bewohnt wirkte, spürte Cornelius gleichzeitig den Atem der Vergangenheit, ein kalter Atem, der ihn frösteln ließ.

Aus einer halb offen stehenden Schublade des Schreibtischs leuchtete ihm etwas knallrot entgegen und instinktiv griff er danach. Es war ein achteckiger, handtellergroßer Button, der wie ein Stoppschild aussah. In weißen Buchstaben stand darauf »Stoppt StrauSS«, wobei die beiden »S« als altgermanische Runen-S gestaltet waren. Cornelius wusste nicht ganz genau, worauf der Anstecker Bezug nahm, aber er ahnte, dass er damals provokant gewesen war. Ein früherer bayerischer Ministerpräsident hatte so geheißen – und wenn er die Punker-Plakate an den Wänden betrachtete, war es leicht, sich vorzustellen, dass Andreas etwas gegen diesen CSU-Typen gehabt hatte. Cornelius schob den Button in seine Jacketttasche und zog sich zurück. Schlafen hätte er hier nicht wollen, in dieser groß gemusterten, schwarz-pink-gelben Bettwäsche, in diesem seltsamen Museum eines Vergessenen. Er ging wieder hinauf, sah sich kurz im Wohnzimmer um. Das Sofa war viel zu kurz und ungemütlich, um darauf zu pennen. Also stieg er dorthin hinauf, wo die Schlafzimmer waren. Er erinnerte sich an das mächtige holzgerahmte Ehebett der Großmutter. Soviel er wusste, war die alte Frau auf dem Fußboden im Wohnzimmer aufgefunden worden, er müsste also nicht im Bett einer Toten schlafen.

Auch hier war das Deckenlicht matt und verbreitete kaum Helligkeit. Er setzte sich vorsichtig auf das Bett, das heftig quietschte. Oder war das draußen, vor dem Fenster gewesen? Cornelius versuchte zu lachen. So ein Quatsch! Ami war ja wohl kaum in der Lage gewesen, ihm zu folgen. Auf dem Nachttisch lag ein Buch – die Chronik des Cäcilien-Knabenchores anlässlich seines 100-jährigen Bestehens. Hatte er das nicht auch zu Hause auf dem Wohnzimmertisch gesehen? Er schob es fort, hängte sein Jackett über den Bettpfosten und streckte sich auf der Matratze aus. Ignorierte das Ächzen. Schnell zog er die Bettdecke über sich, roch noch den scharfen Geruch nach Waschmittel, aber dann war er auch schon eingeschlafen.

Die Morgensonne schien ihm gegen halb sechs mitten ins Gesicht. Er blinzelte, versuchte, sich die Bettdecke über den Kopf zu ziehen, aber dann kratze eine Unruhe an seinem Körper, sodass er sich schließlich ergab und langsam die Augen öffnete. Einen Moment musste er überlegen, wo er war. Er setzte sich auf, versuchte, sich die Haare aus dem Gesicht zu streichen, und schluckte erfolglos den faden Geschmack im Mund fort.

In der Helligkeit sah das Zimmer trostlos aus, schäbig und abgewohnt die Möbel, lieblos aufgehängte Bilder, ein kleiner, verstaubter Marienaltar war zwischen Fenster und Schrank aufgebaut. Seltsam starrte das Gesicht der hölzernen Marienfigur im blauen Mantel in die Höhe. Cornelius ging hinüber und besah sie sich aus der Nähe. Kein großer Künstler konnte hier am Werk gewesen sein, plump und unelegant wirkte sie, von Erhabenheit keine Spur. Die vielleicht 20 Zentimeter hohe Figur stand auf einem schlichten Holzsockel, der von verwelkten Blumen in einfachen Marmeladengläsern gesäumt war. Der letzte Rest Wasser schimmerte gelblich wie Urin. Cornelius gab der Maria einen kleinen Schubs vor die Brust. Die Figur federte ein wenig nach hinten. Jetzt erst erkannte er, dass um das Kleid herum, das bis über ihre Füße wallte, ein schmaler Schnitt im Holz zu erkennen war. Er fasste die Maria am Kopf und bewegte sie nach hinten. Unter ihren

Füßen tat sich der Holzsockel auf und in ihm befand sich ein Hohlraum.

»Ui, was haben wir denn da?«, flüsterte Cornelius vor sich hin und war mit einem Mal hellwach. Erkennen konnte er in dem dunklen Loch nichts, aber gerade so passte seine Hand in das Loch hinein. Er bekam etwas Kleines aus Leder zu fassen und zog es heraus. Ein verschrammtes, in dünnem Leder gebundenes Büchlein war es, ein wenig speckig und die Kanten der Blätter gelblich schimmernd. Cornelius blätterte es auf. Eine kleine, eckige Schrift, die in Wellen über das Papier geeilt war, bedeckte eng die Seiten. Sie war schwer zu entziffern, Worte wie »Hölle« oder »Blutbahn« erkannte er, aber Buchstaben wie »u« oder »n« und »m« unterschieden sich kaum. Ob Annes Großmutter Tagebuch geführt hatte?

Er sollte Anne fragen, ob sie davon etwas wüsste. Schließlich war sie ja quasi die Erbin. Als er das Heft in den Rucksack stecken wollte, fielen zwei Fotos heraus. Eines zeigte das Porträtfoto eines zarten Jungen, zehn Jahre alt vielleicht, mit denselben hellblauen Augen wie Anne und ihr Vater. Sein Lächeln wirkte entrückt, als höbe er gleich in die Wolken ab. Das andere Foto war ein Schnappschuss, schon ziemlich grün-gelblich ausgeblichen. Kaum vorstellbar, dass dies der gleiche Junge sein sollte. Nun war er vielleicht 15 oder 16, mit schwarz gefärbtem, abstehendem Igelhaarschnitt, einem nietenbesetzten Lederband um den Hals, schwarzen Lederklamotten und Stiefeln. Seine Pupillen leuchteten vom Blitzlicht grellrot. Er riss den Mund auf, streckte die Zunge weit raus, die Hände hatte er über den Kopf erhoben und jeweils den kleinen und den Zeigefinger ausgestreckt – ein Teufelsgruß, direkt aus der Hölle.

Dienstag, 08.06.

Worte rauschen durch meinen Kopf, dabei senke ich ihn so tief, dass der Henker ein leichtes Spiel hat. Wann kommt endlich die Guillotine, das scharfe Messer, das Beil? Durchtrennt die Nervenstränge, die Muskeln, die Knochen und eine Ruhe ist, dass jeder seine Freude daran haben kann. Auch ich. Aber stattdessen durchbohren mich seine Schweinsaugen und ich verstehe nicht, wie ich in ihren Blickwinkel geraten konnte. Doch der harte Stuhl unter mir bringt mich zur Besinnung. Er redet auf mich ein, einmal schwebt seine Hand ganz dicht über meiner Schulter, und wenn er es wagt, mich anzufassen, dann werde ich kein Seil mehr brauchen, dann erwürge ich ihn mit den Händen. Aber nein, ich bin ja ein kleiner böser Kasperl, ein Kistenteuferl und der gehört zurückgedrückt in sein Kästchen, damit er nicht wieder hervorschnellt, um arme Mädchen zu verprügeln. Und ich solle froh sein, sagt seine Stimme, dass sie mich nicht angezeigt hat. Dass sie sich ihm anvertraut hat. Und er weiß ja genau, dass ich in meinem Herzen ein Engel bin, und nur die Phase ist schuld. Nur die Phase der Pubertät. Vielleicht hätte er mich nicht verlassen dürfen, das sagt er ganz ernst und der Boden tut sich bald auf, denn ich habe ihn so sehr durchbohrt mit meinen Blicken, dass kein Platz mehr ist für anderes als Löcher. Und dann legt er tatsächlich die Hand auf meine Schulter und ich springe auf, er weicht zurück, ich fletsche die Zähne und bin raus. Ich lehne an der Mauer im Gang und atme ganz langsam, ganz langsam, atme an gegen das Kotzen. Und einmal mehr wird mir klar, dass nicht ich es bin, der falsch ist auf diesem Planeten, sondern er. Und wenn ich nichts tue, wird ihm dieser Planet bald gehören und er wird mich herunterstoßen und ich werde trudeln durchs Weltall in die endlose Schwärze der Zeit und der Nacht und des Nichts.

9. Kapitel

Hedi wird da sein, wenn du aus der Schule kommst«, sagte Johann und konnte einen besorgten Ton in seiner Stimme nicht unterdrücken. »Ich bringe ihr gleich noch den Schlüssel vorbei.«

»Ist gut«, sagte Anne. Davon, dass offenbar jemand ihr Zimmer durchwühlt hatte, sagte sie ihm nichts. Auch wenn sie eine weitere Nacht kaum geschlafen hatte. Er würde seine Reise sofort absagen. Und das würde Annes Plänen gar nicht entgegenkommen. Auch wenn sie unter Hedis Aufsicht stand, war ihr klar, dass diese längst nicht so streng wie die ihres Vaters sein würde. Sie hatte sich vorgenommen, Cornelius heute Nachmittag einfach mitzubringen und zu sagen, sie müssten ein Referat zusammen machen.

Es dauerte etwas, bis sie ihn nach der vierten Stunde endlich im Gang zu ihrem Klassenzimmer traf.

»Agent Cooper«, sprach sie ihn von hinten an und es hatte den Anschein, als zucke er zusammen. Als er sich jedoch umdrehte, ging ein Strahlen über sein Gesicht. Er wirkte seltsam stoppelbärtig heute, obwohl er sonst auf ein glatt rasiertes Kinn viel Wert zu legen schien. Seine Augen waren von rötlichen Lidern umrahmt, dunkle Schatten darunter.

»Schlecht geschlafen?«, fragte Anne und Cornelius gähnte.

»Sorry, alles okay«, sagte er dann. »Und bei dir?«

»Mein Vater ist weg, über Nacht!« Sie konnte die Begeisterung in ihrer Stimme nicht verhehlen. Cornelius sah sie irritiert an. Als sie ihm ihren Vorschlag unterbreitete, hellte sich seine Miene deutlich auf.

»Fährst du mich auf dem Monster heim?«, fragte sie. Er hob langsam die Hand und eine Sekunde hatte sie den Eindruck, er würde über ihre Haare streichen wollen, aber dann nickte er nur.

Während Cornelius das Motorrad parkte, telefonierte Anne mit ihrem Vater und versicherte, dass alles in Ordnung sei.

»Hallo«, rief sie in die Wohnung, nachdem sie aufgeschlossen hatte. Mit einem Geschirrtuch in der Hand kam ihnen Hedi Aumüller entgegen. Ihre langen weißen Haare waren zu einem kleinen Dutt weich zusammengesteckt, ihre Wangen leuchteten rot und die blauen Augen wirkten frisch. Sie hatte den Ausdruck einer kleinen Spitzmaus, die sich über ein paar Nüsse freute. Anne nahm Hedi herzlich in die Arme.

»Wie schön, dich zu sehen, Anne«, sagte die alte Dame. »Und wen haben wir hier?« Sie lächelte Cornelius freundlich an. Anne stellte ihn vor.

»Wir müssen ein Referat zusammen machen und endlich damit loslegen.«

»Das trifft sich wunderbar«, schmunzelte Hedi. »Ich habe gerade einen Schokoladenkuchen gebacken und die Sahne ist auch gleich geschlagen. Mögt ihr Kaffee dazu?«

Cornelius bejahte begeistert, als hoffe er, seine Lebensgeister dadurch auffrischen zu können. Anne wollte schon sagen, dass Schokokuchen, Schlagsahne und Kaffee sonst nicht auf ihrem Speiseplan standen, aber sie verkniff sich die Bemerkung.

»Du sollst dir doch nicht so eine Mühe mit uns machen«, sagte sie stattdessen, aber Hedi unterbrach sie sogleich.

»Na, ich freue mich doch, wenn ich mal jemanden habe, den ich verwöhnen kann.«

Es begann ein heiterer Nachmittag. Der Kuchen war köstlich und Anne spürte die wohltuende Wirkung des Kaffees. Sie war ein wenig aufgedreht, alberte mit Cornelius herum, der sich ebenfalls zunehmend entspannte. Nach einer halben Stunde Plauderei mahnte Anne jedoch, sich jetzt endlich an das Referat zu setzen. Nachdem sie noch einmal am Telefon ihrem Vater versichert hatte, dass alles in bester Ordnung war, machten sie sich ans Werk.

Cornelius wirkte still und zurückhaltend und war offensichtlich froh, dass Anne bereits so etwas wie eine Struktur parat und sich die wichtigsten Infos über Drogenkonsum aus dem Internet besorgt hatte.

»Wenn man das so liest«, überlegte sie. »Dann wird einem ja echt schlecht. Ich meine, schizophrene Schübe durch ein bisschen Kiffen – hätte ich nicht gedacht.«

»Na ja«, sagte Cornelius. »Das wird aber auch ganz schön übertrieben. Ich kenne genug Leute, die regelmäßig kiffen und ansonsten ziemlich normal sind.«

»Aber schau dir doch Ami an – hast du sie heute in der Schule gesehen? Die sah wie ausgespuckt aus. Grauenhaft. Möchte nicht wissen, was die so konsumiert.« Cornelius zog sein Jackett aus und hängte es über die Stuhllehne. In der Nachmittagssonne auf der Terrasse wurde es richtig warm.

»Die kifft aber nicht nur, die säuft auch ganz schön. Das ist das Problem.« Er zog Annes Papiere zu sich, nahm sich ein leeres Blatt und fasste in seine Jackentasche. Aber statt einen Stift herauszuziehen, fluchte er kurz: »Autsch.« Anne sah ihn irritiert an.

Cornelius holte einen Button hervor, dessen Nadel leicht hervorstand. Anne nahm ihn ihm aus den Händen und besah sich das Teil amüsiert. Ein achteckiger Anstecker in Quietschrot mit dem Schriftzug »Stoppt StrauSS« darauf.

»Was 'n das für 'n Teil?«

Irgendwie hatte sie den Eindruck, dass er kurz rot wurde.

»Hab ich gefunden. Magst haben?«

Anne zuckte mit den Schultern. Hedi schaute zur Terrassentür heraus.

»Alles klar bei euch? Braucht ihr noch was? Eine Kanne Wasser?« Anne drehte sich zu ihr und lächelte sie dankbar an. Sie genoss es, so »bemuttert« zu werden, ohne dass es sich wie Überwachung anfühlte.

»Oh, was hast du denn da?«, fragte die alte Frau und kam näher. Anne streckte ihr den Anstecker entgegen.

»Hat Cornelius gefunden.«

Hedi lachte. »Das ist ja schon eine Antiquität. Wisst ihr, worauf sich der Spruch bezieht?«

Die beiden schüttelten die Köpfe.

»1980 hat sich der damalige bayerische Ministerpräsident Franz Josef Strauß zum Kanzlerkandidaten aufstellen lassen«, erklärte sie.

»War das der mit der ›Spiegel-Affäre‹ in den Sechzigern?«, fragte Anne.

Hedi nickte. »Da der ein, nun sagen wir mal, autoritärer und extrem konservativer Politiker war, haben vor allem junge Leute diese ›Stoppt-Strauß‹-Kampagne mitgemacht. Das war so die Zeit, als die Umweltschutzbewegung losging, die Grünen haben sich zu der Zeit gegründet, Anti-Atomkraft-Demos und so Sachen waren an der Tagesordnung.«

»Cool«, sagte Anne. »Warst du auch mal bei so was?«

Hedi schmunzelte verschmitzt und sah aus wie ein kleiner Hobbit.

»Einmal bin ich nach Wackersdorf gefahren, um gegen die Wiederaufbereitungsanlage zu protestieren. Ganz heimlich ... Mein Mann und unsere Nachbarn wären entsetzt gewesen. Ich glaube, deine Großmutter hätte nie wieder mit mir gesprochen, wenn sie davon erfahren hätte. Hat den Anstecker jemand in deiner Familie getragen, Cornelius?« Er verzog den Mund zu einem schiefen Grinsen und hob abwehrend die Hände.

»Never. Mein Vater ist heute noch ein großer FJS-Verehrer.«

»Wo hast du den denn gefunden?«, fragte Hedi interessiert. Eine kurze Stille entstand. Anne sah Cornelius mit unruhigem Blick an. Hatte er nicht noch den Schlüssel ihrer Großmutter? Für einen Moment war es, als tauschten sie telepathisch Gedanken aus.

»Soll ich es sagen?«, fragte Cornelius, ohne Anne anzuschauen. Trotzdem sah er ihr Nicken.

»Ich hatte gestern Abend tierisch Zoff mit meinem Vater. Er hat mich rausgeschmissen. Es hat geregnet, war schon spät, ich hundemüde. Und mir fiel ein, dass ich noch den Schlüssel in der Tasche hatte. Zum Haus. Von Annes Oma. Und da hab ich dann übernachtet. Und den Button gefunden.« Anne starrte auf das grellrote Teil.

»In seinem Zimmer?«, fragte Hedi leise. Das Leuchten in ihren Augen hatte sich eingetrübt. Mit einem Mal sah sie sehr alt aus.

»Du kennst ihn?«, fragte Anne, ihre Stimme klang bestürzt.

Hedi nickte langsam. »Ich kannte ihn.«

In den Büschen sang eine Amsel. Eine Biene summte vorbei, Blätter rauschten. Es war so friedlich. In der äußeren Welt.

»Erzähl uns von ihm, bitte!«, sagte Anne.

Hedi lehnte sich zurück, schlug ein Bein übers andere und besah die Spitze ihrer beigen Gesundheitssandale. »Andreas war der Bruder deines Vaters«, begann sie mit leicht zitternder Stimme. »Er war gut zwei Jahre älter als Johann. Ein zarter Junge, als er klein war ziemlich kränklich, ein echtes Mamakind. Ständig hing er deiner Großmutter am Rockzipfel. Aber ich glaube, sie liebte das. Dein Vater war viel unabhängiger. Er hat nie so einen Draht zu ihr bekommen wie Andreas. Noch mehr als Johann hatte Andreas eine wunderbare Stimme. Er sang lange im Knabenchor.«

»Ach, hat Oma deswegen diese Cäcilienchor-Chronik geschickt bekommen?«, fragte Anne dazwischen. Hedi nickte, versank dann aber wieder in ihren Erinnerungen.

»Es ging los, als er so 14, 15 war. Ich weiß nicht, die Pubertät hat aus ihm einfach einen anderen Menschen gemacht. Ich habe ja selbst keine Kinder, aber was deine Großmutter erzählt hat und was ich selbst gelegentlich beobachten konnte – es war schrecklich. Er zog sich mehr und mehr in sich zurück, sprach mit niemandem mehr. Lief nur noch in schwarzen Kleidern herum, mit Sicherheitsnadel drin, das war damals so Punker-Mode. Er hatte sogar eine Sicherheitsnadel im Ohr, statt eines Ohrrings. Deine Großeltern waren schockiert. Aber sie kamen einfach nicht an ihn ran. Er war kaum noch zu Hause, trieb sich rum, schwänzte die Schule, blieb sitzen. Sie versuchten es mit Drohungen, Bestrafungen, Versprechungen, ach, allem einfach. Es half nichts. Schließlich merkten sie, dass er trank, dass er Drogen nahm. Er flog von der Schule – weil er gewalttätig war und auch, weil er diesen Anstecker getragen hatte. Er durfte dann zwar zurückkehren, aber er ging einfach nicht mehr hin. Blieb tagelang weg. Deine Großmutter war krank vor Sorgen.«

»Und Johann?«

Hedi sah nachdenklich in das üppige Grün ringsum. »Ich weiß es nicht wirklich. Ich glaube, er war sich in der Zeit ziemlich selbst überlassen. Er hing sehr an Andreas. Nur seinetwegen wollte er auch im Chor singen. Er sang ganz schön, aber an Andreas kam er nicht heran. Und als dann diese schlimme Zeit losging – ich glaube, da hat man ihn ein wenig vergessen. Aus Sorge um den Großen. Eines Tages, 1982, an einem Frühsommertag wie heute, stand dann die Polizei vor der Tür. Sie hatten Andreas gefunden. Er war von der großen Talbrücke neben der Autobahn gesprungen. Ich hätte gedacht, deine Großmutter würde daran zerbrechen. Aber nichts dergleichen geschah. Er wurde in einem anonymen Grab beigesetzt. Ich habe sie nie weinen sehen, nicht einmal bei der Beerdigung. Allerdings habe ich sie auch nie wieder lachen sehen. Noch am Tag seines Todes ging sie in den Keller und schloss sein Zimmer ab. Es wurde nie wieder über ihn gesprochen.«

Die Erkenntnis durchfuhr Anne wie ein Stromschlag: Erst hatte sein Vater seinen Bruder verloren und dann seine Frau – all jene, die er liebte. Tat er deshalb alles in seiner Macht stehende, um Anne zu beschützen?

»Wie bitte?«, Cornelius wirkte schockiert. »Aber das ist doch total absurd!«

»Ja, natürlich. Aber Annemarie war eine sehr religiöse Frau, außerdem waren sie und ihr Mann sehr auf ihr gutes Ansehen in der Stadt bedacht. Da passte kein Selbstmörder ins Bild. Der Junge starb nicht nur, er wurde auch noch totgeschwiegen. Und Johann durfte ihn auch nicht mehr erwähnen.«

Anne spürte, wie die Tränen über ihre Wangen liefen, eine große Verzweiflung drohte ihre Brust zu sprengen. Welches Drama hatte ihr Vater durchlebt! Und nie hatte sie auch nur etwas geahnt. Nicht ein Mal hatte sie sich ernsthaft Gedanken gemacht, warum er so war. Hatte sich vielleicht gewundert, warum er so spärlich Geschichten aus seiner Kindheit erzählte, warum die Großmutter so verschlossen, kalt und unbarmherzig gewesen war – sie hatte gedacht, Menschen sind eben so. Oh Gott, ihre Großmutter – was für eine Tragödie hatte sie durchleben müssen. Hedis Hand fuhr weich über ihren nackten Unterarm.

»Ich weiß nicht, ob es richtig war, dir das zu erzählen«, sagte sie. »Aber ich finde, du hast ein Anrecht darauf. Ich habe deiner Großmutter damals versprochen, dass ich mit niemandem über all das reden werde, aber jetzt ist sie tot und ich glaube, noch länger ein Geheimnis daraus zu machen, ist nicht gut. Vielleicht wäre alles anders geworden, wenn ich damals schon geredet hätte. Aber ich habe nicht gewagt, mich ihr zu widersetzen. Dein Vater hat mir einmal erzählt, dass sie ihm den Mund mit Seife ausgewaschen hat, weil er nach seinem Bruder fragte. Danach hat er das nie wieder getan. Ich war ihre einzige Freundin – ich wollte sie nicht im Stich lassen und habe sie respektiert, wie sie war. Und zu mir war sie immer gut. Wie stand sie mir bei, als mein Friedrich vor sechs Jahren gestorben ist.« Auch in Hedis Augen standen jetzt Tränen.

»Dann hat er also diesen Anstecker getragen?«

Hedi nickte.

Anne nahm ihn vom Tisch und steckte ihn sich an. »Den werde ich jetzt tragen. Es soll sein Erbe sein. Und mir ist es völlig egal, was mein Vater dazu sagt. Es wird allerhöchste Zeit, dass sich die Dinge hier ändern.« Auf ihrem Gesicht erschien ein Ausdruck von Kampfeslust, der die Tränen verdrängte. Es musste endlich Schluss sein mit all den Lügen.

»Vielen Dank! Kannst du nicht bald wiederkommen?«, fragte Anne aufrichtig, als sie sich am nächsten Morgen von Hedi verabschiedete. Lange hielten sich die alte Frau und das Mädchen im Arm. Sie hatten am vorigen Abend noch Stunden über Johann, Andreas und die Großmutter geredet. Anne hatte das Gefühl, dass sich eine schwere Last ganz langsam auflöste und fortgetragen wurde. Sie hatte das Gefühl, endlich freier atmen zu können.

»Natürlich sehen wir uns bald wieder«, versprach Hedi und dann schickte sie Anne zum Bus.

Stolz trug das Mädchen den roten Anstecker an der dünnen grauen Strickjacke über der rosa Bluse. Jeder schien darauf zu starren, aber sie streckte den Rücken noch gerader durch und reckte den Kopf weit nach oben. Sie fühlte sich unantastbar.

Zumindest bis zur Chorprobe. Keiner der Lehrer hatte auf den Button reagiert, ein paar Mitschülerinnen hatten gefragt, was der sollte und Anne hatte es ihnen freundlich erklärt. Doch dann betrat von Derking den Probenraum. Der Chor hatte sich bereits aufgestellt, Anne stand wie immer in der vordersten Reihe. Der Kini prahlte die ersten fünf Minuten wie üblich mit den letzten Erfolgen des Cäcilien-Knabenchores – nur um seine eigenen Schüler ein wenig anzustacheln, ihr Bestes zu geben, wie er versicherte. Wie üblich ließ er den Hosenträger über dem Bund seiner Hose schnalzen, dann hob er den Taktstock und alle stimmten den Kammerton an. Anne liebte Schumanns Vertonung von Goethes *König von Thule,* was nun folgte. Voller Hingabe sang sie die melancholischen Verse:

> *Es war ein König in Thule,*
> *gar treu bis an sein Grab,*
> *dem sterbend seine Buhle*
> *einen goldnen Becher gab*

Wie immer vergaß sie alles um sich herum, fühlte sich größer, freier, schöner gar, wenn die wunderbaren Töne ihre Kehle verließen. Doch plötzlich schlug von Derking hart mit dem Taktstock auf sein Pult. Alle verstummten. Von Derking starrte sie durchdringend an. Die Köpfe der übrigen etwa 30 Sänger drehten sich zu ihr.

»Anne«, sagte er scharf und war mit wenigen Schritten bei ihr. Hatte sie falsch gesungen? »Was hast du da?« Sein Stock schnellte vor und durchbohrte beinah ihre Strickjacke. Anne spürte, wie sie rot anlief, und legte die Hand auf ihren Button.

»Ein ... äh ... Familienerbstück«, stotterte sie, ohne nachzudenken.

»Ich möchte solche politischen Äußerungen nicht in meinem Unterricht sehen. Du weißt doch, dass die Weltanschauungen von Schülern nichts in der Schule verloren habe. Nimm ihn ab.«

Sie waren etwa gleich groß und ihre Blicke bohrten sich ineinander. Anne war es, als fließe aus dem Anstecker eine große Stärke direkt in sie. Der Geist ihres Onkels Andreas erfüllte sie, sein Schicksal, das Drama seines kurzen Lebens und mit kalten Lippen sagte sie: »Nein.« Von Derking riss verblüfft die Augen auf.

»Nimm ihn ab. Franz Josef Strauß war einer der größten Politiker, die dieses Land je gesehen hat, und ich dulde es nicht, dass sein Ansehen post mortem geschändet wird.«

Im Saal war es still wie nachts auf dem Friedhof. Anne hielt dem Blick des Lehrers stand. Sie wollte sich nicht mehr sagen lassen, was sie zu tun und zu lassen hatte.

»Dies ist ein historisches Stück und nimmt nicht Bezug auf aktuelle politische Debatten«, sagte sie schließlich. »Ich sehe keinen Grund, den Anstecker abzulegen.« Von Derking begann, vor ihr in kleinen Trippelschritten auf und ab zu gehen. Mit beiden Händen strich er sich immer wieder durch seine graue Lockenpracht, als versuche er, durch äußere Ordnung zu einer Lösung zu kommen. Schließlich trat er ganz nah an Anne heran. Sein Atem roch nach Rauch.

»Dann bleibt mir keine Wahl. Bitte verlasse diesen Raum. Ich möchte nicht, dass du weiter im Chor mitsingst.«

Anne schluckte. Sie spürte, wie ihre Knie zu zittern anfingen. Das konnte nicht sein Ernst sein. Aber sein wütender Blick, die zusammengezogenen Brauen bedeuteten ihr, den Saal möglichst schnell zu verlassen. Sie raffte ihre Noten zusammen und ging mit langsamen Schritten zur Tür. Es sollte nicht nach Flucht aussehen.

Nachdem sie die Tür hinter sich geschlossen hatte, lehnte sie sich an die Wand daneben. Das Zittern in ihren Beinen hatte sie noch nicht unter Kontrolle. Ihr Atem ging stoßweise, ihr Herz schlug hektisch. Und doch spürte sie, wie sich ein Lächeln in ihr Gesicht stahl. Nein, sie hatte nicht nachgegeben. Vor allen anderen war sie standhaft geblieben, hatte sich nicht einschüchtern lassen. Ja, man hatte sie aus dem Chor geworfen – aber sonst? Eine wilde Freude floss durch ihren Körper, sie rannte los, juchzte einmal laut durch den stillen Gang, in dem die dunklen Töne des Königs von Thule kaum widerhallten. Sie fühlte sich frei.

»Alles in Ordnung?«, frage plötzlich eine Stimme hinter ihr.

»Ja, alles klar«, sagte sie und ihre Freude brach in sich zusammen, als sie sich umdrehte. Sie sah erschrocken in Rosens lächelndes Gesicht. Auch sein Blick blieb an ihrem Button hängen, aber er verkniff sich jeden Kommentar.

»Ist die Chorprobe schon beendet«, fragte er und sie nickte einfach. Er schien sie begleiten zu wollen, denn als sie weiterging, kam er mit.

»Wie steht es mit dem Haus?«, fragte er.

»Mein Vater hat es einem Immobilienbüro übergeben. Dem Büro Wallner und Partner, falls Sie noch Interesse haben.«

»Wie schade«, sagte Rosen. »Da fällt dann gleich noch diese furchtbare Provision an. Ich hätte mich wirklich gerne so mit deinem Vater geeinigt. Zumal der Kollege von Derking plötzlich auch Interesse an dem Haus zu haben scheint. Erwähnte er neulich mal im Lehrerzimmer.« Anne hob bedauernd die Schultern, blieb jedoch stumm.

»Und?«, fragte der Lehrer weiter. »Hast du immer noch nicht genug von meinem Sohn?«

»Warum sollte ich?«, Anne spürte schon wieder Ärger aufwallen. »Er ist ein wirklich guter Freund. Ein toller Typ.«

»Na ja«, sagte Rosen. »Ich kann dir nur raten, die Finger von ihm zu lassen. In Bangkok seinerzeit – und da war er ja erst 16 – hat er so manchem Mädchen das Herz gebrochen. Verbrannte Erde, sage ich nur.«

»Ich kann auf mich selbst aufpassen«, sagte Anne patzig und bog auf die Mädchentoilette ab. Hierher konnte er ihr nun wirklich schlecht folgen.

Die alten Kastanien im Park hinter dem Krankenhaus verstreuten ihre weißen und rosa Blütenblättchen auf den Wegen. Vorsichtig hob Cornelius' Mutter Vera den Kopf und sah in die zartgrünen Äste hinauf.

»Ist das nicht wunderschön?«, fragte sie und Cornelius bewunderte einmal mehr, wie sich die schwerkranke Frau immer wieder dazu aufraffte, ihrem Leben noch irgendetwas Positives abzugewinnen. Aber das war typisch für sie: Sie fühlte sich immer verpflichtet, Haltung zu wahren. Nicht einmal bei Freundinnen hätte sie sich je beklagt, dass ihr Mann sich so wenig um sie kümmerte. Sie betonte immer, wie stolz sie auf ihn sei, dass er es bis zum Konrektor der Schule gebracht, welch schönes Leben er ihr in Thailand ermöglicht hatte und wie sehr sie sein Verantwortungsbewusstsein der Familie gegenüber schätzte. Wenn sie solche Lobreden schwang, hatte sich Cornelius immer zurückgezogen.

Nur mühsam kamen sie durch den Park voran. Vera Rosen hatte auf dem Spaziergang bestanden – sie wusste, dass

Bewegung zwar schmerzhaft, aber notwendig war, um die Krankheitssymptome langsam in den Griff zu bekommen. Gerne hätte Cornelius seine Mutter untergehakt, aber jede Berührung schmerzte sie. Also begnügte er sich damit, sich auf ihr Tempo einzulassen. Er war nicht ganz bei der Sache und folgte ihren Geschichten aus dem Klinikalltag nur halb. Zu sehr beschäftigte ihn das Tagebuch von Andreas. Gestern Abend hatte er mühselig die ersten paar Seiten entziffert. Keine Frage – hier schilderte jemand, wie seine Welt langsam unterging. Auch was Hedi Aumüller über den Jungen erzählt hatte, ging ihm nicht mehr aus dem Kopf.

»Wieso haben wir eigentlich diese Chronik des Knabenchores bekommen? Hat irgendwer aus der Familie da mal mitgesungen?« Sie schaute nicht auf, scharrte vorsichtig mit den Füßen in den bunten Blüten.

»Nein. Aber ich habe eine Zeit lang als Korrepetitorin für den Chor gearbeitet. Weißt du das nicht?«

Cornelius schüttelte den Kopf. Er hatte sich bisher kaum für die Geschichten seiner Eltern interessiert. Natürlich wusste er, dass sein Vater aus eher ärmlichen Verhältnissen kam, die von Strenge und Disziplinierungsmaßnahmen geprägt gewesen waren, während seine Mutter einer sehr angesehenen Familie der Stadt entstammte. Ihr Onkel war Besitzer einer großen Brauerei im Ort gewesen, die schöne, aber für die Mutter unpraktische Villa, die sie jetzt bewohnten, hatte ihm gehört. Da der Onkel keine Kinder gehabt hatte, hatte Cornelius' Mutter das Haus geerbt.

Cornelius hatte immer schnell weggehört, wenn sein Vater mit Geschichten daherkam, die mit den Worten anfingen: Wir hatten kein... (Spielzeug)... wenig... (zu essen)...

nichts... (zum Anziehen)... nie... (Ferien), und so weiter. Cornelius' Großvater mütterlicherseits war Stadtrat gewesen, jeder kannte ihn. Doch die Mutter hatte es immer vermieden, auf die lange Tradition der Familie hinzuweisen. Sie wollte keineswegs überheblich oder arrogant wirken und trat bescheiden auf. Vielleicht wollte sie auch einfach vermeiden, dass jemand sie fragte, warum sie ihre Pianistenkarriere aufgegeben hatte. Ihre Antwort war stets: »Ich wollte lieber für meinen Sohn da sein«, und ihr Gesichtsausdruck verbot jede weitere Nachfrage.

Als sie den Rückweg antraten, klingelte Cornelius' Handy. Er verstand kaum etwas von dem, was Anne sagte, die Verbindung war zu schlecht. Aber sie klang sehr unglücklich, so viel war klar. Er versprach, so schnell wie möglich in den Garten zu kommen.

Da war es wieder – dieses merkwürdige Gefühl, das er so schlecht einordnen konnte. Sie brauchte seine Hilfe. Bisher hatten andere hauptsächlich seinetwegen Hilfe gebraucht. Er verursachte Chaos, er beseitigte es nicht. Aber vielleicht war das ja mal eine neue Erfahrung.

Er bemühte sich, nicht allzu ungeduldig zu klingen, als er sich von seiner Mutter verabschiedete. Ihren Blick spürte er dennoch lange im Rücken.

Sie musste das Zittern irgendwie unter Kontrolle bringen. Als sie die Schule verlassen hatte, war sie ganz ruhig gewesen. Zuversichtlich irgendwie. Dieses Gefühl, sich nicht immer gleich wegzuducken, hatte sich so vielversprechend angefühlt. Im Bus dann aber war ihr mulmig geworden. Sie hatte die SMS abgeschickt, und erst als sie das Handy im Rucksack verstaute, war ihr eingefallen, dass es eigentlich viel zu früh dafür war. Er wusste ja, dass sie in der Chorprobe sitzen sollte. Mist. Wenn sie behauptete, der Kini sei krank gewesen, dann war sie wiederum viel zu spät dran. Und wenn... furchtbar, sie hatte das Gefühl, sich immer mehr in einem klebrigen Netz aus Lügen und Unwahrheiten zu verheddern. Wie war sie da nur reingeraten? Die Sache mit Brunner war auch noch immer nicht ausgestanden. Er hatte auf dem AB um Rückruf gebeten. Wenn Johann sich nicht meldete, würde der Lehrer sicher noch mal anrufen. Und dann... Mit fahrigen Fingern suchte sie ihr Handy im Rucksack. Sie musste mit Cornelius sprechen. Dringend.

»Autsch«, rief sie viel zu laut und einige Augenpaare betrachteten sie neugierig. Aus irgendeinem Grund war ihr Zirkelkasten offen und die Spitze des Werkzeugs hatte sich in ihren Zeigefinger gebohrt. Genervt holte sie den Kasten hervor und da fiel ihr erst auf, dass auch sämtliche Stifte auf dem Grund des Rucksacks herumfuhren. Das Schlampermäppchen war fast leer. Sie zog die Bücher und Hefte heraus – eines davon war an der Unterseite umgeknickt, zwischen den Büchern steckten Stifte. Es wirkte, als habe jemand die Tasche in großer Eile durchwühlt und wieder eingepackt. Ein Stöhnen unterdrückend lehnte Anne die Stirn gegen die kalte Busfensterscheibe. Der Domturm erhob sich drohend gegen den grauen Himmel. Waren das noch die Eisheiligen oder schon die Schafskälte?

Sie rief Cornelius an, hörte ihn fast nicht, der Empfang war zu schlecht, aber er versprach, gleich in den Garten zu kommen. Den Hauch einer Erleichterung spürend, legte sie auf. Starrte auf ihren Rucksack. Hatte tatsächlich jemand ihre Tasche durchsucht? Sie kniff die Augen zusammen. Nicht schon wieder. Ein Eindringling bei ihrer Großmutter, in ihrem Zimmer – jetzt sogar jemand, der sie in der Schule beobachtete. Ihr fiel ein, dass sie einmal die Toilettentür gehört hatte, während sie in der Kabine gewesen war. Nein, zwei Mal. Aber keine Geräusche von einem der Klos rechts oder links neben ihr. Keine Spülung. Was wollte dieser Jemand von ihr? Sie hatte doch gar nichts, was irgendwie von Wert sein könnte. Außer... hektisch durchwühlte sie die Tasche. Im letzten Moment bemerkte sie, dass sich der Bus ihrer Haltestelle näherte. Sie raffte alles irgendwie zusammen und stürzte aus dem Wagen. Was, wenn ihr Ami irgendwelchen Stoff untergeschoben hätte? Um sie noch einmal zu verpfeifen, um sie fertigzumachen, um sie... von Cornelius zu trennen. Kurzerhand schüttete sie den Inhalt ihres Rucksacks auf den Gehweg. Stifte kullerten die abschüssige Straße hinunter, Hefte wurden feucht, ein Buch schmutzig. Anne war es egal. Sie kauerte auf dem Boden, spürte etwas Nasses über ihre Wangen kriechen und betastete alle Gegenstände, als ob sie nicht wüsste, was da überhaupt vor ihr lag oder wonach sie suchte. Sie fand nichts, das ihr nicht gehört hätte, und nichts fehlte, nicht mal in ihrem Geldbeutel. Mühsam atmete sie tief durch. Sie wollte den Rucksack wieder packen, aber ihre Hände zitterten so sehr, dass sie es einfach nicht schaffte.

»Alles in Ordnung, junge Frau?«, hörte sie eine Stimme neben sich. Erschreckt sah sie auf in die trüben Augen eines älteren Mannes. Sie nickte, flüsterte »schon gut, schon gut« und kam sich vollkommen irre vor. Glücklicherweise ging der Mann weiter, nur sein Hund schnupperte kurz an ihrer Hand.

Sie hatte kein Gefühl dafür, wie lange sie schon auf dem Bürgersteig kauerte, aber irgendwann hielt ein Motorrad neben ihr. Cornelius sprang ab und begann, ihre Sachen in den Rucksack zu stopfen.

»Was ist passiert?«, wollte er wissen. Sie öffnete ein paarmal den Mund, aber es kam kein Laut. Cornelius ließ sich neben sie auf die Erde sinken und legte seinen Arm um sie. »Sch«, machte er leise. »Es wird alles gut.«

Eine halbe Stunde später saßen sie einander gegenüber im Nieselregen unterm Sonnenschirm im Garten. Anne erzählte, was in der Chorprobe geschehen war, konnte aber nicht erklären, warum sie vorhin so aufgelöst gewesen war. Jetzt war ihr das richtig peinlich. Heulend vor dem umgekippten Rucksack sitzen, in dem nichts außer ihren Schulsachen gewesen war.

»Ich verstehe einfach nicht, was da jemand von mir will! Wenn ich was habe, was jemand möchte, dann kann er mir das doch sagen.«

Cornelius legte den Kopf schief. »Na ja, außer es ist etwas, von dem derjenige nicht will, dass irgendwer was davon erfährt.«

»Das ist doch lächerlich, was soll das denn sein?« Anne war regelrecht aufgebracht. »Dafür müsste dieser Jemand ja was Ungesetzliches oder so gemacht haben. Was hab ich denn mit so was zu tun? Und ich wüsste doch, wenn ich was Außergewöhnliches in meiner Schultasche hätte.«

»Und du wärst eine Mitwisserin.« Er hob kurz die Augenbrauen.

»Danke, Agent Cooper, mach mir Mut«, sagte Anne bockig.

»Und was willst du jetzt deinem Vater sagen wegen dem Chor?«

Anne starrte missmutig in die Bäume, vor denen der Regen wie ein Perlenvorhang hing. Sie zuckte mit den Schultern. »Vorhin hab ich noch gedacht, ich sag ihm einfach, wie es ist. Aber dann müsste ich ja auch von dem Anstecker erzählen, wo der herkommt, mit ihm über *das Zimmer* reden, über Andreas... ich weiß nicht, ob ich das packe.«

»Du musst.«

Anne kniff die Lippen zusammen, betrachtete ihre Finger.

»Mensch, Anne, du kannst doch nicht immer hier in diesem Gefängnis leben. Du musst ganz einfach mit deinem Vater reden. Er muss kapieren, dass er dich nicht einsperren darf. Es gibt kein Rezept, Unglück im Leben zu vermeiden. Das gehört dazu zum Leben. Man nennt es Schicksal. Es sterben jedes Jahr mehr Menschen bei Unfällen im Haushalt als bei Verkehrsunfällen. Hey, hundertprozentige Sicherheit gibt es nie, nirgends! Leben birgt nun mal das Risiko, lebensgefährlich zu sein.«

»Sag ihm das.«

»*Du* bist seine Tochter.«

»Hilf mir wenigstens, dass ich wieder im Chor mitsingen darf.« Wieso kam sie sich wie ein kleines Mädchen vor?

»Geh hin zum Kini, entschuldige dich und er lässt dich garantiert wieder mitsingen. Er weiß, dass du die Beste bist.«

»Oh Gott, ich bin schrecklich!« Wieder traten Tränen in ihre Augen. Am liebsten hätte sie sich selbst bei den Schultern gepackt und geschüttelt. Ein elender Jammerlappen war sie, der nichts auf die Reihe brachte, voller Selbstmitleid, hilflos, widerlich, lebensunfähig – genau das war sie. Wieso sprang Cornelius eigentlich nicht auf, verschwand und ließ sich nie wieder blicken? Sie zuckte zusammen, als etwas ihre Fingerkuppe berührte. Vorsichtig sah sie auf. Er hatte seinen Arm über den Tisch gestreckt, ganz sanft berührten seine Finger ihre. Der Blick seiner dunkelbraunen Augen war sanft und warm. Ein Wohlgefühl durchströmte ihren Körper. Jetzt aufstehen, zu ihm gehen, die Arme um ihn schlingen. Er würde sie nicht wegstoßen, das wusste sie. Warum tat sie es also nicht? Das Wohlgefühl verschwand. Sie fröstelte.

»Anne«, flüsterte er. »Du schaffst das.« Und dann stand er auf und ging einfach davon. Regungslos saß sie da, bis sie die Stimme ihres Gebieters hörte, durchdrungen von ruhiger Strenge, eiskalt und scharf.

»Was machst du da draußen im Regen? Du holst dir eine Erkältung! Komm rein, bitte, sofort.«

Unwillig stand sie auf.

»Entschuldige, dass ich so spät komme, ich hoffe, du hast dich nicht gefürchtet«, sagte Johann, als er Anne in seine Arme schloss. Sie schüttelte den Kopf. Dass sie heute zu früh daheim gewesen war, hatte er offensichtlich nicht gemerkt.

»Ich musste mich noch schnell mit Frau Jung treffen. Wegen des Hauses. Stell dir vor, dein Musiklehrer hat auch Interesse angemeldet. Er kommt die nächsten Tage mal zum Besichtigen vorbei. Wenn du möchtest, kannst du gerne dabei sein. War alles okay mit Hedi?« Anne nickte, spürte, wie sie stocksteif wurde. Wie die Gedanken in ihrem Kopf schon wieder Achterbahn fuhren. Oh Gott, hoffentlich hatte er nichts wegen des Chores zu Johann gesagt. Sie betete, dass er *vor* der heutigen Chorprobe angerufen hatte.

»Ich bin noch nicht mit den Hausaufgaben fertig«, sagte sie, so ruhig wie möglich. Er nickte und ließ sie gehen.

Okay, überlegte sie, als sie an ihrem Schreibtisch saß. Ich werde mich beim Kini entschuldigen und ihn bitten, dass ich wieder in den Chor kommen darf. Dafür muss ich aber nicht mit Johann reden. Noch nicht. Ich tu's! Ich versprech's beim Geist meiner Großmutter! Nach dem Konzert!

Er ließ das Monster laut aufheulen, als ob er damit den Mahlstrom seiner Gedanken übertönen könnte. Warum hatte er ihr nichts von dem Tagebuch gesagt? Er hätte es ihr sagen müssen! Doch wie würde sie darauf reagieren? Und wer interessierte sich so dafür? Jemand, der angestrengt danach suchte und immer näher kam? Im Haus von Annes Großmutter suchte. In ihrem Zimmer, ihrem Rucksack. Cornelius fröstelte trotz der warmen Motorradlederjacke. Welchen Sprengstoff barg der dünne Lederband? Wenn diese kleine, krakelige Schrift doch nur nicht so schwierig zu entziffern wäre... Ob Andreas damals wirklich einen Mord begangen hatte, so wie er es sich in diesem Tagebuch wieder und immer wieder ausgemalt hatte? Und sich anschließend selbst umgebracht? Aber warum hätte er jemanden umbringen sollen? Er hatte noch nicht verstanden, wen Andreas so innig hasste, dass er ihm den Tod wünschte. Und warum. Hedi Aumüller hatte auch nichts erwähnt, was etwas erklären würde. Vielleicht war es wirklich besser, wenn Anne von alldem erst einmal nichts wusste. Sie war so verletzlich. Von ihrer inneren Kraft, die er noch vor ein paar Tagen zu spüren gemeint hatte, war im Moment nicht viel übrig. Schon der Bericht von Hedi schien ihr schwer zu schaffen zu machen. Und jetzt ihr durchsuchter Rucksack. Irritiert bemerkte er die Ruhe in der stillen Straße vor seinem Haus, nachdem er das Monster ausgeschaltet hatte. Selbst das Klappern des Visiers am Helm, den er nun abnahm, kam ihm mit einem Mal viel zu laut vor. Er sollte erst mehr über Andreas' Schicksal herausfinden und dann mit ihr reden. Das war sicher der bessere Weg. Und bis dahin würde er einfach gut auf sie aufpassen. Wer immer der Jäger des Tagebuchs war – Cornelius würde ihm die Stirn bieten. Agent Cooper hätte sicher genauso gehandelt.

Er ging durch das grüne Tor und erstarrte, kaum hatte er den Kiesweg zum Haus betreten. Diese kantige, magere Gestalt, die da auf den Treppenstufen hockte und mit großer Geste die Asche ihrer Zigarette auf den Rasen schnippte, kannte er nur zu gut.

»Hey, Süßer«, begrüßte sie ihn in ihrer üblichen gedehnten Sprechweise. »Warte schon seit einer halben Stunde auf dich.« Sie warf die Kippe ins Gras, stand auf und kam mit wiegendem Schritt auf ihn zu. Wie selbstverständlich legte sie ihren langen, schmalen Arm um seine Schulter und versuchte, ihn auf die Wange zu küssen. Er schob sie von sich.

»Wüsste nicht, dass wir verabredet gewesen wären. Was willst du?«

»Hab astreinen Stoff. Das Feinste vom Feinen. Würde ich mit dir teilen.«

»Gegen eine anständige finanzielle Beteiligung, nehme ich an.« Sie schmiegte sich an ihn, legte spielerisch beide Hände auf seine Hüften.

»So eine bin ich nicht. Warum willst du meine wahren Werte einfach nicht erkennen? Ich wollte mir nur einen netten Abend mit dir machen.«

»Danke, nein. Ich mach das nicht mehr.«

»Oh«, ätzte sie. »Wirst du jetzt auch so ein langweiliger Spießer wie deine neue Freundin? Komm schon, die lässt dich garantiert eh nicht ran. Die ist doch total prüde. Wie die schon rumläuft in ihren Blümchen-Blüschen. Das ist total unter deiner Würde.« Sie klimperte regelrecht mit den Wimpern. Völlig affig.

»Ami, bitte, lass mich einfach in Ruhe.«

Sie nahm endlich die Hände weg, ließ die Arme hängen und sah auf den Boden wie ein trotziges Kleinkind.

»Dann sag ich deinem Vater, dass du wieder kiffst!«, blaffte sie. Er spürte, wie sich in seinem Innern eine Art Faust ballte, die nichts lieber tun würde, als auszuholen und zuzuschlagen. Warum verstand diese Tussi es einfach nicht?

»Ey, ich steh einfach nicht auf dich! Du bist mir zu abgefuckt! Willst du es noch genauer wissen? Ich hab kein Helfersyndrom und will dich nicht aus deiner Scheiße retten, verstanden? Und jetzt verschwinde einfach!«

Er drehte sich um, rannte die Stufen zum Haus hinauf.

»Wichser«, hörte er sie schreien, aber da hatte er schon die Tür aufgeschlossen, war hindurchgestürzt und ihr »das wirst du noch bereuen« war nur noch ganz leise in dem hohen, kühlen Flur zu hören.

Mittwoch, 09.06.

Ich habe geträumt von einer Beerdigung, und als ich in den offenen Sarg blicke, liege ich selbst darin. Nein, nicht ich allein. Es ist ein Wesen mit zwei Köpfen, ein Kopf gehört mir, der andere ihm. Selbst im Tod sind wir vereint, selbst im Tod gönnt er mir meine Ruhe nicht. Ich versuche, Tränen aus meinen Augen zu pressen, aber es gelingt mir nicht. Es kommt nur Blut.

Und als ich vom Bett in die Küche der leeren Wohnung wanke, alle Insassen haben schon Freigang, da liegt er auf dem Tisch. Da liegt der Brief, und noch ehe ich ihn berühre, weiß ich, was darin stehen wird. Sie haben mich herausgeschnitten aus diesem Körper, der auf der Stirn das Wort »Schule« prangen hat. Sie wollen mich nicht mehr einlassen in ihre geheiligten Hallen, in denen nur saubere, reine und gütige Subjekte wandeln. So wie er. Ich muss nachlesen, was für ein schlechter Mensch ich bin, dabei weiß ich es doch sowieso. Alkohol- und Drogenkonsum, Fernbleiben vom Unterricht, sogar Gewalt gegen Mitschüler gehen auf mein Konto. Was bin ich reich! So viele Untaten, alle von mir ganz allein begangen. Das soll mir erst mal einer nachmachen, jawohl! Im Stehen zerbrösele ich den Brief in kleine und kleinste Schnipsel, der Fliesenboden ist von Papierschnee bedeckt. Immer höher und höher steigt der Schnee und meine Füße erfrieren, meine Beine. Nur mein Herz erfriert nicht, das ist schon tot.

Erst jetzt sehe ich den Zettel, der neben dem Brief auf dem Tisch liegt. In roter Tinte, direkt abgezapft aus ihrem Herzen, hat die Mutter geschrieben: »Und jetzt?« Und jetzt? Jetzt werde ich gehen und ihn umbringen.

10. Kapitel

Beim Frühstück musste sie sich zusammenreißen. Schon wieder zitterten ihre Hände. Würde das zum Dauerzustand werden? Sie hatte leichte Kopfschmerzen und Johann sah sie mit forschendem Blick an.

»Alles in Ordnung? Du bist so blass«, sagte er. Sie umklammerte ihr Orangensaftglas fester und zwang sich zu einem Lächeln.

»Hab nur nicht so gut geschlafen. Alles okay.«

»Vielleicht müssen wir deine Vitamintabletten mal wieder neu zusammenstellen. Ich komme dich heute von der Schule abholen, ja? Dann kannst du mitkommen und von Derking das Haus von Oma zeigen. Frau Jung wird auch dabei sein. Sie führt heute Vormittag noch einen anderen Interessenten herum.«

Beinahe hätte sie den Orangensaft verschüttet. Mist – das hieße, sie musste heute Vormittag dringend mit dem Kini reden. Ihr Herzschlag verdoppelte sich. In der Tasche ihrer Strickjacke spürte sie den »Stoppt-Strauss«-Button. Nach dem Streit mit dem Musiklehrer hatte sie ihn zu Hause doch abgelegt. Mit Johann wollte sie nicht auch noch Stress.

»Okay, ich muss los«, sagte sie, obwohl es viel zu früh war. »Ich muss vor dem Unterricht noch kurz in der Schulbibliothek vorbei.« Johann hielt ihr, ohne von der Zeitung aufzusehen, seine Wange hin und sie küsste ihn flüchtig.

Es war kurz nach halb acht, als sie an der Schule ankam.

Sie postierte sich am Eingang und hoffte, den Kini hier nicht zu übersehen. Gleich jetzt wollte sie mit ihm reden, dann hätte sie es wenigstens hinter sich. Die ersten Schüler schlurften müde und mit gebeugten Rücken an ihr vorbei, niemand beachtete sie. Das rote Monster von Cornelius war natürlich auch noch nicht zu sehen. Er kam immer erst in der letzten Sekunde, bevor es läutete. Brunner ging grüßend an ihr vorbei, bei ihm hatte sie nachher die erste Stunde. Mit ihm müsste sie eigentlich auch noch reden. Aber nicht heute. Da hatte der Kini Vorrang. Ein paar Mädels aus ihrer Klasse betrachteten sie irritiert, sagten jedoch nichts. Vom Kini keine Spur. Jemand rempelte sie heftig an, als sie dem Eingang den Rücken zukehrte, um ihren Blick über den Lehrerparkplatz schweifen zu lassen.

»Pass doch auf«, maulte der Rempler auch noch. Anne drehte sich um und sah in die hasserfüllten Augen von Ami. Schnell drehte sie sich wieder fort.

»Schlampe«, hörte sie die Mitschülerin zischen, beachtete sie jedoch nicht weiter. Diese Ami war regelrecht gruselig, fand sie. Mit der wollte sie sich lieber nicht anlegen. Rosen grüßte freundlich, und endlich, um fünf Minuten vor acht, sah sie den orangenen Smart des Kini. Sie richtete sich gerade auf, zupfte am Kragen ihrer Bluse und kaute auf der Unterlippe. Von den vielen Sätzen, die sie sich zurechtgelegt hatte, war keiner in ihrem Gedächtnis geblieben. Leichter Nieselregen setzte nun auch noch ein.

»Guten Morgen, Herr von Derking«, sagte sie artig und er schaute verwundert zu ihr hinüber. Über seinen Kopf hielt er eine Zeitung, damit weder er noch sein hochheiliger Trachtenjanker nass wurden. Er schien seine raschen Schritte nicht abbremsen zu wollen. Anne wusste, sie musste schnell sein.

»Kann ich Sie kurz sprechen?«

»Jetzt?«, knurrte der Lehrer. Anne nickte und ihre Lippen formten ein lautloses »Bitte«. Der Kini lief ein wenig langsamer und Anne ging neben ihm her.

»Ich ... äh, ich wollte ...«, stammelte sie.

»Ja?«, fragte er unwillig.

»Mich entschuldigen. Wegen neulich. Im Chor. Wegen des Ansteckers.«

»So? Willst du also?« Einfach mochte er es ihr offensichtlich nicht machen.

Was sollte sie denn noch sagen? Ihr Blick wanderte über die streng dreinblickenden Männerporträts, die von der Rektoren-Ahnen-Galerie im Gang zu ihr hinuntersahen. Sie wollte sich nicht einschüchtern lassen. Nicht mehr!

»Der Anstecker hat sehr viel mit meiner Familiengeschichte zu tun. Ich habe nicht daran gedacht, dass irgendjemand sich dadurch in seiner Weltanschauung verletzt fühlen könnte. Es ... tut mir leid.« Endlich blieb der Kini stehen. Sein Blick wurde eine Spur milder. Er kratze sich an der spitzen Nase. Der Gong rief zur ersten Stunde.

»Aha«, sagte er. Sie hatte ihn offensichtlich aus dem Konzept gebracht. »So, so. Na gut, da kann ich ja wohl nichts dagegen sagen. Entschuldigung akzeptiert. So, und jetzt muss ich dringend in den Unterricht.« Er eilte weiter und Anne sah ihm fassungslos hinterher.

»Und der Chor?«, rief sie ihm nach. Er konnte sie doch nicht einfach so stehen lassen.

»Morgen um 15.00 Uhr ist die Generalprobe. Bitte pünktlich sein«, antwortete er kaum vernehmbar. Anne ballte die Hand zur Faust und zog an einem imaginären Seil. Yes!

Mit klopfendem Herzen und leuchtenden Augen eilte sie

zum Biologiesaal. Brunners finstere Miene angesichts ihres Zuspätkommens ignorierte sie. Lächelnd ließ sie sich auf ihren Platz fallen, drehte sich kurz um und streckte Cornelius, der schräg hinter ihr saß, den erhobenen Daumen entgegen. Ein kleines Lächeln erschien auf seinem müden Gesicht.

Warum Anne zum Haus ihrer Großmutter hatte mitkommen müssen, war ihr nicht so ganz klar. Johann hatte sie gemeinsam mit Marita Jung von der Schule abgeholt und dann hatten die Erwachsenen angeregt über den Interessenten vom Morgen gesprochen und Anne gar nicht beachtet. Lief da was zwischen den beiden? Ihr Vater war verdächtig gut gelaunt.

Von Derking kam ein wenig zu spät und machte einen abgehetzten Eindruck. Irgendwie kam es Anne so vor, als sei sein Interesse für das Haus nur vorgeschoben. Wenn er nun doch mit ihrem Vater über sie reden wollte? Er warf nur kurze Blicke in die Zimmer, murmelte »schön, schön« und ging schon ins nächste. Im Schlafzimmer allerdings entdeckte er sofort die Cäcilien-Knabenchor-Chronik auf dem Nachttisch und nahm sie begeistert in die Hand.

»Ach, auch jemand aus Ihrer Familie hat mitgesungen?«, erkundigte er sich und strich liebevoll über das Buchcover. Johann hüstelte und erwiderte: »Ich selbst war für sehr kurze Zeit in dem Chor, aber ich war wohl nicht talentiert genug.« Er nahm dem Lehrer das Buch ab und legte es zurück. Von Derking drehte sich eilig um und lief die Treppe nach unten. Dort sah er sich nach der Küche um und fragte, ob er ein Glas Wasser haben könne. Anne bat ihn mitzukommen. Als sie sich nach der Schranktür über der Spüle streckte, fiel ihr das Likörglas auf, das noch immer ungespült dort stand. Sie vergaß einen Moment, was sie gerade tun wollte, und verharrte reglos vor der geöffneten Schranktür. Sie sollte über etwas nachdenken, das spürte sie genau. Aber im Moment hatte sie keine Ahnung, worüber. Von Derking griff mit einem »darf ich« über ihren Kopf hinweg nach einem Glas. Anne zuckte zusammen, machte dann aber Platz für den Lehrer, damit sich dieser selbst Wasser in das Glas füllen konnte. Der Kini öffnete den Hahn und ließ das Wasser ein wenig laufen.

»Ist ja sicher schon etwas abgestanden«, erklärte er. Dann füllte er sein Glas. Als er den Arm zurückzog, stieß er mit dem Ellenbogen an das seitlich von ihm stehende Likörglas. Es gab ein lautes Klirren und das Glas zerbarst auf dem harten Fliesenboden in unzählige Splitter.

»Ach, herrje«, murmelte von Derking. »Das tut mir aber leid. Das habe ich gar nicht gesehen, das Glas! Vorsicht, verletze dich nicht, Anne.« Johann und Marita Jung streckten den Kopf zur Küchentür herein, wo Anne bereits auf dem Boden hockte und die Scherben mit Kehrblech und Besen auffegte.

»Nicht so tragisch«, sagte Johann. »Dieser alte Plunder muss ja sowieso raus. Ich bin übrigens schon sehr gespannt auf das Konzert. Anne wird doch sicher wieder...«

»Das ist noch nicht ganz raus«, unterbrach Anne ihren Vater und schüttete mit hochrotem Kopf die Glasreste in eine Mülltüte.

»Ja, natürlich, Anne singt den Reger sehr schön«, sagte von Derking völlig selbstverständlich und zwinkerte dem Mädchen freundlich zu. »Das wird bestimmt ein wunderbares Konzert, meinst du nicht auch, Anne? Jetzt wo wir uns...«

»Oh, ich habe oben noch was vergessen«, sagte Anne schnell und rannte aus der Küche.

»Ja, gut, ich werde mir das mit dem Haus überlegen. Soweit ich weiß, hat der Kollege Rosen auch Interesse daran«, hörte sie den Kini aus dem Flur, während sie die Treppe hinaufging. Sie wollte endlich die Chronik mit nach Hause nehmen und sie in Ruhe anschauen. Vielleicht würde sie ja ein Bild von Andreas darin entdecken. Und noch etwas wüsste sie zu gern: Wie lange war von Derking eigentlich schon im Cäcilien-Chor aktiv? Könnte er ihren Onkel Andreas gekannt haben? Und war ihm der Stoppt-Strauß-Anstecker damals schon ein Dorn im Auge gewesen?

Der Freitag und damit das Konzert kamen schneller, als Anne gedacht hatte. Bei der Generalprobe hatte Maike, die ihren Solopart hätte übernehmen sollen, natürlich gemutert, weil sie ihren Auftritt genauso schnell verloren wie zuvor gewonnen hatte. Aber Anne ließ das Gemecker der Mitschülerin einfach nicht an sich heran.

In ihrem kurzen schwarzen Rock und der weißen Bluse, die Haare weich aufgesteckt und ein klein wenig Schminke im Gesicht kam sich Anne ziemlich verkleidet vor. Vor lauter Lampenfieber hatte sie den ganzen Tag nichts essen können und momentan das Gefühl, sie würde gleich umkippen. Cornelius hatte versprochen zu kommen, aber als sie nun mit den anderen Sängern im Gänsemarsch die Bühne der Aula betrat, konnte sie ihn in dem Menschengewimmel nicht entdecken. In der zweiten Reihe sah sie Johann und neben ihm hatte Hedi Platz genommen. Anne zwinkerte ihr zu. Schräg hinter den beiden entdeckte sie sogar Marita Jung, die sich erstaunlicherweise mit Brunner unterhielt, der neben ihr saß. Gerade als der Kini den Taktstock hob und der Pianist das »A« anschlug, öffnete sich noch einmal die Tür und Cornelius – in quietschroten, knallengen Hosen zu seinem blauen Jackett – wischte herein. Er lehnte sich an eine der Säulen, die die Aula begrenzten, und lächelte zu Anne hinüber. Unter dem Arm klemmte sein Motorradhelm.

Kaum hatte sie die ersten Töne gesungen, war das Lampenfieber fort. Sie hielt sich fest an den Tönen, kletterte mit ihnen in die Höhe, schwebte über allen, dem Publikum, der Schule, der Welt. Es war wunderbar. Rein und klar sang sie Note für Note, kein Zittern, kein Zaudern in der Stimme. Für eine Sekunde ergab sie sich am Ende dem Gefühl, der viele Applaus würde nur ihr gelten. Sie verbeugte sich tiefer als die anderen, strahlte und fühlte sich so leicht wie seit Wochen oder Monaten nicht.

Als das Saallicht anging und die Scheinwerfer erloschen, stand schon Johann neben ihr, nahm sie in den Arm und drückte sie fest an sich.

»Ich bin so stolz auf dich«, sagte er und auch er wirkte unbekümmert.

»Ganz große Klasse«, bestätigte nun Hedi und küsste Anne sanft auf die Wange. »Vor allem dein Solo – ich hatte solche Gänsehaut!« Die alte Dame drückte Anne ein kleines Sträußchen aus Wildblumen – »selbst gesammelt« – in die Hand. Anne spürte, dass ihr Hals ein wenig kratzte nach der Anstrengung. Endlich sah sie Cornelius, der noch immer an der Säule stand, ihr aber lässig mit zwei Fingern zuwinkte.

»Papa, hältst du bitte mal«, sagte Anne und drückte ihrem Vater die Blumen in die Hand. »Entschuldigt mich kurz.« Rasch ging sie auf Cornelius zu.

»Wo gehst du hin?«, rief ihr Johann nach und das ganz leise Unbehagen in seiner Stimme ließ ihre Nackenhaare vibrieren.

»Lass sie!«, hörte sie dann jedoch Hedi und ging schnell weiter.

»Die Lieder sind grausam anstrengend, aber du warst brillant«, sagte Cornelius, als sie endlich vor ihm stand. »Alle Welt vergehet mit ihrer Herrlichkeit«, zitierte er Max Reger. »Na, ich hoffe doch nicht!«

Anne spürte, wie ihr Herz schneller und schneller schlug, dabei sollte es sich doch beruhigen nach der überstandenen Aufregung. Doch irgendetwas war anders. Noch nie war der Blick in seine Augen so zwingend gewesen. Noch nie hatte sie so stark das Bedürfnis gespürt, ihn einfach zu umarmen. Und das war nicht nur die Erleichterung. Es war so viel mehr.

»Du brauchst dringend etwas zu trinken«, sagte er und zog sie an der Hand mit sich. Vor der Aula, im großen Hof, war ein Getränkebuffet aufgebaut, ein paar Häppchen gab es auch.

Der Duft der Linden, die den Hof umrandeten, nahm Anne fast den Atem. Weich legte sich die Abendluft auf ihre nackten Arme, erste Sterne blitzten am wolkenlosen Himmel auf. Cornelius presste ein beschlagenes Proseccoglas an ihren Oberarm und sie zuckte kurz erschrocken zusammen. Er lächelte entschuldigend, und ohne sich darüber verständigen zu müssen, gingen sie in Richtung des Schulgartens, wo kaum jemand zu sehen war. Die meisten Gäste und Schüler saßen an den Bierbänken, die im Hof aufgestellt worden waren. Gleichmäßiges Murmeln, unterbrochen von gelegentlichen Rufen, wurde zur Hintergrundkulisse.

Anne wusste nicht, was sie sagen sollte. Das war ihr in Cornelius' Gegenwart noch nie passiert. Auch er war still.

»Ich find's klasse, wie du das mit dem Kini wieder hinbekommen hast«, sagte er schließlich. Der Impuls, die Hand auszustrecken und die vorwitzige, dunkle Strähne aus seinem Gesicht zu streichen, war kaum noch zu unterdrücken. Sie blieb stehen und wandte sich ihm ganz zu. Er sah sie erwartungsvoll an. Worte waren völlig überflüssig. Jetzt. Sie wurde ganz ruhig. Hörte Grillen zirpen. Eine schmale Mondsichel wurde hinter seinem Kopf sichtbar. Als wüchse der Mond aus seinem Ohr. Sie musste lächeln.

»Was ist?« Ohne Grund flüsterte er. Sie lächelte stumm weiter. Und da senkte er seinen Kopf, schon berührte seine Nase die ihre und dann spürte sie samtweiche Lippen auf ihrem Mund. Sie konnte nicht länger, ihre Arme schnellten vor, sie umklammerte seinen Hals, wollte sich zügeln, aber es ging einfach nicht. Von Herzen erwiderte sie seinen Kuss. Sie spürte seine Arme um ihren Oberkörper, fühlte sich so leicht wie beim Singen, ganz vorsichtig öffnete sie ihren Mund und hatte das Gefühl, nichts würde sie je wieder von ihm trennen können. Gar nichts.

Für Minuten bestanden sie nur aus Armen und Lippen und Händen und Zungen und Sehnsucht und Erleichterung und Glück, riesigen Mengen an Glück. Erst als sie das Gefühl hatten, zusammenzubrechen unter all dem Glück, lösten sie sich voneinander. Sie trennten sich nicht. Sie gaben sich nur Zeit, Atem zu schöpfen, Luft zu holen. Anne kicherte und es war ihr nicht einmal peinlich. Cornelius sah verwundert zum Mond hinauf, als erkenne man ganz genau, dass er aus Käse sei und ein Astronaut von ihm aß. Auch er gab glucksende Laute von sich. Schließlich trafen sich ihre Augen wieder. Ihre Hände. Ihre Münder. Ihre Zungen.

Der Ruf, der durch die Nacht scholl, musste ein paarmal wiederholt werden, ehe er sie erreichte.

»Anne, wo bist du?« Eine Männerstimme, aggressiv und ängstlich zugleich.

»Hier«, piepte sie und hielt sich die Hand vor den Mund. Sie wollte nicht zurück. Sie wollte bei ihm bleiben, in diesem Märchenkussland, weit fort von der wirklichen Welt.

Doch da stand Johann schon vor ihr, funkelnden Blickes. »Ich habe dich gesucht!« Jedes Wort betonte er einzeln. Wieder schwoll das Kichern in ihr an.

»Wo warst du?«

Das Kichern beruhigte sich, verkroch sich. »Hier«, sagte sie knapp.

»Hast du getrunken? Reinstes Zellgift!«, stieß er aus. Unsanft packte er sie am Oberarm.

»Und du lässt gefälligst die Finger von meiner Tochter«, herrschte er Cornelius an. Dann riss er sie mit sich, ein letztes Mal streifte ihre Hand die von Cornelius.

»Ich freue mich schon auf Annes 18. Geburtstag. In vier Monaten!«, rief Cornelius ihnen nach.

»Da wird der Typ bestimmt nicht dabei sein«, zischte Johann und ging noch schneller. Anne hielt Schritt. Sie sah in den Himmel, jeder Stern hatte seine Augenfarbe. Alles in ihr war mild und sanft, als stünde sie unter Drogen.

»Ich möchte ihn nicht in deiner Nähe sehen, verstanden?« Er redete und redete und Anne fühlte sich immer betrunkener. Nach einem halben Glas Prosecco. Sie kicherte.

»Hör auf damit«, machte Johann weiter. »So ein Kerl ist

Gift für dich. Der macht dich kaputt. Das ist ein kranker Typ, der nimmt Drogen.«

»Quatsch«, sagte sie nun mit heller Stimme. »Das ist der Sohn von meinem Lateinlehrer. Der zieht sich nur gerne bunt an.«

»Ich weiß, wer er ist. Und ich weiß, zu welchem Unsinn er dich verführt. Ich habe mich vorhin mit Herrn Brunner unterhalten.«

Seine Worte waren wie eine kalte Dusche, die die letzten Reste eines Katers wegspülte. Mit einem Mal konnte sie wieder klar denken. Musste.

»Ich muss in nächster Zeit einfach noch besser auf dich aufpassen! Wie konnte so etwas passieren? Dass du nachts abhaust – Anne! Du hast mich schwer enttäuscht!« Sie riss sich los, spürte Tränen aufsteigen. Scheiße, Scheiße, Scheiße. Unbesiegbar hatte sie sich bis eben gefühlt, am Beginn einer neuen Ära ihres Lebens. Er schubste sie in Richtung des schwarzen Mercedes, öffnete mit der Fernbedienung die Türen.

»Es ist doch nur zu deinem Besten! Versteh das endlich!« Schon machte sie den Mund auf, um ihn anzuschreien. Ihn so in Grund und Boden zu schreien, wie er es noch nie in seinem ganzen Leben erlebt hätte. Mit Flüchen, Verwünschungen, Beschimpfungen hätte sie ihn belegt. Aber da schrie schon ein anderer. So donnernd und grell wie sie selbst das nie hinbekommen hätte.

»Du, Flittchen! Ich will dich nie wiedersehen! Geh mir aus den Augen!«, hallte die scharfe Stimme von Brunner über den Parkplatz, der bereits fast leer war. Er hatte sich drohend aufgerichtet vor einer Blondine in weißen Jeans und wassergrüner, halb durchsichtiger Bluse. Marita Jung.

»Albert, bitte...«, weiter kam die Maklerin nicht.

»Halt's Maul!« Der Lehrer hob seinen Ellenbogen in Höhe ihres Gesichtes und schien kurz davor zuzuschlagen. Johann ließ Anne stehen und rannte auf die beiden zu. Anne ging langsam hinterher.

Brunner hatte einen hochroten Kopf, er schwankte hin und her, als sei er betrunken – oder zumindest angetrunken. Marita Jung starrte ihn bewegungslos an, bereit, sich zu ducken oder wegzulaufen. Der Lehrer sah irritiert auf Johann, der fast bei den beiden angekommen war.

»Herr Brunner«, sagte er. »Das wollen Sie nicht. Sie wollen die Frau nicht schlagen. Kommen Sie runter. Beruhigen Sie sich.« Brunner ging ohne Vorwarnung ganz dicht auf Johann zu.

»Sie müssen mir gerade was sagen!«, brüllte er und Anne hatte Angst, der Lehrer würde gleich Johann zu Brei schlagen.

»Albert, lass ihn, er hat nichts damit zu tun«, schaltete sich Marita Jung ein. »Steig jetzt ein, komm. Ich fahre uns nach Hause.«

Brunner schrumpfte ganz langsam auf seine normale Größe zusammen, drohte Johann noch einmal mit der Faust und stieg dann tatsächlich auf den Beifahrersitz seines silbernen BMW-Cabrios.

Anne beeilte sich mit dem Einsteigen und war schon angeschnallt, als Johann neben ihr Platz nahm. Auf der Heimfahrt sprachen sie kein einziges Wort.

Anne wälzte sich von einer Seite zur anderen. An Schlaf war nicht zu denken – selbst wenn sie heute ihre Schlaftablette genommen hätte, wäre er nicht gekommen. Zu viele widersprüchliche Gefühle jagten durch ihren Kopf, ihren Körper. Wunderbare, schöne, herrliche: Noch immer konnte sie die Berührung von Cornelius' Lippen auf ihren spüren. Sie hätte am liebsten laut gelacht vor Freude – doch dann: Das zorngerötete Gesicht ihres Vaters, die Schreie von Brunner, die verängstigte Marita Jung. Waren die beiden etwa ein Paar? Aber warum verbrachte dann ihr Vater so viel Zeit mit der Maklerin?

Auch nachdem sie zu Hause angekommen waren, hatte Johann nicht mit ihr geredet. Vielleicht würde er das ja nie tun: Sie zur Rechenschaft ziehen. Vielleicht hatte er all die Jahre nur eine Drohkulisse aufgebaut – denn was er im schlimmsten Fall mit ihr getan hätte, wusste sie nicht. Immer hatte sie gehorcht. Immer stillschweigend alles hingenommen. Was, wenn er über keinerlei Mittel verfügte, sie zu bestrafen? Wenn er gar nicht wusste, wie?

Das Handy auf dem Nachttisch piepste. Normalerweise schaltete sie es abends aus, aber irgendwie hatte sie gehofft, dass ihr Cornelius noch eine SMS schreiben würde, nachdem sie sich so abrupt hatten trennen müssen. Sie fuhr hoch, griff nach dem Handy und sah sich den Nachrichteneingang an. Ein Foto baute sich langsam auf. In der Dunkelheit strahlte das helle Display gleißend. Zwei Körper waren zu sehen. Zwei nackte Körper, ineinander verschlungen, aus nächster Nähe fotografiert. Darunter stand: »In bed with Cornelius ♥ ♥ ♥«

Zitternd ließ sie das Handy sinken. Klickte das Foto weg. Es half nichts. Auf den Rollladen wurde es projeziert. Auf die Wand über ihrem Bett. Das Poster von Laura Palmer überlagerte es, sogar auf ihrem Kopfkissen war es zu sehen. Das konnte nur von Ami kommen. Die Nummer war natürlich unterdrückt, so eine feige Ratte. Anne umklammerte das Handy so fest, als würde es ihr Leben kosten, wenn sie es losließe. Das auf dem Foto konnte nicht Cornelius sein. Oder doch? Sie hatte keine Gesichter erkennen können – nur einen schmalen, dürren Mädchenleib und den eines Jungen, irgendeines beliebigen Jungen. Aber was, wenn Cornelius erkannt hatte, dass es ein Fehler gewesen war, sie zu küssen? Wenn ihr Kuss bitter geschmeckt hätte, falsch... kindisch. Und er dann zu Ami gefahren war, sauer darüber, dass sie sich nicht gewehrt hatte gegen ihren Vater, sich einfach hatte abführen lassen von ihm wie ein Stück Vieh zur Schlachtbank. Dass sie nicht zu ihm gestanden hatte. Nervös tippte sie auf dem Handy herum. Öffnete das Bild erneut. Ja, das Mädchen könnte tatsächlich Ami sein, so dünn und ausgezehrt wie der Körper wirkte. Auch waren am oberen Bildrand dunkle, lockige Haare zu erkennen. Aber ob der Junge tatsächlich...? Es gab keinerlei Anhaltspunkte, wer er sein könnte. Es war nur ein Bluff, nur ein alberner, eifersüchtiger Bluff. Gerade jetzt?

»Scheiße«, rief Anne in das nächtliche Zimmer. Sie pulte den Akku aus dem Handy, es genügte nicht, es einfach abzuschalten, sie wollte, dass es tot war, still für immer. Dann zog sie sich die Bettdecke über den Kopf, lag aus allen Poren schwitzend darunter, aber das war noch immer besser, als die Kälte der Welt auf der Haut zu spüren.

Donnerstag, 10.06.

Es liegt vor mir auf dem Weg. Wie das Zeichen eines Gottes, den es nicht gibt. HEB MICH AUF, sagt es laut und deutlich und ich hebe es auf. Es liegt kühl in meiner Hand, stark, straff, fest. Ich fühle mich unbesiegbar. Ich will es zwischen den Bäumen spannen und von Ast zu Ast tanzen, zwanzig Meter über dem Boden. ICH GEHÖRE DIR, sagt es, ohne Widerspruch zu dulden. Ich verstehe seinen Auftrag. Ich gehe zum Haus des Peinigers und warte. Sitze auf der Mülltonne und verbrenne meinen Schädel in der Sonne. Ich spüre nichts. Nur die Kraft dieses stählernen Seils. HAB GEDULD, sagt es und ich habe Geduld. Ich spüre nicht den Durst in meiner Kehle, nicht den Hunger in meinem Magen. Ich summe die alten, bösen Lieder. Es macht mir nichts aus. Meine Stimme ist fast so hoch, fast so geschmeidig wie früher. Die Sonne sieht aus wie ein Scheinwerfer. Höre ich nicht den Applaus des Publikums? Wieder und wieder krümme ich das Seil in meinen Händen und mit einem Ruck ziehe ich es straff. Einmal, zweimal, vielmal. Die Sonne sinkt, der Scheinwerfer erlischt. Und dann kommt er, der Herr Koth. ACHTUNG, sagt das Seil und ich nehme Haltung an. Stelle mich neben die Mülltonne, als gehöre ich zu ihr, als beschütze ich sie. Oder sie mich. Er kommt näher und näher, der Herr Koth. Nun erkennt er mich wohl, der Herr Koth. Er sagt meinen Namen, der Herr Koth. Ganz ruhig, wie wenn man ein kleines Tier anlockt. Ich starre ihn an. Er bleibt stehen. »Kann ich dir helfen?«, fragt er und ich habe das Gefühl, mein Kopf zerplatzt. Ich hebe die Arme, ich straffe das Seil, er folgt meinem Tun mit dem Blick und dann lächelt er mich an. Ich lasse das gespannte Seil niedersausen auf seinen

Hals. Sein Blick verdüstert sich, Blut tropft von seiner Wange. Seine Hände greifen nach dem Hals, dem Seil, meinen Fingern. Ich ziehe. FESTER, sagt es.

11. Kapitel

Im Haus war es dunkel und still. Seine Augen schmerzten, als er von dem Heft aufsah. Es war fast drei, die Mitte der Nacht, schwarz und tief. Von allem war er weit entfernt. Von ihr. Ihrem Kuss. Er hatte in der Haut dieses Jungen gesteckt, der seine Verzweiflung vor so vielen Jahren in ein Büchlein gepackt hatte und die nun lebendig durch sein Zimmer waberte. Und er wusste, dass diese Worte etwas mit ihm zu tun hatten – direkt mit ihm. Beim Lesen der Zeilen hatte eine Glocke in ihm geläutet. Eine Warnglocke, eine schneidende Sirene, die schmerzte und vor der er sich die Ohren zuhielt und die dennoch alles durchdrang. Er wusste, wen er nach dem Namen fragen musste, und er wusste, das Gespräch wäre grauenhafter als das, welches Anne mit ihrem Vater erwartete. Was er nicht wusste, war, wie er ihr in die Augen schauen sollte – so lange, bis er sicher sein konnte, dass alles nur ein Albtraum, eine Schimäre der Dunkelheit war. Es konnte einfach nicht wahr sein, es durfte nicht!

Zum Frühstück erschien sie mit dem Anstecker. Sie ging gerade und wich seinem Blick nicht aus. Sie bemerkte sofort, wie sich sein Blick hineinbohrte in die spitzkantigen Buchstaben. Sie setzte sich nach einem mehr geflüsterten »Guten Morgen« auf ihren Platz und aß das Müsli. Ihr Hals fühlte sich rau an, ihre Lippen spröde, als habe sie seit Tagen nichts getrunken.

Sie sah, wie seine Hand mit dem Kaffeelöffel darin zitterte. Wie seine Zähne hinter den geschlossenen Lippen gegeneinander mahlten, als beiße er auf spitzen Steinen herum. Sie wollte, dass er etwas sagte.

Tatsächlich gab er sich einen Ruck.

»Ich werde dich fahren, heute Morgen«, sagte er leise. »Und heute Mittag hole ich dich wieder ab und bringe dich heim. Ich kann mir Arbeit mit nach Hause nehmen.«

Sie begann, furchtbar zu husten, eine Haferflocke war in die falsche Kehle geraten. Sie spürte, wie ihr Kopf rot anlief, Schweiß trat auf ihre Stirn.

»Nein«, sagte sie, nachdem der Hustenreiz aufgehört hatte. »Ich nehme den Bus, danke.«

»Anne...«, hob er an.

»Ja, was... Anne...?«, fragte sie zurück. Sie hatte nicht gewusst, dass sie so aggressiv klingen konnte.

Sein Blick war so verwundert, als habe sie ihm einen Schwerthieb verpasst.

»Willst du vielleicht Fußfesseln für mich besorgen, damit ich nicht fortlaufen kann? Damit du immer alles unter Kontrolle haben kannst? Willst du das?«

»Nein, ich will dein Bestes, ich will nur auf dich aufpassen, du bist mein Kind, es ist meine Pflicht, auf dich aufzupassen, dass musst du doch verstehen!« Seine Stimme war immer lauter geworden, am Ende schrie er fast.

Sie stand auf. Hob die beinahe leere Müslischüssel vom Tisch, hielt sie hoch über ihren Kopf und dann ließ sie einfach los. Es tat so gut loszulassen. Scherben, Milch, Körner spritzten durch die ganze Küche und beide sahen einen Augenblick gleichermaßen verwundert auf die Sauerei.

»Was ist denn los?«, fand Johann als Erster die Sprache wieder. »Du bist ja völlig außer dir. Beruhige dich mal!«

Als seien dies die Zauberworte, mit der man die magische Tür öffnen konnte, hinter der sich all die verbotenen Worte und Sätze verborgen hatten, vermochte sie endlich zu sprechen.

»Ich werde mich nicht beruhigen«, sagte sie. »Ich will endlich alles wissen von dir. Du musst mir Rede und Antwort stehen, ich habe ein Recht darauf. Ich will wissen, wer Andreas war, was mit ihm geschehen ist, warum nie irgendjemand über ihn gesprochen hat, warum dieses Zimmer abgeschlossen war! Ich will endlich wissen, warum du mich einsperrst, bewachst, mir die Luft zum Atmen nimmst – denn wenn du das weiterhin tust, dann werde ich ersticken. Ich werde das nicht überleben, da kannst du sicher sein! Oder ich werde gehen und nie wiederkommen und du wirst niemals erfahren, was aus mir werden wird, ob ich lebe oder sterbe. Ich will, dass du mit mir sprichst!«

Er war immer kleiner geworden, immer blasser, gleich würde er sich in Luft auflösen, er hielt sich den Kopf und wiegte den Körper vor und zurück. Starr betrachtete sie ihn einen Moment.

»Ich weiß, dass Andreas dein Bruder war, dass er sich umgebracht hat – ich weiß das, Hedi hat es mir erzählt und du kannst dir gar nicht vorstellen, wie dankbar ich ihr bin. Endlich macht alles einen Sinn – warum Großmutter so verschlossen war, immer so traurig, warum du... warum du... und dann noch Mama...«

Tränen schossen ihr in die Augen, liefen über ihre Wangen, tropften auf die Müslireste am Boden.

Plötzlich stand er auf, er umklammerte sie, presste sie an

sich, wollte sie nicht loslassen und sie ergab sich, erwiderte seine Umarmung, das erste Mal seit Jahren, seit der Beerdigung ihrer Mutter. Sie weinten gemeinsam, lange, sie schniefend, er lautlos, als würde der Großteil seiner Tränen in seinem Innern fließen.

»Papa«, sagte sie leise. »Warum habt ihr mir nie etwas gesagt?« Er schüttelte den Kopf.

»Ich meine, natürlich ist es schlimm, einen Bruder zu verlieren, so wie es schlimm ist, eine Mutter zu verlieren. Aber warum habt ihr es verheimlicht? Weil er sich selbst umgebracht hat?«

Endlich ließ er sie los. Wie unter einer riesigen Last sank er auf den Küchenstuhl, die Beine weit von sich gestreckt, den Kopf tief auf der Brust. Er bewegte die Arme zu Sätzen, die er kaum artikulieren konnte.

»*Meine Schuld*...«, verstand sie schließlich. »*Es war alles meine Schuld.*«

Ihr war es egal. Sollten sie doch ihre roten, geschwollenen Augen sehen, sollte Rosen doch meckern, weil sie zu spät zum Unterricht kam. Nachdem sowohl sie als auch Johann sich beruhigt hatten, war es schon kurz nach acht gewesen. Sie hatte nichts dagegen gehabt, dass er sie zur Schule fuhr. Er versprach, sie am Nachmittag in Ruhe zu lassen. Alles wäre wie immer. Sie solle ihm ein bisschen Zeit geben, es sei zu viel gewesen in den letzten Wochen, er würde versuchen, ihr alles zu erklären. Nur nicht jetzt. Sie hatte akzeptiert. Mit ihrem Herzen war sie schon bei Cornelius. Sie versuchte, sich zu erinnern, wann er heute Schule hätte und wann sie sich sehen könnten. Und küssen. Sie erschauderte. Ob sie ihn so einfach wie gestern Abend würde küssen können? Dann kam ihr das nächtliche Foto in den Sinn. Nein, bleib ruhig, beschwor sie sich, das ist ein Fake. Er kann nicht einfach von mir zu ihr gegangen sein. Das geht doch nicht. Das hat er nicht getan.

Es war heiß heute, der erste Tag, der als Hochsommertag durchgehen konnte, obwohl sich am Horizont so etwas wie Gewitterwolken ballten. Seine rote Hose leuchtete durch die Menge der Schüler, selbst er hatte bei diesem Wetter das blaue Jackett abgelegt. Stattdessen trug er nur ein weißes Muscleshirt und dazu einen dunkelgrauen Hut, den er tief ins Gesicht gezogen hatte. Er rauchte und stierte in die Luft. Ihr Herz wollte losrennen, spurten, eilen, ihn umschlingen, aber sie ging ganz langsam. »Er hat schon einigen Mädchen das Herz gebrochen«, kamen ihr die Worte seines Vaters in den Sinn. Amis? Er bemerkte sie erst, als sie direkt vor ihm stand. Seine Mundwinkel hoben sich kaum. Er sah übernächtigt und müde aus. Ob er vielleicht doch... Sie nickte knapp, ihre Hände über dem Rucksack vor der Brust verschränkt. Das Lächeln kam ein wenig schief, leise sagte sie: »Hallo.« Er nickte.

»Wie geht's?«, fragte sie schließlich. Mist, sie sollte ihn nicht fragen, wie es ihm ging. Sie sollte dafür sorgen, dass es ihm gut ging. Sie kam noch ein wenig näher, hatte aber den Eindruck, er wich zurück. Endlich sah er ihr in die Augen. Er hob eine Hand, berührte mit den Fingern ihre Wange.

»Hast du geweint?«, fragte er.

»Kleiner Zoff mit meinem Vater«, sagte sie.

»Gut«, antwortete er und lächelte ein wenig eindeutiger. »Ich muss leider los. Hab noch was zu erledigen. Für meine Mutter. Meine letzten beiden Kurse fallen heute aus.« Sie nickte. Als er schon ein paar Schritte gegangen war, rief sie ihm nach: »Sehen wir uns?«

»Na klar«, sagte er. »Ich ruf dich an.« Und dann war er fort.

Anne schaute ihm nach, auch als er schon lange nicht mehr zu sehen war. Das gab es doch gar nicht! Wie konnte er nur so tun, als sei sie eine entfernte Bekannte? Sie kam sich vor wie ausgespuckt, wie auf die Straße gekehrt.

Ami kreuzte ihr Blickfeld. Große Löcher in ihren Jeans gaben den Blick auf viel Bein frei. Ihr kurzes, tief ausgeschnittenes Top in Neonlila musste jeden Lehrer den Unterricht vergessen lassen. Nutte, kam es Anne in den Sinn und sie schämte sich sofort dafür. Am liebsten hätte sie das Mädchen zur Rede gestellt. Doch ihre Beine gehorchten ihr nicht. Der Klang des Gongs zog sie ins Schulgebäude. Wie ein Zombie saß sie im Kunst-Unterricht. Anwesend und doch ganz weit fort.

Wie konnte er nur! Wie konnte er sie nur so behandeln? Er hasste sich dafür. Aber bevor er nicht die Wahrheit wusste, konnte er ihr nicht in die Augen schauen. Dabei hatte er das Hauptproblem noch gar nicht gelöst: Wollte er die Wahrheit wissen? Würde er sie verkraften? Und was würde er mit diesem Wissen anfangen? Er fuhr auf dem Monster schon die dritte Runde um das Krankenhaus. Nirgends sah er einen Parkplatz. Sicher hatte sie gerade Visite. Bestimmt hatte er sich verlesen. Genau – er sollte sowieso erst das ganze Tagebuch kennen, bevor er einen falschen Schluss zog. Er gab Gas, die Maschine heulte auf und er raste davon, die 30er-Zone völlig missachtend. Egal, er musste raus aus diesem Kaff, er konnte die Mauern, diese Enge nicht mehr ertragen. Doch schon an der nächsten Kreuzung hielt ihn ein Polizeifahrzeug an.

»Haben Sie's eilig?«, fragte der Polizeibeamte süffisant. »Zeigen Sie mir mal Führerschein und Papiere.« Genervt öffnete Cornelius das Schloss, das er an seinem Tankrucksack angebracht hatte, und reichte das Gewünschte heraus. Nervös trippelte er mit den Fingern auf dem Rucksack. In dessen Kartenfach hatte er das Tagebuch versteckt. Er wollte es nicht in seinem Zimmer, er wollte es immer bei sich haben. Außerdem würde hier garantiert niemand danach suchen – denn Cornelius war sich ziemlich sicher, dass der Eindringling bei Anne das Buch wollte.

»Okay«, sagte der Polizist und gab ihm seine Papiere zurück. »Das macht 80 Euro und gibt einen Punkt. Sie sind 25 Kilometer zu schnell gefahren.«

Cornelius verzog angenervt das Gesicht. »So viel habe ich jetzt nicht bei mir«, sagte er und mit einem sehr zufriedenen Lächeln stellte ihm der Beamte einen Bußgeldbescheid aus. »Immerhin haben Sie sich drei fünfzig für die Zustellung des Bescheides gespart.«

Mit zusammengepressten Lippen nahm er den Schein an und verstaute ihn im Rucksack.

»Schönen Tag noch«, rief ihm der Polizist freundlich nach.

»Du mich auch«, erwiderte Cornelius leise.

Erst als er die Stadt hinter sich gelassen hatte, beruhigte er sich. Gelbe Rapsfelder säumten die Straße und zogen sich bis zu einem kleinen Wäldchen. Ohne lange zu überlegen, bog er in einen Feldweg ein und holperte über die unebene Piste. Staub legte sich auf seinen Helm, aber schließlich kam er bei dem Wäldchen an. Er parkte das Motorrad, stieg ab, und nachdem er den Helm abgenommen hatte, atmete er tief ein. Ruhe, nichts als Ruhe gab es hier. Er lehnte sich an eine Buche, beobachtete das Spiel der zartgrünen Blätter über seinem Kopf und sah in die Landschaft. Am Horizont erhob sich der Umriss einer Burgruine. Der eines buddhistischen Tempels wäre ihm sehr viel lieber gewesen. Er zog den dünnen, dreißig Jahre alten Lederband aus dem Rucksack und begann zu lesen.

Freitag, 11.06.

Und dann war alles wieder da. Meine Finger wurden kraftlos, das Seil fiel zu Boden und ich rannte, rannte, rannte, bis meine Lunge sich anfühlte, als würde sie von Giftgas zersetzt. Überall sah ich seine Augen. Spürte seine Hände, so wie damals. Ich war wieder zehn Jahre alt und lag in diesem fremden Bett. Allein. Ganz allein. Nur ich hatte immer ein Zimmer für mich allein. Alle anderen schliefen in Mehrbettzimmern. Ich hätte sagen müssen, dass ich auch in ein Mehrbettzimmer wollte. Ich traute mich nicht. Er sagte, ich sei der Wichtigste von allen. Ich bräuchte die meiste Erholung, den besten Schlaf, die größte Ruhe. Ich schlief nie, wenn wir unterwegs waren. Ich lag in der Dunkelheit und wartete, bis die Türklinke niedergedrückt wurde. Manchmal graute dann schon der Morgen hinter dem fest verschlossenen Fenster. Immer legte er seine Hand auf meinen Mund. Seine schwitzigen, nach Rauch riechenden Finger. Tags sah man ihn nie rauchen. Er rauchte nur, wenn alle schon im Bett waren, bevor er zu mir kam, um mir seine Liebe zu schenken. Er sprach immer von Liebe. Ich glaubte ihm. Es war meine Schuld, dass ich ihn nicht zurücklieben konnte. Dass ich mich ekelte vor ihm. Seinem stinkenden Mund. Seinen groben Händen. Seinem fiesen Geruch. Seinem... Meine Schuld, ganz allein meine Schuld, ich war ein dummer Junge und ich hätte ihn lieben müssen, wo er doch so gut zu mir war und mich bevorzugte. Immer durfte ich allein singen, ganz vorne in der ersten Reihe. Ihm verdankte ich, dass ich all die Lieder singen durfte, die mich wegbrachten aus meinem Leben. Nur mich lobte er und ich war so undankbar und gab ihm seine Liebe nicht zurück. »Herr Koth ist so ein brillanter Musiker«, hatte meine

Mutter immer gesagt. »Und wie gut er mit den Jungen umgehen kann. Sei froh, dass du mitdarfst, dass du für ihn singen darfst, für den guten Herrn Koth. Sei dankbar, dass du mit ihm in fremde Länder fahren darfst. Wir können dir das nicht bieten.« Und ich gab ihr recht und es war meine Schuld, dass ich so undankbar war. Er tat ja nichts. Er war ja lieb zu mir. Immer war er so lieb zu mir.
Und jetzt hatte ich ihn sogar töten wollen. Ich bin ein widerliches Stück Scheiße, ein Nichts, abgewrackt und zerschlissen, unverdaut und ausgespuckt. Ich bin es nicht wert zu leben. Ich bin derjenige, dem man das Seil umschlingen sollte.

Wenn sie so weitermachte, würde sie die erste schlechte Note in ihrer gesamten Schullaufbahn riskieren. Anne schob das Heft von links nach rechts über den Schreibtisch und wieder zurück. Sie hatte schon eine ganze Seite voller Kringel, Kreuze und Wellenlinien vollgemalt, aber nicht einen Buchstaben. Irgendwie war der Uhrzeiger auf halb fünf gekrochen, auch wenn er für die letzten zehn Minuten gefühlte zwei Stunden gebraucht hatte. Sie schloss das Heft und stand auf. Ging in die Küche, trank kaltes Wasser. Sah in den Kühlschrank. Nahm nichts heraus. Ging ins Wohnzimmer. Kauerte sich auf das Sofa, umschlang die dicken Kissen. Ließ sie wieder los. Wenn er sie so sah... Ob er heute Abend schon mit ihr reden würde? Der Streit heute Morgen war schrecklich gewesen, er hatte richtig wehgetan, ihr Herz, ihr Magen, ihre Kehle, alles hatte gebrannt, sich gekrümmt. Aber hinterher war so eine Ruhe in ihr gewesen, wie sie sie noch nie verspürt hatte und nach der sie sich sehnte. Er musste mit ihr reden, wenigstens er.

Giftgrün hatten die Kontaktlinsen in seinen Augen heute Morgen geleuchtet. Sie konnte immer noch nicht glauben, dass Cornelius sie so abgefertigt hatte. Auch das tat weh. So unendlich weh. Was war nur los – mit ihm, mit ihr?

Sie streckte sich aus auf dem Sofa und spürte mit einem Mal nichts mehr als eine grenzenlose Müdigkeit.

Das Grollen eines Donners weckte sie. Durch die Terrassentür wehte es kühl herein. Irritiert setze sie sich auf. Wie spät war es? Kurz nach sechs schon. Wo war Johann? Sie sah sich im Haus um, konnte ihn aber nirgends entdecken. Sie wüsste nicht, dass er heute noch einen späten Termin gehabt hätte. Sie baute sich vor einer der Kameras auf, räusperte sich.

»Papa, wo bist du?«, fragte sie laut, obwohl sie wusste, dass der Ton nicht übertragen wurde. Sie griff zum Telefon, wählte seine Büronummer. Nur der Anrufbeantworter. Auf dem Handy war die Mailbox angeschaltet. Wegen des Gewitters? Funkloch, überlegte sie, Akku alle. Sie konnte ihren Vater sonst immer erreichen. Sie versuchte es im Zehn-Minuten-Takt, blätterte dazwischen unkonzentriert in ihrem Biologiebuch, sah noch mal die Unterlagen für ihr Referat durch. Er ging nicht ans Telefon. Ohne lange zu überlegen, wählte sie Cornelius' Nummer. Und wenn sie ihn nur an das Referat morgen erinnern würde. Ganz sachlich. Auch hier gab es keine Verbindung. Wie auf einer Insel der Einsamkeit saß sie in ihrem Zimmer, Tränen unterdrückend. Sie war so mutig gewesen, so mutig! Hatte mit ihrem Vater gesprochen. Hatte Cornelius geküsst. Hatte sich getraut. Und das Einzige was blieb, war die Einsamkeit.

Ihr Magen knurrte vor Hunger, aber sie missachtete ihn. Wurde ihr Mut denn gar nicht belohnt? Musste sie noch mutiger sein?

Es war kurz nach halb acht, als sie endlich das Türschloss hörte. Sie sprang auf, lief ihrem Vater entgegen, wollte ihn beschimpfen, weil er sie allein gelassen hatte, im Ungewissen. Doch abrupt hielt sie inne. Er war nicht allein.

»Tut mir leid, mein Schatz«, sagte er, aber seine Stimme klang viel zu fröhlich, es war nur eine Floskel. »Wir mussten... ich musste...«, und dann drehte er sich zu Marita Jung um, die dicht hinter ihm stand und ein wenig verlegen am Griff eines Rollkoffers herumspielte.

»Äh, Marita, also Frau Jung...«, stotterte ihr Vater weiter. »Kurz und gut: Sie braucht für ein paar Tage eine Unterkunft und wir haben ja so viel Platz und da dachte ich... das ist doch in Ordnung für dich, oder?« Und dann gingen die beiden an ihr vorbei, die Maklerin schüchtern grüßend, und deponierten das Gepäck in Johanns Schlafzimmer.

Johann hatte Pizzen mitgebracht, und als sie mit diesen auf der Terrasse saßen, wo es nach dem kurzen Gewitterschauer angenehm abgekühlt hatte, öffnete er sogar eine Flasche Wein. Anne sagte kein Wort und die Erwachsenen redeten zunächst nur über den Hausverkauf, über rechtliche Details, mögliche Optionen und die besten Strategien. Erst als Johann die Teller abräumte, lächelte Marita Jung Anne scheu an.

»Ich hoffe, das ist okay mit dem Überfall hier«, sagte sie und Anne zuckte leicht mit den Schultern. »Ich hatte ein bisschen Ärger mit meinem, ähm, Lebensgefährten.«

Anne nickte knapp, sich bewusst, dass es abweisend wirken musste. Sie wollte nichts hören von fremden Problemen, sie hatte genug eigene.

»Ich gehe mal davon aus, dass du mitbekommen hast, dass ich mit Albert Brunner zusammen bin... war. Ich meine, ich möchte nicht, dass du in der Schule in irgendeine unangenehme Situation gerätst.«

»Schon gut«, sagte Anne. »Je weniger ich weiß, umso besser ist es vielleicht.«

»Na ja«, erwiderte die Maklerin. »Er neigt manchmal zu etwas unbeherrschtem Verhalten. Wenn die Dinge nicht so laufen, wie er sich das vorstellt.«

»Das habe ich schon gemerkt.«

»Ich will nur nicht, dass du da in irgendetwas hineingezogen wirst.« Sie lächelte verbindlich. »Übrigens: Sag einfach, Marita. Wenn du möchtest.« Anne nickte wieder, stand dann aber auf.

»Ich muss noch ein bisschen lernen. Muss morgen ein Referat halten.« Und sie konnte es sich nicht verkneifen hinzuzufügen: »In Biologie.« Marita nickte.

»Anne«, rief ihr Vater aus der Küche, wo er mit dem schmutzigen Geschirr hantierte. »Es tut mir leid. Ich wollte dich nicht so überfallen damit. Aber irgendwie – es ging alles so schnell. Ich hatte gar keine Zeit...«

»Ich konnte dich nicht erreichen«, sagte Anne mit der mechanischen Stimme eines Roboters. »Ich dachte, dir ist was passiert.« Johann sah betreten zu Boden.

»Kommt nie wieder vor«, sagte er. »Ich verspreche es. Sie ist wirklich eine sehr sympathische Person, glaub mir. Und sie findet dich sehr nett.«

»Na, dann. Ich muss noch etwas lernen.«

»Ja, mein Schatz, tu das. Aber gönn dir auch mal ein

bisschen Freizeit, ja? Kannst dir auch gerne den Fernseher anmachen. Vergiss nachher deine Vitamine nicht, hörst du?«

Anne ließ ihn einfach stehen, ging in ihr Zimmer, warf sich auf ihr Bett und starrte an die Decke. So konnte es einfach nicht weitergehen.

Auch am nächsten Morgen wachte sie früh auf, kurz nach sechs war es erst. Die Sonnenstrahlen, die durch die Rolloritzen fielen, vertrieben den Schlaf. Sie fühlte sich unruhig, hatte ebenso geschlafen. Eine Dusche würde jetzt guttun.

Als sie in die Küche kam, war der Frühstückstisch gedeckt. Eine Pfingstrose aus dem Garten stand in einem kleinen Väschen auf dem Tisch.

»Kaffee oder Tee?«, fragte Marita und lächelte Anne an. Die Frau strahlte mit der Morgensonne um die Wette. Ihre blonden Haare hingen ihr wirr um den Kopf, aber sie schien so munter zu sein, als sei dies ein Ferienmorgen in der Toskana.

»Tee«, sagte Anne. »Danke.« Wäre sie jetzt lieber alleine gewesen? Sie war sich unsicher.

»Schöne Bluse«, sagte Marita und wies auf Annes zart fliederfarbene Bluse mit den kleinen olivgrünen Blümchen darauf. Sie setzte sich zu ihr, goss heiße Milch in ihren Kaffee und pustete über den Rand. »Noch müde?«

Anne war es nicht gewohnt, dass sie am frühen Morgen schon Konversation machen sollte, und nickte stumm.

»Entschuldige, ich geh dir bestimmt auf den Nerv mit meinem Geplapper. Ich konnte das früher auch nie leiden, wenn meine Mutter um die Uhrzeit schon ständig auf mich eingeredet hat. Was hab ich sie angefaucht...«

»Ist schon in Ordnung«, brummte Anne. Sie trank von ihrem Tee, schmierte langsam Marmelade auf ihr Brot. »Ist das was Ernstes zwischen Ihnen und meinem Vater?«

Marita grinste, verdrehte die Augen und warf den Kopf in den Nacken. »Mal sehen. Ich ... ich mag ihn wirklich sehr gerne, deinen Vater.«

»Okay.«

»Ähm, ist vielleicht etwas indiskret: Hast du einen Freund?«

Anne stand auf, stopfte sich ein paar Bissen Marmeladenbrot in den Mund und stellte ihre Teetasse und ihren Teller an die Spüle. »Nein«, sagte sie viel zu laut.

Mit zerknautschtem Gesicht und grimmigem Ausdruck betrat Brunner die Klasse. Es war, als ob seine schlechte Laune die Raumtemperatur um mehrere Grade abkühlte. Alle waren sofort ruhig.

»So, darf ich um Ihr Referat bitten, Anne Jänisch und Cornelius Rosen«, sagte er ohne einen Gruß. Anne nestelte nervös an den Papieren in ihrer Hand.

»Cornelius ist nicht ...,« fing sie an.

Brunners Blick traf sie wie ein Schwerthieb. »Das sehe ich«, fauchte er. »Dann machen Sie das eben allein. Bekommt Ihr Kollege eben null Punkte. Hat er sich selbst zuzuschreiben.«

Anne stand auf, ihre Finger zitterten beinahe so schlimm wie neulich. Nicht nachdenken, befahl sie sich. Marita Jung in ihrer Küche. Die Exfreundin ihres Lehrers. Cornelius nirgendwo. Nicht auf dem Schulhof, nicht im Klassenzimmer. Nirgends hatte das rote Monster aufgeleuchtet.

Während sie hinter dem Pult stand, setzte sich Brunner

auf dessen Ecke. Er roch nach Schweiß. Nach kaltem Rauch. Auch nach Alkohol? Sie war sich nicht sicher. Sie ratterte emotionslos ihr Referat herunter. Überschrift: Die Gefahren des Drogenkonsums. Welche Drogen es gab. Wie sie wirkten. Was sie anrichteten. Therapien und Hilfsmaßnahmen. Drogenprobleme global gesehen. Drogen als Auslöser von Kriegen. Drogen als Wirtschaftsfaktor. Ein paarmal musste Brunner unterbrechen, weil irgendwer Zettelchen weiterschob, jemand quatschte, einer auf dem Handy spielte. Ihr war alles egal. Brunner klang weiterhin scharf und aggressiv. Als sie fertig war, sagte er knapp: »Danke schön«, und sie konnte sich setzen. Er hatte sie im Stich gelassen. Wo war er bloß? Keine Meldung auf ihrem Handy zeigte an, dass er sich bemüht haben könnte, sie zu erreichen. Nur eine SMS ihres Vaters: »Mache heute frei. Holen dich von der Schule ab. Unternehmen was Nettes heute Nachmittag. Was du magst.« Nichts, hätte sie am liebsten zurückgeschrieben, lasst mich in Ruhe, lasst mich einfach in Ruhe.

Kurz vor der fünften Stunde hielt sie es nicht mehr aus. Sie konnte sich sowieso nicht auf den Unterricht konzentrieren, und da sie nur noch Sportunterricht gehabt hätte, täuschte sie Bauchschmerzen vor, was nicht einmal ganz gelogen war. Gnädig entließ die Lehrerin sie. Sie rannte fast aus dem Schulhaus, vergewisserte sich noch einmal, ob die Ducati wirklich nicht auf dem Parkplatz stand. Dann fanden ihre Füße wie von allein den Weg in die Altstadt. Das *Barista* hatte sie nach wenig Suchen gefunden.

»Entschuldigung«, fragte sie den Barmann mit dem Drei-Tage-Bart. »War Cornelius heute schon hier? Sie wissen schon, der...«

»Si, si«, sagte der Mann hinter dem Tresen. »No, er war

nicht da. Alle letzten Tage nicht. Scusi! Soll ich was ausrichten, wenn kommt?« Sie schüttelte enttäuscht den Kopf und lief weiter. Wie gerne hätte sie es genossen, alleine und unkontrolliert durch die Straßen zu laufen... aber die düsteren Wolken um ihren Schädel wurden immer dichter. Schließlich stand sie vor der Villa. Sie war noch nie hier gewesen. Zögerlich ging sie näher. Hinter welchem Zimmer mochte wohl Cornelius wohnen? Vom Monster keine Spur. Sie wollte gerade umdrehen, aber da öffnete sich die Tür. Rosen sah zu ihr hinüber, grüßte freundlich.

»Wissen Sie, wo ich Cornelius finde?«, fragte sie. »Ich müsste dringend etwas mit ihm bereden.« Rosens Lächeln erstarb.

»Nein«, sagte er. »Ich habe ihn heute noch nicht gesehen. Kann ich was ausrichten? Worum geht es denn?«

»Etwas... Privates«, sagte Anne schnell.

»Du kannst gerne reinkommen und auf ihn warten.«

Annes Finger kribbelten. Als wären sie dabei einzuschlafen. Als wäre sie viel zu verkrampft.

»Ich wollte dich sowieso noch was fragen. Wegen des Hauses.«

»Ähm, ein anderes Mal gerne«, rief Anne und die Worte dröhnten in ihren Ohren. »Ich muss jetzt gehen. Mein Vater wartet auf mich. Wiedersehen.«

»Schade«, hörte sie ihn noch sagen.

Als sie abgehetzt an der Schule ankam, stand der Wagen ihres Vaters bereits davor. Marita war nicht mitgekommen. Mit einem kurzen Gruß stieg sie ein.

»Na, war Sport so anstrengend? Du hast ja einen richtig roten Kopf!« Anne nickte.

»Wo fahren wir hin?«

»Erst mal heim. Marita wartet dort auf uns. Sie fand es nicht so passend, mit hierherzufahren.« Anne nickte, schwieg aber.

»Anne, ich weiß«, begann Johann. »Das war alles nicht einfach für dich. Erst Omas Tod, dann... ich weiß nicht, ich kann dir nicht sagen, wie... wie das mit Marita und mir wird. Ich merke nur, sie tut mir sehr gut.«

»Und magst du sie auch?« Es klang patzig.

»Natürlich«, sagte Johann und seine Stimme wurde ganz weich. »Natürlich mag ich sie, sehr sogar. Sie sorgt für hellere Tage.«

»Ja. Aber ihre Person! Sie um ihrer selbst willen. Magst du sie, weil sie sie ist?« Ihr Vater betrachtete sie irritiert von der Seite.

»Was regst du dich denn so auf? Wenn ich sag, ich mag sie, dann mag ich sie. Oh, schau mal, ist das nicht dein Cornelius da vorne?«

Anne folgte der Richtung, in die ihr Vater wies, mit den Augen. Tatsächlich – an der Ampel auf der anderen Straßenseite stand Cornelius. Trotz Helm erkannte sie ihn sofort. Er fuhr in Richtung Schule. Suchte er sie? Wollte er sie treffen?

Sie drückte den Schalter, um das Fenster herunterzulassen.

»Cornelius«, rief sie schon, aber da fuhr ihr Vater einfach weiter. »Halt, warte!«, stieß sie aus, aber Johann hörte nicht. »Ich will aussteigen!«, schrie sie nun, aber statt einer Antwort klickte nur die Taste, mit der die Türen von innen verriegelt wurden. Enttäuscht sank Anne in das Polster zurück.

»Dieser Junge ist nicht gut für dich«, erklärte Johann an

der nächsten roten Ampel. »Schau, wie der lebt –, er fährt Motorrad, er nimmt Drogen... lauter gefährliche Dinge!«

»Er nimmt keine Drogen. Er kifft gelegentlich mal. Er ist mein bester Freund!«

»Schatz!«, Johanns Stimme hatte wieder diesen Ton, für den sie ihn ermorden könnte: Vorgeblich voller Liebe, Sorge und Sanftheit, aber beigemischt waren Herablassung, Autorität und verletzter Stolz. »So jemand kann nicht dein Freund sein. Selbst wenn dir nichts passiert – so wie er lebt, kann ihm ganz schnell was passieren. Und was machst du dann? Dann stehst du da mit deiner Trauer, vielleicht sogar mit Schuldgefühlen, weil du ihm nicht geholfen hast. Das will ich dir ersparen, das sind keine Erfahrungen, die man machen muss, wirklich nicht, glaub deinem alten Vater!«

Anne verschränkte die Arme. Es hatte keinen Sinn. An ihrem 18. Geburtstag – da würde sie einfach fortgehen. Fort von allem. Sie würde irgendwo neu anfangen, und wenn sie in einer Fußgängerzone singen müsste, um sich Geld zu verdienen.

Marita stand in der Küche und bereitete einen Salat zu, als sie kamen.

»Wisst ihr was?«, fragte sie fröhlich. Johann trat näher und küsste sie liebevoll auf die Schläfe. Anne meinte, ihr würde augenblicklich schlecht werden.

»Ich habe gerade im Radio zwei Konzerttickets gewonnen«, strahlte sie. »Für heute Abend! Wer von euch beiden kommt mit?«

»Für was denn?«, fragte Johann zögerlich.

»Für *The BossHoss*.«

Johann verzog das Gesicht. Nicht gerade seine Musik.

»Anne, geh du doch mit«, schlug er vor. »Ich glaube, das

würde dich etwas aufmuntern, meinst du nicht? Ich fahr euch hin und hol euch wieder ab.«

»Mich würden ganz andere Sachen aufmuntern«, giftete sie ihren Vater an.

»Ach, komm schon, ich würde mich sehr freuen, mit dir etwas zu unternehmen«, unterbrach Marita. »Dann können wir uns ein bisschen besser kennenlernen. Ich stelle auch keine indiskreten Fragen mehr, versprochen!«

»Meinetwegen«, sagte Anne resignierend. Hauptsache, sie kam raus aus diesem Gefängnis.

Er war die halbe Nacht herumgefahren. War schon auf der Autobahn Richtung Süden gewesen, hatte überlegt, einfach immer weiter zu fahren und nie mehr zurückzukommen. Als er wieder einmal unter einer Brücke warten musste, bis der heftigste Schauer vorbei war, hatte er beschlossen umzukehren. Er musste sich stellen. Dem, was auf ihn zukam. Er war es sich schuldig und ihr auch. Und er brauchte noch immer Gewissheit. Sonst würde er bis ans Ende seines Lebens ein Schattendasein führen. Wäre nie der, der er sein könnte. Immer hatte er geahnt, dass etwas nicht stimmte. Immer hatte er gespürt, dass sie ihm etwas verschwiegen. Etwas totschwiegen. Seine Mutter, fast so unschuldig weiß wie die weiße Bettwäsche, die weißen Wände, die weißen Schränke, die weiße Zimmerdecke, seine Mutter, die jeden Tag ein wenig durchsichtiger wurde, als wolle sie sich auslöschen lassen, sie hatte geschwiegen. Er hatte ihr Fragen gestellt, ganz vorsichtige Andeutungen gemacht. Über die Vergangenheit. Aber sie hatte nur gestöhnt. Zum ersten Mal hatte er den Eindruck, sie verstecke sich hinter ihren Schmerzen. Ihre

Strategie, um die Wahrheit nicht sehen zu müssen. Nach einer stummen Stunde war er aufgesprungen und grußlos hinausgestürmt. Seitdem fuhr er herum. Die ganze Zeit mit dem Gedanken, er könne nicht zurück. Er wolle nicht. Aber vielleicht musste er einfach. Sie hatte das Recht, die Wahrheit zu erfahren. Und er auch.

    Als er sich der Stadt näherte, hatte er noch immer keinen Plan. Ihm fiel der Schlüssel in seiner Tasche ein. Zumindest hatte er einen Ort, wo er unterkriechen konnte.

Samstag, 12.06.

Alle Schleusen sind geöffnet, seit ich versucht habe, ihn umzubringen. Die Bilder drohen mich zu erschlagen, sie verfolgen mich, sind an jede Wand gemalt, jede Nachrichtensprecherin im Fernsehen erzählt mir meine Geschichte in höhnischen Worten, selbst die Lehrer in der Schule sagen mir, dass ich ein kleines, mieses Arschloch bin, dass ich endlich mit dem Jammern aufhören und mich zusammenreißen soll. Nicht einmal meine besten Freunde, abgefüllt in Literflaschen, aufbewahrt in kleinen Döschen, versteckt zwischen den Tabakkrümeln, beschützen mich noch. Wohin ich auch blicke, sehe ich mich dort liegen. Ich bin zehn Jahre, elf Jahre, zwölf Jahre. Immer ist es Nacht, immer fällt höchstens ein schmaler Lichtstreifen unter der Tür hindurch. Draußen sprechen die Menschen in fremden Zungen, ich verstehe niemanden, ich kenne niemanden, sie machen mir Angst und dann kommt er und wird zu einem Monstrum mit geifernden Köpfen und Fingern, die an jeden Ort gelangen können, zu dem sie möchten, und ich kann sie nicht aufhalten und nicht nur das Monstrum, auch meine Angst verschlingt mich. Und dann steigt auch der schrecklichste aller Tage aus den tiefsten Tiefen meines Unterbewussten strahlend hell nach oben ans Licht und ich höre jedes Geräusch, sehe jeden Schemen, als passiere alles genau JETZT. Wir sind irgendwo in Frankreich, im Süden, es ist heiß und stickig. Unser erster Auftritt liegt hinter uns und diesmal, denke ich, diesmal wird alles gut gehen. Denn ich bin nicht allein. Kein Einzelzimmer. Es ging nicht anders. Jemand ist bei mir, jemand, der mich beschützt und den ich beschützen muss. Mein kleiner Bruder liegt auf der anderen Seite des Zimmers in seinem

Bett und er schläft tief und fest nach den Strapazen der Anreise und des Auftritts und ich fühle mich so sicher wie nie zuvor. Fast schlafe ich ein. Aber dann verdunkelt sich der Lichtstreifen, der bis eben noch so makellos unter der Türschwelle schwebte. Er verdunkelt sich und das kann nicht sein. Das darf nicht sein. Die Türklinke knackt, der Lichtschein wird groß und mein Körper schafft es trotz seiner Starre zu zittern und zu beben. Die Gestalt schließt die Tür, doch es ist nicht stockfinster im Zimmer, durch die Vorhänge fällt das matte Licht einer Straßenlaterne. Die Gestalt geht an das Bett meines Bruders. Sie beugt sich darüber, streicht ihm mit der Hand über den Kopf. Mein Herz zieht sich zusammen, wird an den Rändern pelzig. Er darf nicht... es kann nicht sein... Wenn er meinen Bruder anfasst, dann... Da richtet sich die Gestalt auf und kommt zu mir. Setzt sich. Mein Herz gefriert als Erstes. Mein ganzer Körper ist aus Eis. Aus schweißnassem Eis. Er flüstert noch leiser als sonst. Jedes Wort zerreißt die Stille. Für immer.

Als er geht und der Lichtschein aus dem Flur für einen kurzen Moment das Zimmer erhellt, sehe ich aus dem gegenüberliegenden Bett die Augen meines Bruders leuchten, weit aufgerissen und riesig wie die eines Makis. Auch er zittert, feucht und strähnig stehen die Haare von seinem zehnjährigen Kopf ab. Er öffnet den Mund, er schließt ihn, er sinkt in sein Bett und dann sehe ich nur noch seinen zuckenden Rücken. Ich habe es geschafft. Ich habe ihn beschützt. Auch wenn ich dafür meine Seele abgeben musste.

12. Kapitel

Daran, dass sie am Nachmittag gemeinsam irgendetwas »Nettes« hatten unternehmen wollen, erinnerte sich plötzlich niemand mehr. Anne war es egal. Sie fügte sich wortlos, hatte den Eindruck, weder Johann noch Marita bemerkten ihre Sprachlosigkeit, und folgte den beiden ins Haus der Großmutter. Johann hatte vor, die ersten Dinge einzupacken, die er als Andenken behalten wollte. Die beiden Frauen könnten gut zur Hand gehen, fand er.

Anne war es schleierhaft, wie ihr Vater durch das Haus gehen konnte, ohne *das Zimmer* auch nur in Ansätzen zu erwähnen. Als Marita und Johann im oberen Stockwerk beschäftigt waren, ging sie in den kühlen Keller. Die Tür zum Zimmer war nicht abgeschlossen. Cornelius war hier drin gewesen, als er den »Stoppt-Strauss«-Button gefunden hatte, fiel ihr ein. Er musste den Schlüssel zum Haus noch immer haben. Einen Moment lang hoffte sie fast, er verstecke sich hier – wovor auch immer. Aber das Zimmer war düster, muffig und einsam wie zuvor. Sie ließ sich auf dem Bett nieder und betrachtete die Wände, die Möbel um sich herum. Sie hatte noch immer nicht genau verstanden, warum Andreas sich umgebracht hatte. Ob es damals einen Abschiedsbrief oder so etwas gegeben hatte? Aber bestimmt hätte die Großmutter diesen vernichtet. Und was – wenn sie ihn gar nicht gefunden hätte, wenn sie ihn nie gelesen hätte? Hedi hatte doch erzählt, dass sie das Zimmer noch an seinem Todestag abgeschlossen und nie wieder betreten hätte. Anne konnte sich nicht vorstellen, dass ihre Großmutter das Zimmer vorher durchsucht hatte. Sie streckte sich quer auf dem Bett aus, lehnte sich mit dem Kopf an die Wand, die Füße auf dem Boden. Alles nur Spekulationen. Vielleicht hatte der Abschiedsbrief mitten auf dem Esstisch gelegen – wenn es denn überhaupt einen gegeben hatte. Vielleicht war sein Entschluss zu sterben ja so spontan gewesen, dass er gar keinen mehr geschrieben hatte. Mit einem Mal hatte sie den Eindruck, im Raum würde es dunkler werden. Sie blickte zu dem schmalen Fenster unter der Decke hinauf. Stand dort jemand? Sie erkannte dunkle Hosenbeine. Johann konnte es nicht sein, er trug eine beige Chino.

Vorsichtig kletterte sie auf den Schreibtisch, um genauer sehen zu können. Etwas klirrte, eine Schachtel voller Stifte, Büroklammern und anderem Kleinkram viel zu Boden. Die Schritte entfernten sich rasch.

Anne spurtete die Kellertreppe hoch und riss die Haustür auf. Es war ruhig draußen, aber dann zerriss das Aufheulen eines Motors die Stille. Anne stürmte zur Gartentür und versuchte, auf der Straße etwas zu erkennen. War das nicht ein rotes Motorrad, das dort vorne um die Ecke bog?

Ganz langsam hatte er ausgeatmet. Und wieder ein. Sich fast verschluckt an der Luft. Wie ein Verbrecher hatte er hinter der Tür gekauert, dort, wo tatsächlich die Heizungsrohre waren. Er hatte erst die Haustür klappern gehört, dann ihre Schritte die Treppe hinunter. Er hatte sich versteckt, bevor er darüber nachdenken konnte, ob er das wollte. Aber jetzt, gerade jetzt, da konnte er ihr einfach nicht gegenübertreten. Was hätte er sagen sollen? Wo er doch selbst nichts wusste. Sie in den Arm nehmen? Wo *er* es doch war, der Trost brauchte. Ihr alles erklären? Er konnte sich selbst nichts erklären. Er hoffte inständig, dass sie heute mit ihm reden würde. Nachher würde er wieder zu ihr fahren ins Krankenhaus. Gestern hatte er sie zum ersten Mal offen konfrontiert. Es war so schwer gewesen, die Sätze richtig zu formulieren. Vielleicht war sie wirklich ahnungslos? Nein, ihr Blick hatte ihm sofort gesagt, dass er auf der richtigen Fährte war. Eigentlich benötigte er ihre Bestätigung gar nicht. Aber er wollte ganz sicher sein. Er wollte wissen, ob sein Hass begründet war, dieser unterschwellige, unaussprechliche Hass, den er schon immer gespürt hatte. Für den er sich sein Leben lang geschämt hatte, weil er ihn nicht begründen konnte. Und der trotzdem da war.

Oben war es ruhig geworden. Sicher waren sie gegangen. Ob sie noch einmal zurückkehren würde? Ihn hier suchen? Er schwor sich, sobald er sicher sein konnte, würde er sie anrufen. Er würde mit ihr sprechen. Das Versteckspiel musste ein Ende haben. Er wollte nicht für *seine* Sünden büßen und ihre Liebe aufs Spiel setzen. Der Gang zu ihr würde sein schwerster sein. Aber er musste ihn gehen. Sie hatte es verdient.

»Möchtest du meinen Concealer ausprobieren?«, fragte Marita, als Anne ins Bad ging.

»Warum? Hab ich's nötig? Auf dem Konzert ist es doch sicher dunkel – da sieht man meine Pickel eh nicht!« Irgendwie machte die Tante sie aggressiv. Wollte sich bei ihr einschleimen, tat auf beste Freundin.

»Quatsch, Entschuldigung«, und wieder dieses herzwärmenwollende Lächeln, das Anne gerade völlig gekünstelt vorkam. »Ich tausche gerne mal mit meinen Freundinnen

Kosmetikkram. Da kommt man auf Sachen, von denen man nicht denken würde, dass man sie tatsächlich gut gebrauchen kann.«

»Sorry, ich hab's nicht so mit Kosmetik«, sagte Anne eine Spur sanfter und schloss die Tür. Na, das würde ja was geben auf dem Konzert. Hoffentlich war es so laut, dass man sich nicht unterhalten konnte.

Natürlich fuhr Johann die beiden zur Konzerthalle, die unweit des Kinos auf der anderen Seite des Stadtparks lag. Mit ihrer modernen Architektur, den vielen Glasflächen und geraden Linien hatte die Halle bei ihrer Eröffnung im letzten Jahr viel Kritik geerntet. Das Kino dagegen befand sich in einem wunderschönen Gebäude aus den frühen Tagen des 20. Jahrhunderts und auch der Stadtpark war eher altmodisch. Doch Anne mochte die schlichte Funktionalität des Konzertsaals.

Johann hielt direkt auf der viel befahrenen Straße davor an und unter dem Hupen seiner Hintermänner sprangen Anne und Marita schnell aus dem Auto. Sie würden ihn anrufen, wenn das Konzert fertig war, und er würde sie dann abholen.

Anne klammerte sich an der kleinen dunkelbraunen Tasche fest, in der sie Handy, Geldbeutel und ein paar Taschentücher aufbewahrte. Marita sah sich auf dem Weg hinein immer wieder um, als suche sie jemanden.

Anne folgte ihrem Blick. Nichts Besonderes zu sehen... Oder doch! Bog an der Ampel nicht ein rotes Motorrad ab?

»Ich finde *The BossHoss* ja richtig geil«, lenkte Marita sie ab. »Ich hab die vor Jahren mal in einem kleinen Club in Berlin gesehen und freu' mich, dass die jetzt so groß rausgekommen sind.« Anne nickte nur ergeben.

Vor dem Eingang drängten sich bereits zahllose Fans.

»Ich stehe am liebsten ganz vorne an der Bühne«, teilte Marita nun ungefragt mit.

»Oh«, sagte Anne, ohne das Bedauern, das sie in ihre Stimmen zu legen versuchte, auch tatsächlich zu empfinden. »Das liegt mir gar nicht. Ich steh am liebsten seitlich hinten.« Nicht, dass sie schon öfter bei Popmusik-Konzerten gewesen wäre, aber selbst bei klassischen Aufführungen saß sie lieber weiter hinten. Endlich öffneten sich die Türen und sie konnten hineingehen. Marita schlug als Kompromiss die Mitte vor und Anne stimmte zu.

Sie kam sich vor wie ein Alien. Um sie herum coole, junge Frauen, die witzelten und mit irgendwelchen Typen schäkerten, jede Menge Jungs mit Sonnenbrillen und Stetsons, den BossHoss-typischen Cowboyhüten. Und an der Wand lehnte eine dürre Gestalt ganz in Schwarz gekleidet. Die Haare noch auftoupierter als sonst schon, das Weiß ihrer Augen leuchtete unnatürlich hell aus den dunkel geschminkten Lidern. Anne sah schnell fort. Ob Ami sie bemerkt hatte? Sie ging nun doch mit Marita weiter in die Mitte hinein. Unwillkürlich dachte sie an das Foto, das ihr Ami mitten in der Nacht geschickt hatte. Trotz der vielen Menschen um sie herum fröstelte sie plötzlich. War das wirklich nach dem Abend gewesen, an dem sie Cornelius geküsst hatte? Hatte sie ihn wirklich geküsst? Inzwischen kam ihr das alles vor wie ein Traum. Manchmal wie ein Albtraum.

Die ersten rockigen Töne setzten ein, aber zu ihrer Verwunderung musste Anne feststellen, dass die Stimmen der beiden bärtigen Sänger sie sofort einlullten, gefangen nahmen. Sie schaffte es, all die durcheinanderwirbelnden

Gedanken und Befürchtungen beiseitezupacken und sich ganz auf die ungewohnte Musik einzulassen. Sie musste sogar schmunzeln, als sie beobachtete, wie Marita neben ihr die nackten Arme nach oben reckte, mittanzte und sang. Anne war neidisch, wie viel Lebensfreude aus den Augen der jungen Frau sprach. War sie selbst jemals so unbeschwert gewesen? Hätte so ihre Mutter sein können, wenn sie nicht krank geworden wäre?

Eineinhalb Stunden später war sie klatschnass geschwitzt. Die Menge um sie herum war immer begeisterter mitgegangen. Nach vier Zugaben gab es jetzt nicht enden wollenden Jubel und zahllose Pfiffe überall um sie herum. Marita war immer weiter nach vorne in Richtung Bühne abgedriftet, Anne konnte gerade noch ihre hochgesteckten Haare entdecken, die längst so verwuschelt waren wie morgens nach dem Aufstehen.

Als die Lichter im Saal angingen, hatte sie es nicht eilig, zur Tür zu kommen, aber der Strom der Menschen schob sie einfach mit hinaus. Einmal spürte sie einen besonders spitzen Knochen in ihrer Taille und als sie sich umsah, meinte sie einen toupierten Kopf zu sehen, der sich rasch wegduckte. Dahinten, noch ziemlich weit von ihr entfernt, konnte sie Marita sehen. Sie würde vor der Halle auf sie warten, sie mussten ja sowieso noch Johann anrufen, damit er sie abholen kam. An einer der Säulen neben den Eingangstüren lehnte ein älterer Mann ganz in Cremeweiß gekleidet mit sonnengegerbtem Gesicht. Anne musste länger hinschauen, ehe sie sich sicher war: Brunner! Oje, hoffentlich machte der keinen Ärger. Sie tat, als hätte sie ihn nicht gesehen, sie wollte keinesfalls in irgendwelche Auseinandersetzungen mit hineingezogen werden.

Gierig atmete sie die frische Luft ein, als sie endlich aus der Konzerthalle hinauskam. Es musste geregnet haben, die Straße schimmerte feucht und ihr wurde in der dünnen Bluse kalt. Sie griff nach ihrem Handy, noch immer auf der obersten Stufe der Treppen stehend, die zum Platz vor der Halle hinunterführten. Aber bevor sie auch nur eine Nummer eingetippt hatte, schubste sie jemand von der Stufe hinunter. Sie streckte instinktiv die Arme aus, das Handy flog fort, sie sah die übrigen Stufen auf sich zukommen, alles geschah ganz langsam, sie ahnte, wohin sie kippen würde, merkte, dass sie sich täuschte, wunderte sich, warum sie noch nicht aufschlug, und in letzter Sekunde konnte sie sich irgendwie abfangen und taumelte die Stufen nach unten.

»Tschuldigung«, sagte eine Stimme in extrem boshaftem Ton. Sie drehte sich langsam um. Ami kam hüftwackelnd die Treppe hinunter, direkt auf sie zu. Annes Herz schlug wilder als der Drummer der Band gerade eben auf sein Schlagzeug eingedroschen hatte.

Sie wollte sie anschreien, wollte »spinnst du?« sagen, aber in dem Moment kam Marita aus der Halle gestürmt, Brunner im Schlepptau, der seinerseits schrie: »Warte, ich muss mit dir reden!« Und als sie nicht stehen blieb, setzte er ein »Schlampe« hinterher und packte sie am Oberarm. Anne beschleunigte ihre Schritte, musste ihr Handy aufsammeln, wollte endlich Johann anrufen, wollte einen ruhigen Platz. Aber Ami hatte längst aufgeholt.

»Das war eine Warnung!«, zischte sie. »Wenn du Cornelius nicht in Ruhe lässt, dann kassierst du eine Abreibung, die du dein Leben lang nicht vergisst, das verspreche ich dir.« Wäre Anne das Mädchen, das sie gerne sein wollte, hätte sie laut losgelacht. Das klang ja wie aus einer dämlichen Daily Soap. Immerhin schien ihr Gesicht ihre Gedanken gespiegelt zu haben.

»Glaub bloß nicht, dass du mich nicht ernst nehmen musst«, schrie Ami direkt an ihrem Ohr. »Er liebt mich! Das weiß ich! Hör auf dazwischenzufunken.« Anne versuchte, in das Buswartehäuschen zu gelangen, das direkt vor der Halle aufragte. Ami hielt sie am Ärmel fest, zerrte an ihr. Da nahm sie hinter dem völlig durchgeknallten Mädchen Brunner wahr, der die Hand erhoben hatte und ausholen wollte. Sie musste Marita helfen! Sie drehte sich zu Ami, packte sie an den Oberarmen, die sie beinahe ganz mit den Fingern umschließen konnte, und versetzte ihr einen Stoß. Sie wollte sich schon umdrehen, wollte zu Marita rennen, sie wegziehen von Brunner. Aber Ami knickte auf ihren hohen Schuhen einfach nach hinten weg, ein Fuß ragte schon nach oben, sie würde auf die Straße fallen, dorthin, wo die Autos fuhren. Anne stolperte beinahe selbst, weil sie zwei entgegengesetzte Richtungen gleichzeitig nehmen wollte, und merkte, dass sie sich nicht entscheiden konnte. Doch plötzlich verlangsamte sich alles zu Zeitlupentempo: Sie blickte einen Moment hoch, sah hinter Ami einen Motorradfahrer heransausen, ein rotes Motorrad, das immer größer wurde, monstermäßig, das auf sie beide zuhielt, auf sie selbst und Ami, das Licht des Scheinwerfers blendete sie, sie konnte die Gestalt auf dem Motorrad nicht erkennen und sie hatte den Gedanken noch nicht beendet, als ihr schon klar war, dass Ami nicht mehr ausweichen konnte. Anne machte einen Sprung nach vorne, wollte Ami zur Seite ziehen, wollte ihr die Hand reichen oder sie wegstoßen, sie aus der Gefahrenzone bringen. Es tat einen erstaunlich leisen Schlag, als das Motorrad das dünne Mädchen traf, das sich gerade erst aufgerappelt hatte. Nur der Schrei von Ami wurde lauter und lauter, lauter als alles, was Anne je gehört hatte, und dann flog etwas durch die Luft, Haare, Körperteile, Schuhe, eine Tasche, ein Hupton war zu hören, Bremsen quietschten, Anne fand sich an der Bordsteinkante kniend wieder, Autotüren wurden aufgerissen und das Letzte, was sie wahrnahm, war das Aufheulen eines Motorradmotors. Dann Stille.

Es musste die Hand von Marita sein, die auf ihrer Schulter lag. Etwas Blaues blinkte, Menschen mit orangefarbenen Westen wuselten durch die Gegend. Woher die Decke um ihren Körper herum kam, wusste sie nicht. Ihr Hintern fühlte sich nass an. Kein Wunder, sie saß auf der Bordsteinkante. Der nächtliche Himmel war inzwischen sternenklar, die Erinnerung an den Regen schwebte als zarter Duft vorbei. Das Knallen der Tür, als Ami auf einer Trage in den Rettungswagen geschoben wurde, fiel genau auf die Sekunde, in der ein Auto neben Anne und Marita anhielt. Ein dunkler Mercedes. Ein Mann sprang heraus, es war wohl ihr Vater.

»Anne«, rief er, Panik in den Augen. »Bist du okay? Ist dir was passiert?« Sie schüttelte stumm den Kopf, betrachtete durch ihre über den Knien zusammengelegten Arme hindurch den schwarzen Asphalt. Das Regenwasser sammelte sich an der Kante zum Gehsteig. Es war nicht klar und durchsichtig. Etwas Rotes hatte sich eingeschlichen. Blut. Amis Blut. So, wie überall auf der Straße Amis Blut zu sehen war. Anne bildete sich ein, sie habe gesehen, wie ein Beatmungsgerät um Amis Kopf geschnallt worden war –

oder hatte man doch mit einer Decke ihr Gesicht verhüllt? Sie war sich nicht sicher. Über nichts war sie sich sicher. Die Sicherheit in ihrer Welt war zerstoben. Sie spürte, wie Johann an ihr rüttelte, als wolle er sie aus ihrem Schweigen reißen, aber sie reagierte nicht.

Sah den hellen Scheinwerfer. Der auf sie zuhielt. Auf sie oder auf Ami? Sie schloss die Augen, das Licht des Scheinwerfers war so grell. Sie konnte den Fahrer einfach nicht erkennen! Funken sprühten hinter ihren geschlossenen Lidern.

»Ich bringe dich nach Hause«, sagte Johann. »Euch beide bringe ich nach Hause.«

»Entschuldigen Sie bitte«, sagte eine raue Stimme und im ersten Moment wusste Anne nicht, ob sie einem Mann oder einer Frau gehörte. Als sie aufblickte, sah sie in die grauen Augen einer Polizistin mit dunklen, raspelkurzen Haaren und den sanften Gesichtszügen einer Madonna.

»Können Sie mir etwas zum Unfallhergang sagen?«

»Bitte, doch nicht jetzt«, schaltete sich Johann sofort ein. »Sie sehen doch, meine Tochter steht völlig unter Schock. Hat das nicht bis morgen Zeit?«

»Nein«, erwiderte die Frau. »Ungern. Es gab wohl eine Fahrerflucht und da brauchen wir dringend Zeugenaussagen.«

Anne schob Maritas Arm beiseite und stand auf.

»Kommen Sie«, sagte sie zu der Polizistin. »Wo können wir reden?«

»Das musst du nicht«, hörte sie Johann, aber das Lächeln der Polizistin überlagerte seine Stimme, bis sie wie belangloses Rauschen klang.

»Dort hinten, im Bus«, sagte sie. »Mein Name ist Kerstin Fehlmeyer.«

Im Bus war es behaglich, sie bekam ein Wasser und spürte jetzt erst, wie sehr ihre Kehle brannte. Hatte sie selbst auch geschrien?

»Was haben Sie denn gesehen?«, fing Frau Fehlmeyer an. Anne räusperte sich. Sie sagte alles, was sie wusste. Gab auch zu, dass sie mit Ami gestritten, das Mädchen von sich gestoßen hatte. Nur eines sagte sie nicht: Dass es sich um ein rotes Motorrad gehandelt hatte. Vermutlich eine Ducati Monster, Baujahr 1994.

»Ich war geblendet von dem Scheinwerfer«, sagte sie. »Ich konnte nichts erkennen.«

Als sie auf der Bettkante saß, begannen ihre Finger wieder zu zittern. Sie hatte kurz überlegt, ob sie die Schlaftablette heute schlucken sollte, aber sie wollte ihren Verstand nicht ausschalten. Es war doch wichtig, klar zu bleiben im Kopf. Ganz klar. Sie musste darüber nachdenken, ob es ihre Schuld gewesen war. Hatte sie Ami so geschubst, dass sie mit dem Motorrad kollidiert war? Es war alles so rasend schnell gegangen. Ami hatte sie auf der Treppe nach unten gestoßen. Sie hatte Anne verfolgt, sie festgehalten. Dann hatte Marita geschrien. Anne hatte sich nur losmachen wollen von Ami. Der Scheinwerfer, er kam immer näher. Er hatte auf sie zugehalten. Er hätte doch bremsen können. Warum hatte er nicht gebremst? Warum war er nicht ausgewichen? Die Straße war nass gewesen. Der Motorradfahrer. War es Cornelius gewesen? Hatte er sich hinter den Lenker geduckt? Warum nur? Hatte er es auf Ami abgesehen – auf sie selbst? Das machte alles keinen Sinn! Sie drückte zum zehnten oder elften Mal seine Nummer. Aber wieder sprang nur die Mailbox an. Sie unterdrückte ein

Wimmern. Wo war er? Sie umklammerte das Kissen so fest, dass die Knöchel weiß hervortraten. Dieses Zittern sollte endlich aufhören. Aber als ihre Hände stillhielten, spürte sie, wie ihr Unterkiefer begann. Wie ihre Zähne aufeinanderschlugen, als sei sie ausgesetzt auf einer Eisscholle. Und kein Ufer war zu sehen.

Nach etwa zwei Stunden schaltete sie das Licht an. Halb vier. Ihr Nachthemd war schweißnass, im Zimmer war es stickig und warm. Sie zog den Rollladen hoch, öffnete das Fenster und sog gierig die kühle Nachtluft ein. Zwei Stunden hatte sie sich von einer Seite auf die andere gewälzt. Jedes Mal war der Film von vorne losgegangen. Ami. Der Stoß. Das Motorrad. Der Scheinwerfer. Der Schrei. Die Stille. Das große Warum.

Sie begann wieder zu zittern und schloss das Fenster, ließ den Rollladen leise herunter. Als sie zurück zum Bett ging, fiel ihr das Buch auf, dessen heller Rücken ihr unter dem Bettgestell hervor entgegenstrahlte. Sie hatte es dorthin gelegt, beinahe versteckt. Sie hatte verhindern wollen, dass ihr Vater es sah. Warum, wusste sie auch nicht so genau. Sie hob es auf und kuschelte sich damit ins Bett. Vielleicht würde es sie etwas ablenken. Sie blätterte gleich zu den Passagen über die 80er-Jahre. Ein gewisser Rudolf Koth war von 1975 bis 1983 Chorleiter gewesen. Auf den Fotos war ein schmaler, schlanker Mann mit einer lächerlichen Vokuhila-Frisur, vorne kurz, hinten lang, und einer viel zu großen, dunkel getönten Brille zu sehen. Hatte sie ihn schon mal irgendwo gesehen? Er erinnerte sie an jemand. Wenn sie nur wüsste, an wen. Schade, dass sie die Augenpartie hinter der Brille nicht genauer sehen konnte.

Stolz hatte er die Arme um seine Schützlinge gelegt. Keine Frage – der kleinste, ganz rechts außen, das musste Johann sein. Zehn, elf Jahre war er auf dem Foto wohl alt. Aber welcher von den ungefähr 40 Jungen war Andreas? Keiner sah Johann besonders ähnlich. Der mit den langen Haaren, von dem man kaum etwas sah? Der zierliche, der so ein grimmiges Gesicht zog? Oder der selbstbewusst lächelnde im Batik-T-Shirt?

Anne las, dass der Chor in dieser Zeit viel im europäischen Ausland unterwegs gewesen war, in Frankreich, England, sogar in Griechenland. Manchmal hatten die Chorknaben dafür extra schulfrei bekommen. Auch waren sie zu Chorwochenenden gefahren, zum intensiven Üben und zur Teilnahme an Wettbewerben. Mehrmals hatten sie beim Leistungssingen den Titel »Meisterchor« errungen, 1979 waren sie Sieger des Landeschorwettbewerbes geworden. In dieser Zeit, berichtete die Chronik, war Vera Rosen Korrepetitorin des Chores gewesen. Ob das Cornelius' Mutter war? Auf einem der Fotos konnte sie die Klavierspielerin entdecken. Aber da sie ihr nie begegnet war, wusste sie nicht, wie sie aussah. Vera Rosen musste inzwischen Mitte, Ende 50 sein, rechnete Anne nach. Auf einem anderen Bild erkannte sie einen jungen Mann mit wirrem Haar und spitzer Nase. Auch der Kragen eines Trachtenhemdes ließ sie ihn eindeutig als von Derking identifizieren. Er musste damals noch Student oder so etwas gewesen sein, überlegte sie. Wie jung er gewesen war! Die Bildunterschrift wies ihn jedenfalls als Assistenten des Chorleiters aus.

Sie spürte plötzlich, wie ihr beim Lesen nun doch immer wieder die Augen zufielen und so legte sie das Buch weg, löschte das Licht und schlief endlich ein.

Sonntag, 13.06.

Trost kann ich euch nicht geben, aber Trost ist vermutlich auch nicht das, was ihr braucht. Denn es wird heller werden um eure Herzen, wenn ich erst fort bin. Die Welt ist kein Platz für mich mehr, die Welt hat keinen Platz für mich mehr. Dort, wo ich hingehe, gibt es Platz ohne Ende. Dort, wo das Ende wartet, gibt es kein Ende und keinen Anfang. Ich stelle mir einen hellen, lichten Raum vor ohne Leid. Voller Freiheit. Ohne Scham. Voller Leichtigkeit. Ohne Schuld. Voller Geborgenheit. Ich habe keine Angst. Angst hätte ich weiterzuleben. Aber das muss ich ja nicht. Das ist meine Wahl. Meine Entscheidung. Ich kann allein bestimmen. Das Eis taut und gibt mein Herz frei, es öffnet sich vor Freude, denn ich werde wie ein Vogel fliegen, hinab ins Tal, um dann aufzusteigen in die unendlichen Weiten des Himmels. Für immer. Also seid auch ihr nicht bang.

13. Kapitel

Um kurz vor halb acht waren sie gekommen. Sie hatten ihn sprechen wollen, bevor er zur Schule aufbrach. Dafür, dass er nun mit Sicherheit die erste Stunde versäumte, hatte er diesmal eine richtig gute Entschuldigung, überlegte Cornelius bitter. Eine verdammt gute, von der er allerdings nicht sicher war, ob er sie in der Schule anführen sollte. Vor Brunner noch dazu! Sein Vater war schon fort und Cornelius blieb nichts, als die beiden Beamten hereinzubitten. Die Kommissarin, oder was immer sie war, stellte sich als Kerstin Fehlmayer vor, den Namen ihres sehr viel jüngeren Kollegen verstand er nicht. Aber er schwieg sowieso die meiste Zeit.

»Wo waren Sie gestern Abend zwischen 22.00 und 23.00 Uhr?«, fragte Kerstin Fehlmayer, nachdem sie ihm erklärt hatte, dass dies eine rein informatorische Befragung und was am Vorabend geschehen war. Ein Unfall mit Fahrerflucht. Ein schwer verletztes Mädchen und Zeugen, die ein Motorrad mit ungebremster Geschwindigkeit in dieses hatten hineinfahren sehen. Seine Müdigkeit war mit einem Schlag fort. Und doch fühlte sich sein Kopf an wie in Nebel gehüllt. Anne, dachte er, Anne – hoffentlich war ihr nichts geschehen!

»Ich war zu Hause«, antwortete er.

»Gibt es dafür Zeugen?« Sie klang nicht misstrauisch, nur korrekt. Aber sie machte ihm Angst. Denn er musste mit »Nein« antworten.

»Meine Mutter ist im Krankenhaus, wo mein Vater war, weiß ich nicht. Er hat viele Abendtermine, wir sehen uns selten.«

Die Kommissarin holte einen braunen Umschlag hervor, dem sie ein DIN-A4 großes Bild entnahm. Es war die körnige, eher braun- als schwarz-weiße Aufnahme aus einer Überwachungskamera. Man sah eine Bushaltestelle, Menschen, jemand lag auf dem Boden – und ein Motorrad, das sich entfernte.

»Wir konnten das Kennzeichen entziffern«, erläuterte Fehlmayer sachlich. »Es ist auf Sie zugelassen.« Sie schwieg, ließ ihm Zeit, eine Antwort zu finden. Der Nebel wurde immer dichter. Was nicht unangenehm war.

»Herr Rosen, haben Sie mich verstanden?«, fragte sie nun doch nach. Cornelius räusperte sich.

»Mir wurde das Motorrad gestern Nachmittag gestohlen«, sagte er. Er wusste, dass es wie eine faustdicke Lüge klang. Die Kommissarin legte den Kopf schief.

»Warum haben Sie das nicht gemeldet?«

Er zuckte mit den Schultern.

»Weiß nicht. Dachte, es taucht wieder auf.«

Ein kurzes Schürzen ihrer Mundwinkel wies darauf hin, dass sie ungeduldig wurde.

»Herr Rosen, Ihnen ist der Ernst der Situation nicht klar. Ich habe hier noch ein weiteres Foto...«, sie zog es aus demselben Umschlag. »Da wurden Sie geblitzt – weil Sie auf einer Ausfallstraße statt 70 knapp 110 fuhren. Und nur einen Tag später stellte Ihnen mein Kollege POW Huber eine Verwarnung aus, weil Sie in einer Tempo-30-Zone zu schnell fuhren.«

Cornelius betrachtete den Fußboden, voller Krümel war er. Er nickte vorsichtig.

»Vielleicht haben Sie ein Problem mit der Handhabung Ihres Motorrades? Allzu lange sind Sie damit ja noch nicht unterwegs.«

Er konzentrierte seine Kräfte und sah ihr ins Gesicht. Sie hatte graue Augen mit orangen Sprenkeln darin.

»Ich war an dem Abend zu Hause. Ich schwöre es!«

»Und wie kam Ihr Motorrad dann an den Unfallort?«

»Jemand anderes hat es gefahren!«

»Und wer?«

»Das weiß ich nicht. Wirklich nicht. Es war einfach weg. Ich war unterwegs gewesen, hatte es in der Gartenstraße geparkt, und als ich gegen 16.00 Uhr dorthin zurückkam, wo ich es abgestellt hatte, war es fort.«

»Und wo ist es jetzt?«

»Das weiß ich nicht.«

»Dürfen wir mal einen Blick in Ihre Garage werfen – oder dorthin, wo Sie das Gefährt sonst abstellen.«

Seine Finger zitterten, als er das Tor zum Schuppen öffnete. Leuchtend strahlte das Rot des Motorrads in der frühen Morgensonne. Cornelius hielt sich am Türgriff fest.

»Ist das Ihres?«, fragte Fehlmayer und Cornelius empfand die Frage als nichts als zynisch. Natürlich war das seins.

»Aber ich bin gestern Abend nicht darauf gefahren!«

»Wir werden sehen«, sagte sie. »Jedenfalls ist das Motorrad beschlagnahmt. Ich schicke ein paar Kollegen, die es abholen werden. Und ich möchte Sie bitten, sich zu unserer Verfügung zu halten. Da kommen noch ein paar mehr Fragen auf Sie zu. Schönen Tag noch.«

Fassungslos blickte er ihr hinterher. Und doch brachte er noch die Kraft für eine Frage auf, schneller gesprochen als gedacht.

»Das Mädchen«, rief er. »Wie geht es ihr? Und sagen Sie mir Ihren Namen?«

»Das darf ich nicht«, erwiderte die Kommissarin. »Sie wird wohl durchkommen. Ihre Mutter hat heute Morgen Bescheid gesagt, dass sie nach der Nacht nun stabil ist.«

»Danke«, sagte er und schämte sich für sein kleines Lächeln. Anne konnte es nicht sein. Gott sei Dank!

Irritiert sah sie um kurz nach elf auf die Uhr. Sie fuhr hoch. Warum hatte sie niemand geweckt? Und dann war alles wieder da. Sie hatte Ami einen Stoß gegeben. Sie wusste nicht einmal, ob Ami überlebt hatte. Der Krankenwagen war mit Blaulicht und Sirene fortgefahren, das hatte sie wahrgenommen. Aber dann – nichts mehr.

Der Boden unter ihren Füßen war angenehm kühl, aber dennoch hatte sie Sorge, dass er wegkippen könnte. Aus der Küche drangen ihr leise Stimmen entgegen, die sofort verstummten, als sie die Tür berührte. Johann sprang auf, kam zu ihr und legte die Arme um sie.

»Wie geht es dir, mein Schatz?«

»Warum habt ihr mich nicht geweckt?« Maulig klang sie.

»Ich habe dich krank gemeldet. Nach dem Schreck gestern, dachten wir, ist es das Beste, wenn du dich richtig ausschläfst. Wir müssen heute sowieso noch bei der Polizei vorbei. Du musst deine Aussage unterschreiben.«

Marita zauberte ihr Kornblumensommer-Lächeln ins Gesicht, aber Anne brachte nicht die Kraft auf, es zu erwidern. Sie setzte sich hin, starrte auf den gedeckten Frühstückstisch. Der Anblick der gepellten und halb gegessenen Eier spülte ein Gefühl von Ekel in ihre Kehle.

»Ich wollte dir noch sagen«, hob Marita an. »Du musst dir

keine Sorgen machen. Ich habe genau gesehen, dass diese Ami dich zuerst geschubst hat. Dass du ihr anschließend helfen wolltest.«

»Hat Brunner das auch gesehen?«

»Brunner?«, schaltete sich Johann ein. Marita warf ihm einen unsicheren Blick zu. »Was wollte Brunner dort? Ich hab ihn gar nicht gesehen.« Marita legte ihre Hand auf Johanns Unterarm, zupfte an den dunklen Härchen.

»Er hat mir aufgelauert nach dem Konzert. Wollte mit mir reden. Deswegen haben sich Anne und ich ja auch aus den Augen verloren. Ich habe ihn fortgeschickt.«

»Er wollte dich schlagen.« Der Wunsch, alles auszusprechen, nie mehr etwas zu verschweigen, war übermächtig in ihr. Wie ein Vulkan spie sie die Worte hervor.

»Marita, warum hast du mir das nicht gesagt?«, fragte Johann empört.

»Ich wollte dich nicht beunruhigen. Es war ja auch nichts weiter. Als er den Unfall sah, ist er abgehauen.«

»Wir sollten ihn anzeigen. Er sollte sich dir nicht mehr nähern dürfen.«

»Johann, bitte«, sagte sie sanft. »Ich hab das im Griff. Jetzt geht es doch erst einmal um Anne.« Johann drehte den Frühstücksteller mit den Fingerspitzen im Kreis herum. Rote Flecken liefen ihm über Hals und Gesicht.

»Wisst ihr etwas, wie es Ami geht?«, fragte Anne.

»Das ist doch jetzt egal«, sagte Johann knapp.

»Nein, mir ist das nicht egal«, schrie Anne. »Ich bin schuld, dass sie auf die Straße geflogen ist. Ich hab sie geschubst!«

»Sie hat dich angegriffen. Du hast dich nur gewehrt. Und wenn dieser Motorradfahrer einfach ausgewichen wäre, wäre ja auch nichts passiert«, sagte Marita und ihre Stimme hatte alle Sanftheit verloren. »Ich verstehe das einfach nicht – der hat voll auf euch zugehalten. Hat nicht mal versucht zu bremsen. Und dann ist er davongefahren, ohne sich noch einmal umzuschauen.«

»Du meinst, das war Absicht?« Johanns rote Flecken wichen einer aschfahlen Blässe.

Marita nickte. »Für mich sah das ganz danach aus.«

»Hast du das Motorrad erkennen können? Ein rotes vielleicht? Ich wette, da steckt dieser Cornelius dahinter!«

»Papa!«, entfuhr es Anne. »Warum sollte er denn so etwas tun?«

»Im Drogenrausch!«

Anne sprang auf und rannte aus dem Zimmer.

»Anne«, rief er ihr nach, aber sie warf ihre Tür so laut zu, dass er es garantiert nicht wagen würde, ihr zu folgen.

Sie musste zu ihm. Sie musste ihn finden. Diese Ungewissheit hielt sie einfach nicht mehr aus. Sie würde einfach gehen. Sollte Johann doch toben und im Quadrat springen. Sie war nicht mehr das brave Lämmchen. Sie würde ihn jetzt suchen und finden. Und ihn zur Rede stellen. Sie konnte sich nicht vorstellen, dass er tatsächlich der Motorradfahrer gewesen war. Und doch war sie sich sicher, dass sie seine Maschine gesehen hatte. Und wenn er sie und sich selbst von Ami hatte befreien wollen? Nein, dieser Gedanke war unglaublich! So war er nicht! Aber – kannte sie ihn wirklich? Ihr Blick fiel auf die Chronik, die auf ihrem Nachttisch lag. Natürlich – vielleicht war er im Haus ihrer Großmutter. Sie hatte doch gestern das Motorrad von dort wegfahren sehen, vielleicht hatte er sich tatsächlich dort versteckt, und als er sie alle hatte kommen hören, war er schnell verschwunden. Das hieße aber auch: Er wollte sie nach wie vor nicht sehen. Egal, sie würde ihn zwingen.

Sie steckte ihr Handy ein, das trotz des Sturzes gestern noch funktionierte, und etwas Geld. Im Flur bemühte sie sich nicht sehr darum, leise zu sein. Sie nahm eine dünne Jacke von der Garderobe, ihren und den Schlüssel zum Haus der Großmutter. Marita und Johann unterhielten sich im Wohnzimmer. Sie schienen sie nicht zu bemerken. Nicht einmal das quietschende Garagentor ließ sie zögern. Sie zog Johanns altes Fahrrad vor, glücklicherweise hatte es keinen Platten, schloss die Garage und stieg auf. Als das Fahrrad schon bergab rollte, hatte sie den Eindruck, Johanns erschrockenes Gesicht hinter der Fensterscheibe zu sehen. Es war egal. Und das war das erste gute Gefühl seit Tagen.

Vor dem Haus der Großmutter stand nirgends ein rotes Motorrad. Auch hinter dem Haus nicht und nicht im Garten. Das ganze Gebäude atmete Leere. Auch *das Zimmer* war leer. Noch einmal sah sie sich ratlos um. Was sollte es hier geben, das irgendjemand unbedingt haben wollte? Nach 30 Jahren... Das Glas fiel ihr wieder ein, dessen Scherben oben im Abfalleimer lagen. Und wenn doch jemand am Abend vor ihrem Tod bei ihrer Großmutter gewesen war? Jemand, der noch eine Rechnung offen hatte? Die seit 30 Jahren nicht beglichen worden war? Sie ging nach oben, goss sich an der Spüle ein Glas Wasser ein, trank es in einem Zug. Sie zog ihr Handy hervor. Vier unbeantwortete Anrufe. Alle von Johann. Egal. Wieder einmal wählte sie Cornelius' Nummer. Nichts. Natürlich nicht. Mit einem Mal bekam sie eine riesige Wut! Warum ließ dieser Typ sie so im Stich? Er musste doch mitbekommen haben, was passiert war. Vielleicht – ihr Magen krampfte sich zusammen – saß er bei Ami im Krankenhaus und hielt ihre Hand? Vielleicht war es alles noch viel schlimmer und der Angriff gestern hatte ihr gegolten, vielleicht wollten die beiden sie loswerden und durch ein Missgeschick war nicht sie, sondern Ami verletzt worden... Sie ließ sich an den alten Holztisch sinken, legte den Kopf auf seine spröde Oberfläche, besah den schwarz-weiß karierten Fliesenboden. Nirgends eine Antwort. Unter dem großen Standkühlschrank lugte ein dunkles Blatt hervor. Sie rappelte sich hoch, stellte ihr Glas in die Spüle, bückte sich und zog das glänzende Papier hervor. Es war ein Durchschlagpapier, wie man es früher verwendet hatte, wenn man von einem Brief eine Kopie haben wollte. Auf der dunkelblauen Rückseite konnte sie feine hellere Schriftzeichen lesen, allerdings spiegelverkehrt. Sie setzte sich zurück an den Tisch und erkannte die enge, verschlungene Handschrift ihrer Großmutter. Das Blatt hatte wohl schief unter dem eigentlichen Briefbogen gelegen und so war keine Anrede erkennbar. Auch waren ein paar Satzenden abgeschnitten. Mit etwas Mühe und unter Zuhilfenahme eines kleinen Handspiegels aus dem Flur gelang es ihr trotzdem, einen Brief zu entziffern.

es ist alles sehr lange her und vielleicht haben Sie alles vergessen. Ich nicht. Ich denke jeden Tag...
Tag denke ich daran, dass sich mein armer Junge...
Leben genommen hat, das Sie ihm zerstört haben.
lange die Augen verschlossen vor der Wahrheit. Aber...
nicht mehr. Jetzt bin ich alt und jetzt macht es...
mehr aus, die Dinge beim Namen zu nennen...

*Vielleicht liegt das auch an der Chronik, die mir vor
Tagen zugeschickt wurde. Über den Bildern meines lieben...
wurde mir plötzlich klar, dass ich als Mutter ver...
habe. Ich hätte damals seine Hilfeschreie hören...
Ich habe es nicht. Ich habe weggehört. Wenn er nicht...
den Reisen wollte, habe ich ihn gezwungen, weil ich fand...
eine Auszeichnung in Ihrem Chor mitreisen zu dürfen.
gedacht, er wird immer stiller und zurückgezogener...
bald in die Pubertät kommt. Dabei war er erst elf. Weil...
Chronik kam, habe ich mich auch verpflichtet gefühlt, endlich...
Zimmer zu gehen, das nun 30 Jahre lang abgeschlos...
Der Schmerz war einfach zu groß. Ich konnte nur überleben,
indem ich ihn aus meinem Kopf und Herzen gerissen...
Es war ein hoher Preis. Aber nur so konnte ich überleben.
Und ich musste ja, schließlich gab es ja Johann. Nun habe
ich, nach 30 Jahren, sein Zimmer aufgeschlossen und dort
tatsächlich ein Büch...
gefunden, in dem mein lieber Andreas alles aufgeschrie...
warum er sich umgebracht hat. Wie Sie ihn gequält...
Und mir ist klar geworden, dass ich es immer wusste,
passiert war und es in mir verschlossen habe wie... Auster
ihre Perle. Meine Schale ist so hart wie die der Auster...
Perle in mir ist verwest und verrottet.
will sie nicht ins Grab mitnehmen. Ich hatte damals Angst...
Schande und dachte, dass mir keiner glaubt. Und ich...
den Gedanken, dass mein lieber Andreas eine zu blühen...
Fantasie hat. Als ich aber seine Aufzeichnungen gele...
wurde mir klar, dass kein Kind so etwas erfinden kann.
will, dass meinem lieben Andreas Gerechtigkeit widerf...
will, dass Sie für Ihre bösen Taten geradestehen.
wen Sie noch alles auf dem Gewissen haben. Ich werde...*

sorgen, dass alle Welt erfährt, was für ein schlechter Men...
sind. Was für ein Teufel. Ich will nicht ster...
bevor ich nicht endlich den Mörder meines Sohnes
Anklagebank sitzen sehe. Aber ich will Ihnen ein...
Chance bieten, denn ich bin durch und durch Christin:
gebe Ihnen bis zum 30. April Zeit, sich selbst bei der Poli...
anzuzeigen. Wenn Sie dies nicht tun, dann werde ich...
Und ich werde auch die lokale Presse informieren.
ist mir egal, ob Ihre Schuld schon verjährt ist oder...
Selbst wenn kein Gericht Sie mehr bestrafen kann,...
Gesellschaft kann es. Das werden Sie dann schon...

Einen Moment war ihr so schwindelig, dass sie dachte, sie würde vom Stuhl kippen. Sie nahm sich noch ein Glas Wasser und trank gierig. Es war unfassbar! Welche Qualen musste ihre Großmutter gelitten haben – mehr als 30 Jahre lang. Und schließlich hatte sie den Kummer sogar mit ins Grab genommen, hatte keine Genugtuung erfahren. Sie konnte kaum glauben, dass ihre Großmutter jemandem vorwarf, Andreas umgebracht zu haben. Nach 30 Jahren! Doch wem? Es konnte sich nur um diesen Chorleiter handeln, wie hatte er geheißen? Irgendwie eklig. Wie... genau, Koth. Sie ärgerte sich, dass die Chronik bei ihr zu Hause lag und sie nicht noch einmal hineinschauen konnte. Wer mochte dieser Herr Koth nur sein? Ob der noch lebte, hier im Ort gar? All die Jahre völlig unangetastet trotz seines bösen Verbrechens. Natürlich hatte die Großmutter es nicht offen ausgesprochen, aber ihr war schnell klar geworden, dass dieser Chorleiter den kleinen Andreas wohl missbraucht hatte. Auf den Reisen. Wie grauenhaft! Und er hatte offensichtlich nirgendwo Hilfe erhalten. Nicht von seinen Eltern, nicht von Freunden oder Lehrern. Kein Wunder, dass er sich in Drogen und Alkohol geflüchtet hatte. Ob Hedi die Wahrheit gekannt hatte?

Im Wohnzimmer fand sie ein schon etwas älteres Telefonbuch, aber es war niemand mit dem Namen »Koth« verzeichnet. Wahrscheinlich war dieser Typ längst über alle Berge. Aber Moment – hatte er vielleicht aufgrund dieses Briefes ihre Großmutter besucht? Hatte er mit ihr reden wollen? War von ihm das zweite Glas? Und wo war dieses Büchlein nun, das die Großmutter erwähnt hatte? Mit einem Mal krachten Erkenntnisse wie Granatsplitter rings um sie ein. Vielleicht war er hier gewesen, hatte aber nicht bekommen, was er wollte, weil die Großmutter – zuvor gestorben war. Und dann war er nachts wiedergekommen, hatte eingebrochen und in Andreas' Zimmer nach dem Buch gesucht. Er hatte sie selbst, Anne, verdächtigt, dass sie das Buch hatte. Er hatte ihr Zimmer durchsucht und ihren... Rucksack. Er musste in ihrer Nähe sein. Verdammt, wenn sie nur wüsste, wer er war! Und wo das Buch war! Ihre Großmutter schien es gut versteckt zu haben. Bloß wo?

Die Marienstatue fiel ihr ein, im Schlafzimmer der Großmutter. Wie gerne hatte sie selbst dort als Kind kleine Schätze versteckt, nachdem sie einmal den Mechanismus herausgefunden hatte. Sie polterte die Treppe hoch, stürmte in das muffige Zimmer und beugte sich zu der kleinen Holzfigur auf dem Sockel. Sie klappte die Statue zurück und griff in den Hohlraum. Leer. Eindeutig leer. Mist. Ob der Chorleiter selbst schon fündig geworden war? Aber nein... der Angriff gestern Abend! Vielleicht hatte er doch ihr gegolten! Vielleicht hatte er sie einschüchtern wollen.

War es wirklich Cornelius' Motorrad gewesen? Wenn… wenn Cornelius irgendwie in die Sache verwickelt war, dann konnte das doch nur heißen… Der Ton des Handys zerriss die Stille wie das Heulen einer Sirene. Sie wollte es schon ignorieren, das war bestimmt wieder Johann, der wissen wollte, wo sie sei. Ob es ihr gut ginge. Gut! Es war ihr noch nie gut gegangen. Außer an jenem einen Abend, den er zerstört hatte. Vielleicht sollte sie ihm das mal sagen. Sie sah aufs Display und mit nervösen Fingern schaffte sie es, die grüne Taste zu drücken.

»Cornelius!«, schrie sie hinein. »Wo bist du?«

»Wo bist *du?* Ich muss dringend mit dir reden!«

Es tat so gut, seine Stimme zu hören.

»Ich bin im Haus meiner Großmutter. Du glaubst gar nicht, was…«

»Okay, bleib dort! Geh nicht weg! Ich bin in ungefähr einer Viertelstunde dort. Warte bitte auf mich, ja? Versprochen? Es ist wichtig!«

Sie nickte und rief »ja, ja, natürlich« und dann hatte er schon aufgelegt und das leere Haus weitete sich um sie wie ein Luftballon kurz vor dem Platzen. Sie lief wieder nach unten, wanderte im Wohnzimmer auf und ab. Setzte sich kurz in den Sessel, sprang wieder auf, und obwohl sie wusste, dass er gleich bei ihr sein würde, zuckte sie erschrocken zusammen, als es klingelte. Sie stürmte zur Tür, zog sie auf, ein Strahlen hing in ihrem Gesicht, sie war so froh, ihn endlich wiederzusehen. Es würde sich alles klären. Er würde ihr helfen. Da war sie ganz sicher.

»Oh, das ist ja schön, dass ich jemanden antreffe«, sagte Hermann Rosen breit grinsend. Anne gefror das Blut in den Adern.

Endlich! Endlich hatte seine Mutter mit ihm gesprochen. Auch wenn das, was sie ihm erzählt hatte, unter Tränen, stockend und flüsternd, ein Schock für ihn war, so fühlte er gleichzeitig eine Erleichterung, die ihn vom Scheitel bis zur Sohle ausfüllte. In den letzten Tagen hatte sie vorgegeben, zu starke Schmerzen zu haben, ihn nicht zu verstehen oder sie hatte einfach an die Decke gestarrt und geschwiegen. Er konnte sie nicht verachten. Nicht dafür, dass sie immer geschwiegen hatte. Schließlich war sie seine Mutter. Erst nachdem er ihr die schrecklichsten Passagen aus dem Tagebuch vorgelesen hatte, war sie bereit gewesen zu reden. Zum ersten Mal in ihrem Leben.

Sie hatte geschwiegen, um ihn selbst, Cornelius, ihren Sohn, zu schützen. Vor diesem Monstrum von Vater. Sollte er lieber andere quälen als den eigenen Sohn.

»Als ich ihn kennenlernte«, brachte sie zitternd hervor, »habe ich nichts gemerkt. Ich war nur froh, dass er ein so zurückhaltender Mann war, der mich nicht drängte, irgendetwas zu tun, was ich nicht wollte. Unsere Beziehung war eher platonischer Art. Es hat lange gedauert, bis wir ... Mir war das recht. Ich war froh, einen Mann zu haben und den Fragen meiner Familie endlich zu entkommen. Ich galt als spätes Mädchen, ständig wurde gefragt, wann ich heirate, Kinder bekomme, grauenhaft, ich wollte davon nichts wissen. Ich wollte Klavier spielen und sonst nichts.«

»Aber auf den Reisen mit dem Chor – da musst du doch etwas mitbekommen haben«, sagte Cornelius. Sie schüttelte langsam den Kopf.

»Wir hatten natürlich getrennte Zimmer. Ich habe nichts gemerkt. Es war kurz nach dem Selbstmord von Andreas. Da hat er mich gebeten, ihn zu heiraten. Er wolle meinen

Namen annehmen, um mir zu zeigen, wie sehr er mich liebe. Und natürlich war für einen Geistesmenschen der Name Rosen auch angemessener als Koth. Ich stimmte zu. Und dann, kurz nach den Flitterwochen…

Wir waren zum ersten Mal in Thailand gewesen. Ich hatte dort ein Konzert gegeben, Land und Leute hatten uns sehr begeistert. Als wir zurück waren, hatte ich zum ersten Mal einen Verdacht. Ich fand einen Brief, den er wohl doch nicht abgeschickt hatte – einen Liebesbrief an einen zwölfjährigen Jungen aus dem Chor. Tagelang redete ich mir ein, dass ich da etwas missverstand. Dass das nicht sein konnte. Ich getraute mich nicht, ihn darauf anzusprechen. Irgendwann träumte er immer öfter davon, dass wir doch nach Thailand gehen könnten. Das Land hätte seine Seele beflügelt, sagte er. Und außerdem hätte er eine Stellenausschreibung gesehen – als Lateinlehrer an einer deutschen Schule in Bangkok. Du weißt ja, dass er nach dem Musikstudium noch Lehramt studiert hatte. Ich stimmte zu. Nur weg von hier. Dort würde sicher alles besser werden. Mich hat das Leben dort immer angestrengt, aber er war glücklich. Du kannst dir denken warum… alles war dort… einfacher… für ihn.« Ein Schluchzen entrang sich ihrer Kehle. Minutenlang schwieg sie. Cornelius konnte mit einem Mal ahnen, welche Bilder sie peinigten. Erinnerungen stiegen in ihm hoch. Auch wenn sein Vater streng gewesen war – wenn er ihn überhaupt beachtete –, in einer Sache war er sehr großzügig gewesen: Er förderte Cornelius' Freundschaft mit den einheimischen Jungen im Alter seines Sohnes, wo er nur konnte. Sie durften zum Spielen und Essen kommen, sie durften übernachten, zwei von ihnen zahlte er sogar eine Ausbildung an einer Privatschule. Cornelius konnte sich genau an dieses Gefühl erinnern, mit welchem Neid, mit welcher Eifersucht er die Jungen betrachtet hatte, die sein Vater ihm so sehr vorgezogen hatte. Und wie oft hatte er seine Spielgefährten dafür gequält und gepiesackt! Doppelt waren sie gestraft gewesen, das wurde ihm nun klar.

»Warum bist du nicht gegangen?« Er musste sich beherrschen, nicht laut zu werden.

»Wohin hätte ich denn gehen sollen? Meiner Familie wollte ich die Genugtuung, dass meine Ehe gescheitert wäre, nicht gönnen. Seit deiner Geburt hatte ich nicht mehr Klavier gespielt – ich hätte nie das Geld für uns verdienen können. Ich wusste einfach nicht, was ich hätte tun sollen. Es war einfacher, alles zu ignorieren und einfach so zu tun, als wäre nichts.«

»Aber ... als ich ... hast du da nicht ...?«

Sie fasste nach seiner Hand, er war erstaunt, wie fest sie mit dieser krummen, verkrüppelten, von Schmerzen verzogenen Hand zupacken konnte.

»Ich habe meine Karriere aufgegeben, damit ich immer in deiner Nähe sein konnte. Ich hätte nicht zugelassen, dass er dich anfasst. Und das hat er auch nie getan.«

»Er hat mich einfach missachtet, so getan, als existierte ich gar nicht.«

Sie nickte. »Das war der Preis.«

Er sah sie fassungslos an.

»Ich verstehe, wenn du mich dafür verachtest.« Ganz leise war ihre Stimme geworden. Lange lagen seine Finger neben den ihren auf dem weißen Bettlaken. Vorsichtig tasteten seine Kuppen nach ihrer Hand.

»Dieses Buch, das du hast, das wird ihm nicht gefallen«,

sagte sie plötzlich. Er sprang auf, begann im Zimmer auf und ab zu laufen.

»Du musst dich jetzt für oder gegen ihn entscheiden«, sagte sie. Sie klang mit einem Mal so kühl. Als sei es ihr egal. »Ich kann das nicht. Ich bin viel zu schwach dafür.«

Sie rief ihm nicht nach, bat ihn nicht zu bleiben, zu reden, als er aus dem Krankenhauszimmer stürmte. Anne, dachte er nur. Anne, ich muss mit Anne reden.

Sie hatte es nicht geschafft, die Tür einfach zuzuschlagen. So schnell war er im Flur gestanden, das Lächeln noch immer ins Gesicht gemeißelt.

»Mein Vater ist nicht da«, hatte sie gesagt und im gleichen Augenblick war ihr klar geworden, dass dies die allergrößte Dummheit war. Sie hatte ihn mit diesen Worten fortscheuchen wollen, ihn von der Nutzlosigkeit seiner Anwesenheit überzeugen – aber das Gegenteil war der Fall.

»Das macht nichts.« Er wirkte fröhlich, beinahe ausgelassen. Mit seinem Bauch stieß er fast an sie, sie roch wieder seinen sauren Atem, wich immer weiter vor ihm zurück. Er folgte. Zum ersten Mal bemerkte sie die zarte Spur einer Narbe, die vom Augenwinkel zum Ohr verlief. Und dass seine Augen etwas sehr Vertrautes hatten.

»Ich wollte dich um etwas bitten, weißt du«, sagte er freundlich.

»Worum?« Ihre Stimme klang piepsig, wie ein Mäuschen, dessen Schwanz die Katze schon gepackt hat.

»Das Buch. Du könntest mir das Buch geben.«

»Welches Buch?« Anne hoffte, sie log überzeugend.

»Du weißt genau, welches Buch ich meine. Gib es mir, ich verschwinde und du hast weiterhin gute Lateinnoten.«

»Ich scheiß auf gute Lateinnoten«, fauchte sie ihn an. »Sie haben das Leben meines Onkels zerstört und das meiner Großmutter!«

Sein Grinsen wurde breiter.

»Oh, was für große Worte. Komm schon, Anne, gib mir das Buch und alles ist in Ordnung. Solange du schweigst. Aber das weißt du ja selbst.«

Er trat noch näher an sie heran, umfasste ihren Oberarm. Sie wollte sich losreißen, aber es gelang nicht.

»Ich habe sonst andere Maßnahmen«, zischte er. Von Freundlichkeit keine Spur mehr. Sie musste die Taktik wechseln, das war klar.

»Ich habe das Buch nicht. Ich habe es nie zu Gesicht bekommen. Das müssen Sie mir glauben! Vielleicht hat es meine Großmutter ja vernichtet. Vor ihrem Tod.«

»Oh nein, das hat sie nicht. Sie hat gesagt, es ist an einem sicheren Ort. Bevor sie mir allerdings sagen konnte, an welchem, bekam sie leider den Herzinfarkt. Es war nicht schön, ihr beim Sterben zuzusehen, aber – es ging so schnell, ich konnte nichts mehr für sie tun! Nun ja, jetzt kannst du mir ja weiterhelfen.« Anne kämpfte dagegen an, dass ihre Beine unter ihr wegsackten. So ein Schwein!

»Das werde ich nicht! Außerdem kommt gleich mein Vater vorbei!« Jetzt lachte der kleine, dicke Mann so sehr, dass er sich die Augen wischen musste.

»Dein Vater sitzt zu Hause mit seiner neuen Tusnelda und trinkt Kaffee. Ich habe ihn vorhin angerufen und ihm gesagt, dass du bei uns bist. Dass du um eine Aussprache mit Cornelius gebeten hast, um ihm zu sagen, dass da nichts läuft zwischen euch und auch nie laufen wird. Er war sehr erfreut, das zu hören. Und er sagte, du kannst dir ruhig Zeit lassen, er hat vollstes Verständnis.«

»Sie ...«, stieß Anne genauso wütend wie ratlos hervor, ging aber weiter rückwärts, bis sie an die Küchentür prallte. Wenn ihr doch nur etwas einfallen würde, wie sie Rosen stoppen könnte. Hoffentlich kam Cornelius bald! Der würde seinen Vater doch zur Räson bringen!

»Ich meine, wenn ich das Buch jetzt nicht bekomme, weißt du, das muss ich dann schon als Angriff auf meine Person werten.«

»Ich weiß, was Sie getan haben!«

»Aber kannst du es auch beweisen? In dubio pro reo, das weißt du doch, liebe Anne. Außerdem ist das alles verjährt. Dafür bringt mich niemand mehr in den Knast.« Er schubste sie auf den Küchenstuhl nieder und beugte sich zu ihr.

»Aber ich muss auch an meine Reputation denken. Meine Stellung, meine Familie. Das kann ich nicht aufs Spiel setzen. Wenn du mir das Buch gibst, dann könnte ich mir vorstellen, dass ich dich laufen lasse. Denn wer glaubt schon einer kleinen, schüchternen Schülerin, die vom Leben keine Ahnung hat – noch dazu Dinge, die vor 30 Jahren geschehen sind, lange vor ihrer Geburt. Wenn ich das Buch allerdings nicht bekomme, dann müsste ich leider dafür sorgen, dass du keine Gelegenheit hast, meine Geheimnisse zu beweisen!«

Er legte die Hände auf ihre Schultern und begann mit massierenden Bewegungen. Anne wollte ihn abschütteln, sich wegducken, fortwinden, aber er verstärkte den Druck so, dass es schmerzte.

»Lassen Sie mich!«, rief sie. »Ich habe das Buch nicht, ich weiß nicht, wo es ist, ich habe es nie gesehen.«

»Du störrisches Zicklein«, sagte er in schäkerndem Ton. »Na ja, dann bitte ich dich jetzt, einen kleinen Brief für mich aufzusetzen.« Er legte ein Blatt Papier und einen Stift vor sie auf den Tisch. Beides hatte er aus seiner Jacketttasche gezogen. Dann packte er sie wieder bei den Schultern.

»Schreib«, sagte er eiskalt und drückte sie nach unten. Anne verschwamm das Blatt vor den Augen, sie konnte den Stift kaum halten.

»Lieber Papa«, diktierte der Lehrer, als handele es sich um eine Schulaufgabe der zweiten Klasse. »Bitte, verzeih mir. Ich habe keinen Ausweg mehr gesehen.« Er umkrallte ihre Schultern wie eine Schraubzwinge. »Schneller«, presste er hervor, beugte sich zu ihr und sie wich vor seinem widerlichen Mundgeruch zurück. »Das muss schneller gehen. Also, weiter: Meine Liebe zu Cornelius ist so groß, aber er erwidert sie nicht. Deshalb will ich sterben. Verzeih mir. Du warst ein guter Vater, aber ich kann so nicht mehr leben. Lieber bin ich bei Mama im Himmel, als weiter so zu leben.«

Anne konnte das Schluchzen nicht mehr unterdrücken. Tränen tropften auf das Papier.

»Das schreib ich nicht!« Sie schüttelte den Kopf, schneller und immer schneller.

»Du blöde Kuh«, schrie Rosen und hieb ihr in die Seite. Sie zuckte stöhnend zusammen. »Los, ein Satz noch, damit du siehst, dass ich es gut mit dir meine. Schreib: ›Dort wo Andreas den Tod fand, dort will auch ich sterben.‹ Dann muss er nicht so lange nach deiner Leiche suchen.«

Anne weinte jetzt ungehemmt. Vielleicht hörte sie deshalb die Tür nicht. Erst als der Druck auf ihre Schultern abnahm, sah sie auf.

»Was willst du hier?«, hörte sie Rosen schreien und dann

entdeckte sie Cornelius in der Tür stehend. Bleich war er, dunkle Ringe unter den Augen, er starrte sie an.

»Anne...«, stammelte er fast tonlos. »Es tut mir so leid...«

Was? Was? Annes Puls beschleunigte sich noch mehr. Was tat ihm leid? Warum sah er sie nur so an? Hielt er zu seinem Vater? Wollte er sie ihrem Schicksal überlassen? Ergriff er tatsächlich Partei für diesen Widerling?

»Keine Sentimentalitäten hier«, sagte Rosen und ließ Anne los. Sie hatte keine Kraft aufzustehen. »Ich hoffe, du weißt, auf welcher Seite du stehst.« Es sah absurd aus, wie der kleine Mann versuchte, seinen ihn um mehr als eine Kopflänge überragenden Sohn in Schach zu halten. Aber dann wurde Anne klar, dass er gar nicht viel Kraft brauchte. Cornelius ließ die Schultern hängen und verschränkte die Arme auf dem Rücken.

»Ja, Papa«, sagte er. »Natürlich.«

»Weißt du, ob sie das Buch hat?« Cornelius schüttelte kaum merklich den Kopf. Nein, konnte das heißen, ich weiß es nicht oder nein, sie hat es nicht. Anne versuchte, Cornelius' Blick einzufangen, aber es gelang ihr nicht.

»Wir müssen sie aus dem Weg räumen. So oder so! Sie weiß viel zu viel. Und dir ist klar, was wir verlieren, wenn diese alten Geschichten herauskommen.« Jetzt nickte Cornelius, hielt aber weiter den Blick gesenkt.

»Los, wir bringen sie zum Auto. Du nimmst sie.« Mit wenigen Schritten war Rosen an den Küchenschränken, riss ein paar Schubladen auf und entnahm schließlich einer ein langes, scharfes Küchenmesser. »Damit sie uns nicht herumzickt«, sagte er und bedeutete ihr aufzustehen. »Vielleicht nimmt sie ja auch noch Vernunft an und sagt uns, wo das Buch ist.«

Cornelius' Hände schlossen sich um ihre Handgelenke. Wie eiserne Krallen. Das konnte doch nicht wahr sein! Das musste ein Albtraum sein!

»Papa«, wisperte sie vor sich hin. »Papa...« Mehr Worte kamen einfach nicht.

Während sie zum Auto gingen, legte Cornelius einen Arm um ihre Schulter, mit der freien Hand hielt er sie zusätzlich fest. Er schaffte es sogar zu lächeln, während sie zu Boden blickte. Keiner würde einen Verdacht schöpfen, der sie so sah. Ein Typ und seine Freundin. Harmonisch vereint mit dem Schwiegervater in spe.

Cornelius setzte sich dicht neben sie nach hinten in den weißen Audi. Rosen startete den Wagen und mit quietschenden Reifen raste er los. Anne war kotzübel. Sie bat leise, das Fenster ein wenig zu öffnen. Cornelius tat es. Mit der Luft wehten ein paar Regentropfen herein, draußen wurde es mit einem Mal dämmrig, der Himmel sah nach Weltuntergang aus.

Keiner sprach ein Wort. Nach dem Blitzstart riss sich Rosen nun zusammen. Ihm war wohl klar geworden, dass er nicht so fahren sollte, dass ihn die Polizei gleich anhielt.

Schnell ließen sie die Stadt hinter sich. Anne machte sich im Sitz so klein es ging. Noch immer umfasste Cornelius ihre Hände. Bildete sie sich das nur ein oder streichelte er mit dem kleinen Finger über ihre Hand? Sie sah ihm ins Gesicht. Eine dunkle Strähne hing vor seinen Augen. Sein Mund war eine schmale Linie, der Blick stur geradeaus gerichtet. Zitterte sein Oberschenkel?

»Hilf mir«, flüsterte sie so leise wie möglich. Er reagierte nicht. Oder hatte er sie nicht gehört?

Sie fuhren auf die Autobahn auf. Wo wollten sie nur hin

mit ihr? Würden sie sie wirklich umbringen? Nein, diesen Gedanken musste sie schnell vertreiben. Das war surreal, das war schlichtweg unmöglich! Sie sah den Griff des Messers auf dem Beifahrersitz vor sich liegen. Ein Messer. Ob sie es irgendwie in ihren Besitz bringen könnte? Doch wenn Cornelius sie weiter so festhielt, hatte sie keine Chance. Wo brachten sie sie bloß hin? Was hatte sie schreiben müssen... dort, wo Andreas den Tod gefunden hatte? Wo war das gewesen? Hat Hedi davon geredet? Er hatte sich nicht mit Schlaftabletten oder so etwas das Leben genommen. Sich nicht erhängt. Er war... ein weiterer Schluchzer drang aus ihrer Kehle, gänzlich unkontrollierbar. Er war von der Talbrücke gesprungen.

Sie verließen die Autobahn schon kurz nach der Auffahrt wieder. Rosen bremste abrupt und fuhr auf den kleinen Waldrastplatz. Drei verfallene, aus Beton gegossene Tische standen dort, ebensolche Bänke, ein paar Papierkörbe. Nicht einmal eine Toilette gab es. Andere Autos hielten hier so gut wie nie. Bäume nahmen die Sicht auf die Straße. Der Lehrer hielt in der hintersten Ecke, würgte den Motor ab, schnappte sich das Messer und stieg aus. Er riss die hintere Tür auf, umklammerte Annes Hals und zog sie aus dem Auto heraus. Kaum stand sie, spürte sie schon das Messer am Hals. Auch Cornelius war ausgestiegen. Wie eine Marionette mit verhedderten Fäden stand er da. Als wisse er nicht mehr, wie man laufe. Anne sandte ihm einen flehenden Blick. Es konnte nicht sein! Er konnte doch nicht dabei zuschauen, wie sein Vater sie umbrachte! Er sah über sie hinweg, folgte dem Flug eines Vogels und legte den Kopf in den Nacken. Regentropfen zerplatzten in seinem Gesicht. Anne fror so sehr, dass ihr Körper wieder unkontrolliert zitterte. Hätte Rosen sie losgelassen, sie wäre sofort zu Boden gegangen. Aber mit dem Knie trat er sie in den Oberschenkel.

»Los geht's«, dirigierte er sie in Richtung des Waldes, der den Parkplatz umgab. »Oder ist dir eingefallen, wo das Buch ist? Jetzt hast du die letzte Chance!«

Sollte sie einfach etwas erfinden? Zeit schinden? Aber was? Denk, Anne, denk. Schneller, los... ihr kam einfach keine Idee. Leer gefegt war ihr Hirn, als wasche der Regen jeden Gedanken fort. Hinter den Bäumen blitzte der graue Himmel auf. Der Wald musste dort zu Ende sein. Die Spitze des Messers berührte immer wieder ihre Kehle, der Boden, über den sie liefen, war uneben. Wenn sie sich einfach fallen ließe? Wie ein Blitzlicht tauchte das Bild vor ihr auf: Sie auf dem Boden liegend, Rosen mit dem Messer weit ausholend und auf sie einstechend, Cornelius daneben, hämisch grinsend...

Er hatte sich für seinen Vater entschieden. Nicht für sie. Blut war dicker als Wasser. Nie hätte sie das für möglich gehalten. Also stolperte sie weiter vorwärts, seinen Atem in ihrem Nacken, seine harte Faust um ihren Arm. Dass ein kleiner Mann so stark sein konnte! Immerhin überragte er sie, hatte keine Schwierigkeit, sie festzuhalten. Ob er ihren Onkel auch so festgehalten hatte?

Sie kamen an eine niedrige, kaum hüfthohe Steinmauer. Der Wald war zu Ende. Hinter der Mauer ging es hinunter. Weit hinunter. Steil. Die Häuschen dort unten kleiner als Streichholzschachteln, ein Mensch kaum noch auszumachen. Einige Meter neben ihnen donnerte die Autobahn vorbei.

Es wurde immer finsterer. Rosen schob sie dicht an die

Mauer heran, glitschig war sie. Spitze Steine stießen in ihren Oberschenkel.

»Spring«, zischte er ihr ins Ohr, beinah liebenswürdig.

»Nein«, schrie sie. Scheiße, was sollte sie tun? »Ich weiß, wo das Buch ist!«

Er hielt inne.

»Du lügst«, sagte er dann. »Kleine Schlampe, willst mich verarschen!« Noch dichter presste er sie an die Mauer. Das Donnern der Autos. Der Regen in ihrem Gesicht, der Abgrund vor ihr. Ihr wurde schwindelig. Nicht sterben, dachte sie. Nicht sterben... und mit einem Mal flog das Messer durch die Luft. Rosen ließ sie so abrupt los, dass sie ins Torkeln geriet, schon beugte sich ihr Oberkörper rückwärts weit über die Mauer, sie sah den Himmel über sich, spürte, wie ein Bein in die Luft ragte, krallte sich mit den Händen an die spitzen, rauen Steine, drückte sich ab, drückte, als müsse sie einen Felsquader wegschieben, und dann riss etwas an ihrem Bein, zog es nach unten, sie spürte festen Boden, Gras unter sich, feuchtes, nasses Gras und die Mauer stand neben ihr und vom Tal war nichts mehr zu sehen und die Augen von Rosen fixierten sie von unten. Irritiert wischte sie sich die Augen. Keine Frage – Rosen lag neben ihr im Gras. Aber dann verschwand das Gesicht aus ihrem Blickfeld, sie richtete sich auf. Cornelius hatte seinen Vater an den Füßen gepackt, schleifte ihn über den Boden, der dicke Mann zappelte und wand sich und schrie. Aber Cornelius packte ihn unter den Armen, er war stärker, so viel stärker und schon lag der Lehrer quer auf der schmalen Mauer. Ein Arm hing in der Luft, ruderte. Mit einem Satz sprang Cornelius, dunkelrot im Gesicht, auf den Bauch seines Vaters und er schrie und schrie, erst nur Laute, unverständlich, wirr, abgehackt und das Messer tanzte über Rosens Bauch und Brust und Anne wich instinktiv zur Seite aus, bis sie die Mauer in ihrem Rücken spürte, sie zog die Beine an, legte die Arme darum, wollte ihr Gesicht verbergen, aber da schwang Cornelius etwas in der Luft.

»Hier ist dein Scheiß-Buch«, schrie er und haute es seinem Vater auf den Kopf, ins Gesicht, von rechts und links, wieder und immer wieder. Und Rosen konnte nichts tun, weil Cornelius mit seinem großen Körper auf diesem kleinen, runden saß, die Arme des Mannes eingekeilt zwischen seinen Beinen.

»Mach keinen Unsinn«, quäkte Rosen, aber Cornelius war nicht zu bremsen. »Du springst jetzt, du Schwein«, schrie er. »Oder ich stoße dich! Du hast so viele Leben zerstört! Das von Andreas, von Annes Vater und Großmutter, das von Vera und mein Leben hast du auch fast zerstört!«

»Ich bin dein Vater«, kam es gepresst von Rosen. »Dieses Mädchen da und ihre Großmutter, die wollten mein Leben zerstören, unser Leben. Haben in der Vergangenheit gewühlt, irgendwelche Geschichten, die keinen mehr interessieren. Sie hat den Tod verdient!«

»Du hast ihn verdient!« Cornelius' Stimme überschlug sich. Er zog den Arm mit dem Messer ganz weit nach hinten, Rosen unter ihm wand sich, strampelte mit den Beinen, immer dichter gerieten sie an den Abgrund, das Messer sauste nach vorne, verfehlte den Körper des Lehrers, traf beim zweiten Mal die Schulter, Blut spritzte und dann endlich, endlich sprang Anne auf und sie zog mit ihrer ganzen Kraft an Cornelius. Der gab plötzlich nach, rutschte von der Mauer, sie prallte ab von ihm, flog auf den Hintern. Cornelius rappelte sich auf. Sie sah Rosen mit den Armen fuchteln, es gab einen kurzen Ruck und er fiel. Mitten in der Bewegung hielt Cornelius inne. Er sah sie an. Alles Leben in seinen Augen wirkte wie erloschen. Sein Vater lag ausgestreckt auf dem Rasen, die Augen geschlossen. Die Mauer hinter ihm von Blut verschmiert, Blut sickerte weiter aus dem Mann heraus. Cornelius sank auf die Knie, sein Arm, sein ganzer Körper streckte sich nach vorne, er begrub seinen Vater unter sich, der zuckend dalag. Sohn und Vater aufeinander, stumm, bewegungslos. Unter ihrer Hand spürte Anne den ledernen Einband des Büchleins.

»Bleiben Sie liegen und bewegen Sie sich nicht«, hörte sie da eine fremde Stimme. Sie sah auf. Vier Mann in dunkelblauen Overalls, dicker Weste darüber, Helm und Sturmhaube auf dem Kopf, ein Headset am Ohr, Mikro am Mund und ausgestreckte Waffen in der Hand. Mit einem Ruck riss einer von ihnen Cornelius von Rosen herunter. Matt sank er zu Boden. Es schien nicht so, als würde er noch wahrnehmen, dass der Lauf eines Maschinengewehrs auf ihn gerichtet war.

»Alles in Ordnung?«, fragte der Dritte Anne und zu ihrer größten Verwunderung nickte sie.

In Nebel gehüllt waren die nächsten Stunden zerflossen. Ihr Vater hatte darauf bestanden, dass sie ein Beruhigungsmittel nahm. Sie wusste nicht, warum, sie war doch ganz ruhig. Aber sie hatte nicht die Kraft, ihm zu widersprechen. Sie lag auf ihrem Bett, die Strahlen der untergehenden Sonne, die nun wieder zum Vorschein gekommen war, tanzten an der Wand. Sie versuchte, eine Bedeutung darin zu erkennen. Sie fand keine. In ihr war es ganz leer. Alles wie aus Watte. Sie hatte keine Bedürfnisse. Nicht schlafen, nicht essen, nicht reden, nicht denken. Einfach nur so liegen.

Und doch flammten Bilder auf wie Filmszenen auf einer Leinwand. Eine heiße Tasse Tee, die ihr in die klammen Finger gedrückt worden war. Cornelius, unter einer Decke, zitternd und mit dem Blick eines kleinen Jungen, der seiner Mutter bedurfte. Seine geflüsterten Worte. »Nur so konnte ich dich retten«, sagte er immer und immer wieder und dann schließlich: »Glaubst du mir?« Sein erlöster Ausdruck, als sie nickte. Der schwer atmende, voluminöse Körper von Rosen auf der Trage eines Krankenwagens, jemand, der seine Faust gegen die Wunde an der Schulter drückte. Das verzerrte Gesicht ihres Vaters, der durch den Wald auf sie zugerannt kam, die Schmerzen von Jahrzehnten darin sichtbar. Das Erlahmen aller Muskeln, als er erkannte, dass seiner Tochter nichts passiert war. Die Tränen, die über seine Wangen liefen, Maritas Hand auf seiner Schulter.

Auf der anderen Seite des Tals, wo der bleigraue Himmel auf strohhelle Felder traf, krachte ein einsamer Blitz wie eine Drohung. In der Pfütze neben ihr spiegelten sich von Sonnenstrahlen durchdrungene Wolkengebilde.

»Anne?«, hörte sie eine sanfte Stimme. »Bist du wach?«

Sie schob die Bettdecke ein wenig beiseite, blinzelte und erkannte ihren Vater. Sie setzte sich auf, gähnte.

»Es ist schon halb elf. Du hast jetzt etwa 16 Stunden geschlafen. Hast du keinen Hunger?« Er lächelte liebevoll und platzierte ein Tablett auf ihrem Schreibtischstuhl, den er neben das Bett rollte. Der Duft des Kräutertees fachte ihre Lebensgeister endgültig wieder an.

»Doch«, sagte sie.

Ihre Stimme kratzte ein wenig, der Hals und die linke

Schulter schmerzten, mit der war sie gegen die Mauer gekracht. Alles war wieder da. Dutzende Fragen fluteten gleichzeitig ihr Bewusstsein. Die erstbeste sprach sie aus. »Wie hast du uns eigentlich gefunden, gestern?«

»Ich wollte noch ein paar Sachen aus dem Haus holen«, erklärte er. »Da sah ich den Brief. Ich konnte nicht glauben, was darin stand. Dann ging irgendwie alles ganz schnell. Ich habe die Polizei angerufen, ich habe ihnen gesagt, dass ich vermute, dass ihr an der Talbrücke seid. Weil sich Andreas dort ja... Alles andere machte die Polizei.« Er schüttelte ungläubig den Kopf. »Ich dachte, jetzt verliere ich auch noch dich.«

Sie nahm seine Hand, streichelte seine Finger. Er räusperte sich.

»Du hast Besuch«, sagte er dann und es war der normalste und gleichzeitig wundersamste Satz, den sie je aus seinem Mund gehört hatte. Jetzt verließ er auch noch das Zimmer. Und dann stand Cornelius da. Ihre Augen füllten sich mit Tränen, sie war so erschöpft. Er bewegte sich nicht, eine Schaufensterpuppe.

»Komm schon, Agent Cooper«, ihre Tränen vermischten sich mit kleinen Glucksern, die tief aus ihrem Innern aufstiegen. »Komm schon her.« Und das tat er dann.

Sechs Monate später

Der Wind ließ die ersten Schneeflocken des Winters wie Derwische herumwirbeln. Anne hatte ihre kalte Hand tief in Cornelius' Jackentasche gesteckt und genoss die Wärme seiner Finger. Sie standen dicht beieinander, ihre Rechte und seine Linke umklammerten ein großes Pappplakat. Anne schielte zu Marita hinüber, die Johann von hinten umarmte. Auch er hielt ein Plakat in Händen. Noch war der Platz vor dem Gericht recht leer. Aber dann tauchten die anderen aus verschiedenen Richtungen auf. Etwa zehn Männer, alle im Alter von Johann, manche ein wenig älter, manche etwas jünger. Sie nickten Anne, Johann und ihren Begleitern kurz zu, dann stellten sie sich so auf, dass die kleine Gruppe einen Halbkreis bildete. Sie wussten, wo der Wagen halten würde. Sie wussten, wo er aussteigen würde, so, dass er sie nicht übersehen konnte. Sie würden schweigen, keiner würde ein Wort sagen. Das war auch nicht nötig. Auf den Pappstreifen, die sie sich vor die Brust hielten, standen fünf Worte. Fünf Worte, die ihre ganze Geschichte erzählten, ihr persönliches Drama. »Du hast mein Leben zerstört« stand auf jedem dieser Streifen. Anne und Johann hatten ein Foto des jungen Andreas groß abziehen lassen und aufgeklebt. »Du hast sein Leben zerstört« hieß der Spruch bei ihnen. Hoffentlich würden der Wind und der Schnee die Schrift nicht verwischen.

Hermann Rudolf Rosen, geborener Koth, hatte alles gestanden. Er erhoffte sich davon ein milderes Urteil. Er war nicht angeklagt, weil er zwischen 1976 und 1983 in seiner Funktion als Chorleiter des Cäcilien-Knabenchores mindestens zehn Jungen sexuell missbraucht hatte. Diese Taten waren verjährt. Auch welcher Vergehen er sich in Thailand schuldig gemacht hatte, konnte in Deutschland nicht verhandelt werden. Aber die Anklagepunkte ergaben trotzdem eine erschütternd lange Liste: Rosen wurde der unterlassenen Hilfeleistung beschuldigt, weil er für die Rentnerin Annemarie Jänisch nach ihrem Herzinfarkt keinen Notarzt herbeigerufen hatte. Auf den Glassplittern im Abfalleimer der Frau Jänisch hatte man seine Fingerabdrücke entdeckt. Er wurde des Hausfriedensbruchs in das Anwesen der Familie Jänisch angeklagt. Des Weiteren, und das wog sicher am schwersten, des Tötungsversuches an Amanda – Ami – Reichenberg mit anschließender Fahrerflucht sowie der Freiheitsberaubung und Körperverletzung von Anne Jänisch. Allein diese Anklagepunkte könnten für zehn Jahre Gefängnis genügen.

Trotzdem war Anne nervös. Und Cornelius neben ihr umso mehr. Er hatte seinen Vater seit jenem grauenhaften Tag im Juni nicht mehr gesehen. Und während Anne endlich die Chance gehabt hatte, sich mit ihrem Vater auszusprechen, die Ereignisse und ihr Leben der letzten Jahre aufzuarbeiten, hatte Cornelius auf die Frage nach dem ›Warum?‹ keine Antwort erhalten. Er hatte wieder und wieder mit Anne, Johann, mit Marita und auch mit seiner Mutter über diesen Hermann Rosen diskutiert, aber verstanden hatte er noch immer nicht. Vielleicht konnte ihm seine Therapeutin dabei helfen. Anne wusste, dass ihre Liebe zu ihm ihn diese schrecklichen Monate einigermaßen hatte überstehen lassen, und er dankte es ihr, indem er sich ganz auf die Beziehung zu ihr eingelassen hatte.

Eine Woche nach ihrem 18. Geburtstag im Oktober waren Anne und Cornelius gemeinsam in das Haus der Großmutter gezogen. Johann war am Anfang täglich, manchmal mehrmals, vorbeigekommen, um nach dem Rechten zu sehen, aber inzwischen genügten ihm Telefonate. Was sicher auch Maritas Einfluss zu verdanken war. Sie hatte es geschafft, aus Johann, zumindest in Ansätzen, den Mann zu machen, der er immer hätte sein können. Einen liebevollen Menschen, der sich gerne um seine Angehörigen kümmerte, ohne dabei von Panik und Angstzuständen geleitet zu werden. Außerdem hatte er sich endlich erlöst gefühlt, erlöst von einer Schuld, die ihn all die Jahre gequält hatte. Dabei hatte die Schuld gar nicht ihm gehört. Schuldig war allein Hermann Rosen, das hatte er endlich begriffen. Mit Anne hatte er gemeinsam das Tagebuch seines Bruders gelesen und hatte ihr seine Erinnerung an die dunkelste Stunde seines Lebens preisgegeben. Damals, als er auf seiner ersten Chorreise in Frankreich dabei war und miterleben musste, wie sich Rosen an seinem Bruder verging. Wie er im Dunkeln lag, die Geräusche hörte, Stöhnen und Wimmern vor allem, wie er, gerade zehn Jahre alt, nicht verstand, was da passierte, und nur das Gefühl hatte, es sei etwas Schlimmes, als verschlinge gerade ein hungriger Wolf seinen großen Bruder und er lag daneben, wie gelähmt, unfähig sich zu rühren, unfähig zu helfen. Nie hatte er mit dem Bruder darüber geredet. Nie wieder hatte er ihm in die Augen schauen können. Die Scham war unermesslich. Von diesem Moment an hatte sich Johann die Schuld daran gegeben, dass er den großen Bruder nicht gerettet hatte. Sein weiteres Leben verstand er als Sühne für diese unterlassene Hilfeleistung: dass sein Bruder sich umgebracht hatte – seine Schuld. Dass seine Mutter nicht mehr für ihn da war – seine Schuld. Dass seine Frau starb – seine Schuld. Und nach dem Tod von Annes Mutter hatte er sich geschworen, nie wieder schuld sein zu wollen. Dieses sein Kind, das Einzige, was ihm im Leben gelungen war, wie er sagte, wollte er nicht verlieren. Es durfte einfach nicht passieren.

»Und schau«, sagte er. »Beinahe hätte ich dich auch verloren. Und diesmal wäre es wirklich meine Schuld gewesen. Weil ich zu sehr aufgepasst habe. Und dabei vergessen, dass jeder Mensch ein Recht auf Selbstbestimmung hat. Dass ich dich nicht an mich ketten darf. Dass du selbst den Weg deines Lebens gehen musst. Und dass nichts im Leben sicher ist. Gar nichts.«

»Hast du ihn nicht wiedererkannt, als er damals das Haus besichtigt hat?«

Johann überlegte lange.

»Seine Stimme kam mir bekannt vor. Aber ich habe mich nicht weiter damit beschäftigt, woher ich sie kannte. Ich war nicht so weit wie deine Großmutter. Ich habe die Wahrheit nicht wissen wollen. Ich danke dir, dass du mir geholfen hast, sie endlich zuzulassen.«

Sie hatten lange auf dem Sofa gesessen, sich an den Händen gehalten und in den Garten geschaut, wo die ersten Blätter von den Bäumen gefallen waren. Danach hatte er Annes Umzugswünschen zugestimmt.

Als nun der Wagen aus dem Untersuchungsgefängnis vorfuhr, hörte das Schneetreiben ganz plötzlich auf. Als ahne der Himmel, dass dies wichtig sei. Einige Zeitungsreporter und Fotografen standen zwischen den Wartenden. Hermann Rosen stieg aus, die Arme auf dem Rücken gefesselt, den Blick auf den Boden gerichtet. Blitzlichtgewitter um ihn herum. Schon erreichte er die ersten Stufen, ohne auch nur von einem einzigen der Wartenden Notiz genommen zu haben.

»Vater«, rief Cornelius da laut und tatsächlich, Hermann Rosen blickte fragend auf. Sein Blick fiel auf den ersten der Männer. Ob er noch den kleinen Jungen in den Gesichtszügen erkennen konnte? Sein Blick wanderte rasch über die Reihe, blieb schließlich an Cornelius hängen. Undurchdringlich seine Miene. Cornelius trat näher zu ihm und spuckte auf den Asphalt, einer folgte seinem Beispiel, bald taten es alle.

Noch gebeugter als zuvor stieg Rosen die Stufen zum Gerichtssaal empor, stolperte einmal, wurde von den Beamten hochgezogen und dann verschwand er hinter den spiegelnden Türen mit dem goldfarbenen Handlauf.

»Hallo«, sagte eine Stimme zaghaft zu Beginn der ersten Verhandlungspause. Anne und Cornelius drehten sich erstaunt um. Sie brauchten einen Augenblick, bis sie begriffen hatten, wer das Mädchen im Rollstuhl war. Anne schnürte es die Kehle zu, als sie Ami so sitzen sah. Eiskalt überlief es sie: Nie hatten sie sie im Krankenhaus besucht, nur einmal mit den Eltern telefoniert.

Zu ihrem Erstaunen mussten sie jedoch feststellen, dass Ami – abgesehen vom Rollstuhl – besser denn je aussah. Sie hatte zugenommen, eine gesunde Hautfarbe, war nicht mehr so brachial geschminkt und ihr Gesicht, umrahmt von kurzen dunklen Haaren, strahlte Gelassenheit aus.

»Kommt schon«, sagte Ami. »Lasst uns einen Kaffee trinken gehen. Ich brauch eh jemand, der mich aufs Klo begleitet.« Sie zwinkerte Anne zu.

Nachdem das erledigt war, saßen sie in der hohen, weitläufigen Kantine, die eher an ein Krankenhaus als an ein Gerichtsgebäude erinnerte.

»Wenn ich Glück habe und die nächste Reha gut läuft, dann kann ich im Frühjahr auf den Rollstuhl verzichten. Und endlich mein Abi nachmachen.«

Ohne nachzudenken, legte Anne ihre Hand auf Amis Unterarm.

»Es tut mir leid«, sagte sie. »Ich glaube, wir waren ziemlich gemein zu dir. Ich hab dich immer nur als die Böse gesehen, die mich angegriffen hat, die mir meinen Freund wegnehmen wollte.« Ami blickte kurz an die Decke. Dann grinste sie.

»Dass ich das noch erleben darf. Nee, im Ernst. Eigentlich bin ich froh, dass es den Unfall gegeben hat. Echt, schaut mich nicht so an! Ich bin seitdem clean! Ich hab 'ne super Therapeutin, mir geht es so gut wie noch nie. Na ja, okay, die Prachtchaise hier würde ich schon noch gerne wieder ablegen, aber das wird schon klappen.«

»Wenn du unsere Hilfe brauchst«, sagte nun Cornelius. »Sag Bescheid. Das ist ganz ehrlich gemeint.«

»Hach, mir kommen die Tränen«, witzelte Ami und musterte Cornelius eindringlich. »Mann, muss ich im Drogenrausch gewesen sein, dass ich mich in so einen Spießer wie dich verknallt habe. Lachhaft, ey!« Sie griff nach seiner Hand und drückte sie fest.

»Bist du auch als Nebenklägerin hier?«, fragte Anne und Ami nickte.

»Hoffentlich bekommt das Schwein – sorry – eine ordentliche Strafe. Wie geht's eigentlich deiner Ma?«

»Die hat die Scheidung eingereicht. Und seit ein paar Wochen geht es ihr gesundheitlich ganz ordentlich. Sie kommt sogar die Stufen wieder hoch. Aber sie lässt jetzt einen Treppenlift einbauen. Sicher ist sicher.«

»Okay, Leute«, sagte Ami. »Ich glaube, es geht weiter, lasst uns zurück in den Gerichtssaal gehen.«

Anne legte ihre Hand in die von Cornelius. Er beugte sich zu ihr hinunter und küsste sie. Wie jedes Mal rieselte ein sanfter Schauer über ihren Körper. Das musste die Liebe sein. Dessen jedenfalls war sie sich vollkommen sicher.

Das Böse hat seine guten Seiten – Die Arena Thriller

Bettina Brömme

Rachekuss

Als Flora aus Brasilien nach Deutschland übersiedelt, fühlt sie sich fremd und ausgeschlossen. Nur die zarte, blonde Carina freundet sich mit ihr an. Die beiden sind bald unzertrennlich. Dann sieht sich Flora plötzlich einer schmutzigen Verleumdungskampagne ausgesetzt. Und als sie schließlich sogar des Mordes bezichtigt wird, will niemand an ihre Unschuld glauben.

252 Seiten • Klappenbroschur
ISBN 978-3-401-06603-5
Auch als E-Books erhältlich

Inge Löhnig

Scherbenparadies

Sandra hat ein Geheimnis, von dem niemand wissen darf: Seit ihre alkoholabhängige Mutter zu Hause ausgezogen ist, kümmert sie sich alleine um ihre kleine Schwester Vanessa. Alles geht gut, bis Sandra sich Hals über Kopf in ihren jungen Klassenlehrer verliebt. Ohne es zu ahnen, macht sie sich damit zur Konkurrentin und löst eine Welle des Hasses bei ihren Mitschülern aus, die immer unkontrollierbarer wird.

Arena

264 Seiten • Klappenbroschur
ISBN 978-3-401-06602-8
www.arena-verlag.de
Auch als Hörbuch bei Arena Audio

Das Böse hat seine guten Seiten – Die Arena Thriller

Tamina Berger

Bettina Brömme

Frostengel

Todesflirt

Theresa kann nicht glauben, dass ihre beste Freundin Julia Selbstmord begangen hat. In der Nacht, in der sie von der Brücke gesprungen sein soll, war sie nicht allein. Hat nicht der undurchschaubare Leon Julia seit Wochen verfolgt? Doch als Theresa anfängt, in Julias Vergangenheit nachzuforschen, erfährt sie Dinge, die besser nie ans Licht gekommen wären.

Tabea ist glücklich wie noch nie, als ihre Liebe mit dem stillen David beginnt. Bald fühlt sie jedoch, dass David ihr nicht vollständig vertraut. Was sie nicht ahnt: Alles, was David ihr von sich erzählt hat, ist erfunden. Denn er ist auf der Flucht. Auf der Flucht vor seiner düsteren Vergangenheit, von der er sich losgesagt hat. Doch sein brutalster Feind ist ihm längst auf den Fersen – und der schreckt auch vor Mord nicht zurück.

Arena

264 Seiten • Klappenbroschur
ISBN 978-3-401-06808-4

272 Seiten • Klappenbroschur
ISBN 978-3-401-06809-1
www.arena-thriller.de

Das Böse hat seine guten Seiten – Die Arena Thriller

Beatrix Gurian

Agnes Kottmann

Lügenherz

Hassblüte

Mila ist die Freundin, nach der Ally sich immer gesehnt hat. Als Mila sie bittet, ihr bei der Umsetzung eines Racheplans zu helfen, zögert Ally nicht lange. Schließlich handelt es sich dabei um Landgraf – einen ihrer Lehrer, den sie noch nie leiden konnte. Als Mila aber jedes Maß aus den Augen verliert, will Ally ihre Freundin stoppen. Ein tödlicher Wettlauf gegen die Zeit beginnt.

Ein Junge ruft bei einer Telefonseelsorge an und kündigt einen Amoklauf an. Ein paar Tage später stürzt er von dem Balkon eines Hochhauses und ist tot. Seine Freundin Michelle glaubt nicht an einen Unfall, denn Robin hatte vor irgendetwas fürchterliche Angst. Während Michelle versucht, hinter sein Geheimnis zu kommen, merkt sie nicht, wie sich die Schlinge um ihren eigenen Hals immer enger zieht.

Arena

264 Seiten • Klappenbroschur
ISBN 978-3-401-06604-2
Auch als E-Books erhältlich

252 Seiten • Klappenbroschur
ISBN 978-3-401-06440-6
www.arena-thriller.de

Das Böse hat seine guten Seiten – Die Arena Thriller

Kathrin Lange

Schattenflügel

Als Kim den mysteriösen Lukas kennenlernt, ahnt sie noch nicht, dass er der Freund ihrer älteren Schwester Nina war, die man vor zwei Jahren tot aufgefunden hat – mit einer schillernden Libelle auf dem Gesicht. Kim verliebt sich in ihn, auch wenn sie immer wieder zweifelt, ob sie ihm trauen kann. Gerade als sie beginnt, sich auf ihn einzulassen, verschwindet erneut ein Mädchen.

264 Seiten • Klappenbroschur
ISBN 978-3-401-06794-0
Auch als E-Books erhältlich

Ulrike Bliefert

Eisrosensommer

Pia, Richterin an einem Schülergericht, verliebt sich unsterblich in einen der Delinquenten - den charismatischen Jonas. Opfer einer Verleumdung sei er, behauptet Jonas, und Pia will ihm nur allzugern glauben. Doch es häufen sich unerklärliche, äußerst beunruhigende Vorfälle. Nach einem verheerenden Unfall beschleicht Pia ein furchtbarer Verdacht: Ist Jonas doch nicht so unschuldig, wie er behauptet?

Arena

208 Seiten • Klappenbroschur
ISBN 978-3-401-06723-0
www.arena-verlag.de